一路梨花

◎ 韦华南 著

中国文联出版社
http://www.clapnet.cn

图书在版编目（CIP）数据

　　一路梨花 / 韦华南著. -- 北京：中国文联出版社，
2018.10

　　ISBN 978-7-5190-3940-0

　　Ⅰ. ①一… Ⅱ. ①韦… Ⅲ. ①中国文学－当代文学－
作品综合集 Ⅳ. ①I217.2

　　中国版本图书馆CIP数据核字(2018)第226891号

一路梨花

作　　者：韦华南	

出 版 人：朱　庆	
终 审 人：奚耀华	复 审 人：周劲松
责任编辑：卞正兰	责任校对：刘成聪
封面设计：韦华南	责任印制：陈　晨

出版发行　中国文联出版社

地　　址：北京市朝阳区农展馆南里 10 号，100125

电　　话：010-85923055（咨询），85923000（编务），85923020（邮购）

传　　真：010-85923000（总编室），010-85923020（发行部）

网　　址：http://www.clapnet.cn　　http://www.claplus.cn

E - mail：clap@clapnet.cn　　bianzl@clapnet.cn

印　　刷　四川福润印务有限责任公司

装　　订　四川福润印务有限责任公司

法律顾问　北京市德鸿律师事务所王振勇律师

本书如有破损、缺页、装订错误，请与本社联系调换

开　　本：880×1230	1/32	
字　　数：220千字	印 张：9.75	
版　　次：2018 年 10 月第 1 版	印 次：2018 年 10 月第 1 次印刷	
书　　号：ISBN 978-7-5190-3940-0		
定　　价：30.00 元		

前　言

做梦也没有想到自己会出书。一天与妻子整理书房时，发现了自己多年来在各级报刊上发表过的大大小小的作品，字数竟有数万之多，打开电脑，在旧文件夹中还有大量的文章电子版。往事如烟，随着时间的推移，好多人和事都已淡忘，而这些东西却奇迹般地保留了下来。

浏览这些文章，发现除了反映自己成长历程外，大多描述和反映普通人、普通老百姓的淳朴情感和战天斗地的精神风貌。浏览它们的时候，往事历历在目，使我感受到劳动人民的磅礴力量，使我壮怀激越，遐思无边，回味无穷。于是萌生了把它们汇编成书的念头。但是由于自己患脑溢血留下了一些后遗症，手脚笨拙，要出书谈何容易，曾经几度放弃，信念却不死，而且愈加强烈，最后下定决心出版此书。

全书共分三个部分。

第一辑是散文。共收录了本人不同阶段写的22篇散文和1则民间故事，赞美了劳动人民淳朴的情怀和辛勤的劳动。

第二辑是诗歌和散文诗。共收录了本人各个时期写的62首诗歌和6篇散文诗，讴歌友谊的珍贵，向往生活的美好，抒发少年的壮志。写得比较幼稚，字里行间"奶味"十足。其中不少作品也是"无情之感叹，无病之呻吟"。这也是我年轻过的见证。

　　第三辑是小说。共收录了本人不同阶段写的2篇小小说和1篇中篇小说。我平时很少写小说。但小说里的主人公的遭遇深深打动了我，好像我欠了他的债，不把他写出来，好像就对不起他，还不了他的债一样。这次提笔匆匆写就，权当还债吧。文中所述的情节完全是虚构的，请朋友们不要对号入座。文中所述之人之事，任由大家笑骂评说。

　　古人有云："路漫漫其修远兮，吾将上下而求索。"劳动人民的情怀是道不尽书不完的，而且文学是来源于生活而高于生活的，是无止境的，我所写所言的是全豹之一斑，秋天之一落叶，只能算是大海中之一滴水。但，我将为此而努力不止。亲爱的朋友，就请不遗余力地拉我一把吧。

作者

2015年秋于马山县城

文学是人生的灯塔

——《一路梨花》读后

世 云

　　我噙着泪读完华南送来的《一路梨花》书稿，华南是个从死神手里逃跑回来的人，至今仍留下脑溢血后遗症，走路一瘸一拐的，算个残疾人了。但华南的大脑并不残，他清醒得很，他思维敏捷，文思如河，乃为奇人。

　　我跟华南并不熟识，一面之交淡如水，就是走路时碰面，点点头，偶尔寒暄几句。接到华南的电话，要送稿子给我看，并叫我写序。我帮看看，一睹为快，自得其乐。要我写序，那就有点为难了，我没有给书写过序，也许是阅历和能力都有限吧，我写这点文字不是《一路梨花》的序，算是读后感好了。

　　华南的文集《一路梨花》，涉猎的内容广泛，散文、诗歌、小说皆有，而华南的《一路梨花》又有新旧的生活质地，华南病前病后，对生活的敏感洞察和个性表述有着截然不同的思考。我认为华南病前局限于小天地的材料供给，或忙于政务，或被琐碎的事情缠身，文学情怀必然受其影响而难以打开，忽略了许多维度相牵系的大的落点和旨归。华南此时的散文、诗歌虽然感人、清丽，但都是些往昔儿女情怀的书写，而缺少内在通往至今的精神状况。也许华南的人缘很好尤其女性，华南的字里行间总是少不了对女性的刻画和青睐，从大的场合公共汽车上《一路梨花》到小的场合邮政大厅《蘑菇姑娘》都看到华南笔下惟妙惟肖的女性形象。大难不死之后，苍天赋予华南皇天后土，世道人心，生存命运，成风化人的文学情怀，不难看到华南病后所写的东西具有许多文人的悲悯情怀和对人生的重新审视。如散文《一路梨花》，华南这样写道：倒是附近的村子里村前村后有不少的梨树正盛开着洁白的梨花，齐刷刷地向着太阳开放，在风中舞动的身影，宛如花仙子一般，在明媚的阳光下又酷似穿着白色婚纱的新娘，美丽动人，使人有一种"俏也不争春，只把春来报"的意境。读到这样诗一般的语句，让人联想翩翩，从梨花联想到人，联想到人的美的心灵。说到华南的诗，我不太懂诗，但我认为华南才是真正的诗人，散文、小说都不是华南的强项，诗歌才是华南的指向，华南的诗具有独抒灵性，弹奏内在韵律，保有诗歌的风骨和温度。华南的诗正从对自然万物的移情歌吟转向对人间具体的爱恨或相守或分离的感受。如《母亲的诗稿》："母亲的诗稿/是一根根火柴/划出每一天黎明/点燃每一夜灯火……"是的，人人都在讴歌母亲的伟大，华南却用平直的诗句勾勒出一位勤俭、善良的，为了儿女们弯曲着身子忙碌着的母亲形象。

华南昏迷不省人事二十天后醒过来，他心中一定有一座灯塔，且灯塔正熊熊燃烧着烈火，这座灯塔就是文学。华南热爱土地，热爱每日在土地上掏食的劳动人民，华南要用他的天赋，用他的笔，用他的诗，歌颂草根底层百姓的艰辛劳作。华南是个农民的儿子，他贴近土地，接地气，他的散文、诗歌自然朴实、灵动，语言简洁、干净，朗朗上口。华南正在用颤抖的手

给我们创作丰富的精神食粮。这位勤奋乐观、带病耕耘的作家、
诗人，难道不值得我们圈内圈外的朋友关注？

作者系南宁市作家协会副主席，区、市签约作家

2016 年 4 月 28 日晚

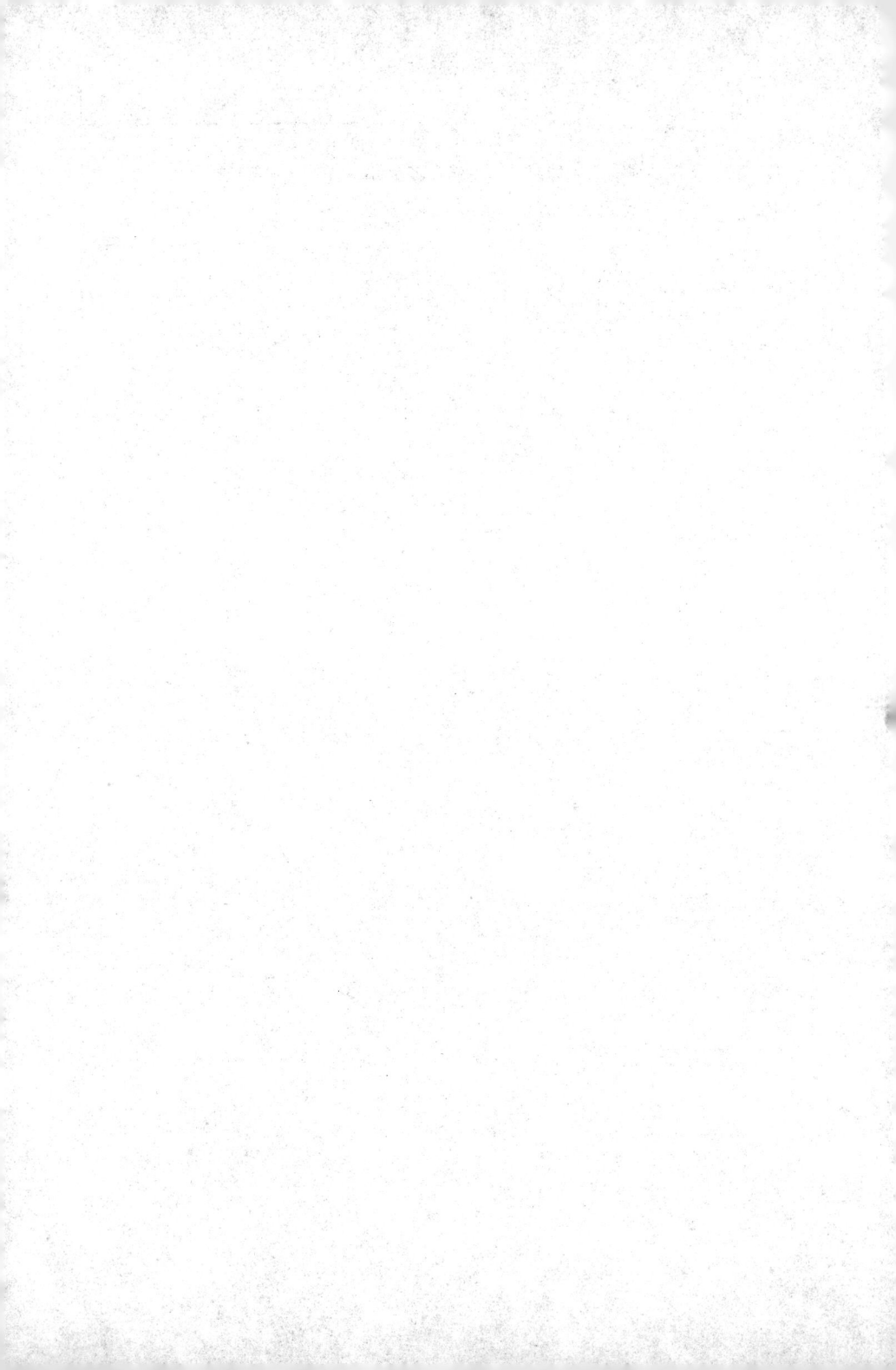

目　录

第一辑　散文

一朵美丽的杜鹃花……………………………………2

亦有樱花别样香………………………………………16

一杯白开水的幸福……………………………………22

蘑菇姑娘………………………………………………26

红水河，父亲河………………………………………31

谁不说俺家乡好………………………………………33

姑娘江畔的情怀………………………………………40

母亲河…………………………………………………67

酸粉情缘………………………………………………69

别哭，我的学生………………………………………72

弄尧村见闻

　　——中越边境考察日记摘录………………………74

母校之歌，学子之怀…………………………………75

用青春与热血来战天斗地

　　——带领学生参观国家重点建设工程平果铝业公司有感…76

大山作证………………………………………………78

巧妹巧对财主爷………………………………………81

生死决战………………………………………………84

一路梨花 ……………………………………… 96

当了一回医生 ………………………………… 102

拯救年轻生命 ………………………………… 105

故乡的胜利渡槽 ……………………………… 110

用爱心建设绿色校园哺育祖国花朵的园丁们 … 116

挑战死亡的人们 ……………………………… 120

一位可爱的小朋友 …………………………… 127

第二辑 诗歌 散文诗

送你一片红叶 ………………………………… 130

祝　福

　　——献给红水河水电建设者 ……………… 131

红水河索吊桥 ………………………………… 133

追求阳光女孩 ………………………………… 134

红水河古渡口 ………………………………… 135

连心桥 ………………………………………… 136

别友人 ………………………………………… 137

品读你的微笑 ………………………………… 138

写给远去广东打工的一位朋友 ……………… 139

当我想你的时候

　　——一首写给女友的诗 ………………… 140

思　念

　　——致女友 ……………………………… 141

春天的礼物 …………………………………… 142

看海潮

　　——致一位教师友人 …………………… 143

太阳树 ………………………………………… 144

木棉花 …………………………………………………… 145

友谊颂歌 ………………………………………………… 146

洁白的围巾 ……………………………………………… 147

五颗红豆 ………………………………………………… 148

献给种蔗姑娘的歌 ……………………………………… 149

生日祝愿

　　——写给一位 19 岁生日朋友的诗 ……………… 150

教室里的灯光 …………………………………………… 152

想起三妹 ………………………………………………… 153

母亲的诗稿 ……………………………………………… 155

故乡的故事 ……………………………………………… 157

车过故乡胜利渡槽旁 …………………………………… 159

魂系故乡 ………………………………………………… 160

海 恋

　　——北海考察感赋 ………………………………… 162

海 螺

　　——海边拾贝遐思 ………………………………… 164

题靖西三叠岭瀑布 ……………………………………… 165

题宁明花山壁画 ………………………………………… 165

左江斜塔之爱 …………………………………………… 166

马山弄拉屯感赋 ………………………………………… 167

长梦·脚下路 …………………………………………… 168

梦 雨 …………………………………………………… 170

山村学子 ………………………………………………… 171

人生小站

　　——致百色市计算机短训班学友 ……………………… 172

无言的孤寞 ……………………………………………… 173

虹
　　——致远方的朋友 ………………………………… 174
回乡偶书 ……………………………………………… 175
心爱的书 ……………………………………………… 176
田州寻友不遇 ………………………………………… 177
撒　网
　　——致失落的朋友 ………………………………… 178
山的期待 ……………………………………………… 180
走向山里 ……………………………………………… 182
七月，山里行 ………………………………………… 184
别了，我的大学 ……………………………………… 185
走进历史 ……………………………………………… 187
我的中国梦 …………………………………………… 189
梦见法卡山战斗 ……………………………………… 190
一个孩子两个梦想 …………………………………… 191
在那桃花盛开的地方 ………………………………… 193
把爱献给你 …………………………………………… 194
感怀诗二首 …………………………………………… 195
感怀诗三首 …………………………………………… 196
感怀诗五首 …………………………………………… 198
深夜，雨打芭蕉 ……………………………………… 200
春天的告别 …………………………………………… 201
放飞的梦思
　　——致一位不知名的白衣天使 ………………… 202
寻梦·红太阳
　　——谨以此文纪念毛泽东诞辰 100 周年 ……… 204
走向七月
　　——致高中毕业班全体同学 …………………… 206

远方的客人请你到这儿来……………………………208

第三辑 小 说

偷 钱（小小说）………………………………214

约 会（小小说）………………………………216

长大的爱情（中篇小说）……………………219

后 记……………………………………………289

第一辑

散　文

　　不要问我有多大，我的年轮已变成水轮，我的爱已经融进红水河的水汇成拍岸的波涛，高峡出平湖的日子，我的爱就会化成电流，去驱动那荒芜的工厂，去驱散那黑暗的角落，去点亮那姑娘美丽的心灯！

一朵美丽的杜鹃花

不知怎的，我对大明山上的杜鹃花总有着痴迷一般的眷恋，但却一直没有能真正目睹她的芳容。不是去早了或晚了赶不上花期，就是心有余而人没有空或是人空心不空的，未能成行。因而对她的痴恋更是与日俱增了。

终于日子定格在今年的五一节——一个风和日丽的假日，正值大明山杜鹃花节。为了成行，我使出浑身解数，提前一天把办公室繁杂的文字处理工作、值班安排及领导交办的事情都打理妥当后，便电邀几位好友一同上山赏花。没想到好友们都一拍即合，津津乐道。

早上8点才过，我们一行五人驱车直奔大明山。到了山脚下，我赶忙把方向盘交给已有十多年车龄的小张，不是拈轻怕重或是推卸责任，而是上山的路险情丛生，不是"老鸟"司机是吃不消的，也不是闹着玩的。果然，33公里的上山路，一下子路转峰回，一下子又柳暗花明的。路的两旁尽是知名或不知名的植物，间或一株或一丛的杜鹃花点缀其间，像是手捧鲜花招迎宾客的丽人，显得格外醒目，使人惬意。都说大明山有"春之岚、夏之瀑、秋之云、冬之雪"的迷人盛景，真是不假，我由衷地感叹："人间四月芳菲尽，山寺桃花始盛开！"友人阿宏却说，这叫"无限风光在险峰"！此时车子驶过松柏藤蔓阴影遮蔽的上山路，天色暗淡了许多，多少让我有点"向晚意不适，驱车登古原"的意境，多年来盘踞心间的那缕令我饭茶不香、心神不宁的伤感情结又闪入心头，我倚着车窗目视窗外不断向后飘移的景致，心里空落落的，我没有附和。突然，一朵白云飘过车窗来，我们的轿车已驶在云里雾里，大家都欢呼雀跃。原来，我们已经越过了半山腰。

　　山上豁然开朗，花多人多。那一株株的杜鹃花齐刷刷地向着太阳开放，一丛又一丛，一片又一片，把三三两两、三五成群的游客脸都映红了。放眼望去，一派"满眼春"盛景。友人们游兴大发，都忙着走马观花去了，只剩下我独自一人沿着山路漫步赏花。面对杜鹃花我仔细端详：粉红色的花朵像水仙花却没有水仙花那么娇气，像桃花却又没有桃花那样容华，小巧玲珑的，一朵挨着一朵，向着春风竞相绽放，人隔着一段距离就可闻到其清幽的香气，使人有"俏也不争春，只把春来报"的意境。我感叹着大自然竟有如此极致的造化：高山之巅竟有这样迷人的花朵和盛景，不禁伸出手去欲摘一朵。

　　"住手！摘了来年不发芽！"一阵清脆爽朗的笑声从身后飘然而至。我赶忙缩手回头，一位二十七八岁，身材较高稍胖、穿着粉红色连衣摆裙、留着刘海，正微笑着向我目视的姑娘，一副笑容可掬、端庄大方的模样。我敢肯定她已经目视我有好一阵子了。我才想起景区内的花草树木是不可以乱采乱摘的，心想，在这"美眉"面前这样实在是有失风度，于是忙辩解说："哪里是摘，我只是想摸摸，这花朵实在太可爱了。""那就误解了，对不起，"她说，"这杜鹃花的确太美太迷人了，这也许是我至今看到的最美丽的山花了。"她迈步走到我的身边，笑容依然那样可掬。"我也有同感。"我附和着，"生于高山而不渺小，长在僻壤而奇香远溢。""是啊，那房中弱苗哪有这般高大馨香呢！"她指着杜鹃花也笑着附和，两眼还是目视着我，那眼睛像是会说话似的，在等待我的回答。"想不到你对杜鹃花还有很深的情感！"我回应道。"哎——"她惊呼起来，"快看哪，前面的花树更多更美，我们一起到前面去吧。"说着又指着我手中的数码相机说，"到了前面请帮我多拍几张照片，我忘了带相机。"话语中充满了真诚的期待。我心想：萍水相逢的，过后就都忘了，何必相随呢？还是你玩你的，我玩我的吧，但又不好意思拒绝。"你看，这落花真多，都被游人踩成这样了。真是'零落成泥碾作尘'啊！"我指着满地的落花不无忧伤地说，并用脚轻轻踢了踢，几朵落花便飘落到旁边深谷里随流水漂走了。我抬高嗓音，"落花有意，流水无情"，想含蓄地回绝她。没想到她却回眸微笑着说："花只有凋谢了，才能长出更鲜艳的花朵，花才有生机；水只有流动了，才能成为活水，水才有活力。就像人一样，只有往前看，往前走，人生才有希望，才会结果。"说完竟毫不犹豫地拉着我的手往前走。

我受宠若惊。没想到这"美眉"还如此有哲理，不禁在她的身后仔细端详起来：高挑微胖的身上该凸的凸该凹的凹，尤其那微翘的圆臀和粉白中透红的皮肤，那像是配上和弦的稳健而又灵巧的双脚，还有那随着踏步而有规律摆动的裙子，一派落落大方的风采，简直就是梦中最漂亮的女神了。我心想：也罢，也罢，难得出游一次，做一回护花使者也不枉然，再说，也还可以暂时忘却心中的伤感情结。于是就心安理得地任由她牵着拉着，有时上一级台阶或是一点小坡我也往往故意大喘粗气佯装劳累，让她多牵一次和多拉一把，竟时不时有一股莫名的激流涌动全身。那种感觉很奇妙，真让人希望这条赏花的山道没有尽头。走在她的身后看着她不时飘动的裙子和聆听她那爽朗的笑声，有时竟分不清前面到底是她还是杜鹃花。可她好像没有发觉我一直在凝视她，注意力全都在那杜鹃花上了。美丽而又壮观的杜鹃花丛使得她时而欢呼时而惊叫，有说有笑的。

　　为了讨她的欢心，我故意煞有介事地侃侃而谈："杜鹃花美，是因为它们是一位仙姑的眼泪化成的。据说那是玉皇大帝的女儿——七公主下凡返回后，面对寂寥的天庭，经常思恋人间大好河山和缠绵的情爱，免不了流下伤心的泪水，泪水随风飘落在大明山上，就化成了这些美丽的花朵。""不信你看树干上还有斑驳的泪痕呢，有诗为证：'斑竹一枝千滴泪'。"我一边指着杜鹃树干上的斑点，一边看着她笑着说道。"我相信这是真的，不是仙女的泪水是难以浇出这样美丽的花朵。"她好奇地说，"不过，生活是不相信眼泪的。"她转过话题，加强了语气，"你总是那样多愁善感的，让我看看是不是被花神迷惑？"说着就用一只手在我背上轻轻一捶。我耸了耸肩膀，笑了笑，又调侃说："大明山上的杜鹃花是我看过的最美丽的花了，而你更是我见到的最美最美的女神了。""又拿我开玩笑了。"她努了努嘴，又举着小拳向我肩膀捶了过来。我趁势抓住了她的拳头，笑着说："我真怀疑你是七仙女下凡，到大明山赏花来了，让我摸摸你是仙还是人。"话语刚落就将力度加大了一点。她一痛，忙说："别闹了，再闹就出格了。"我才意识到身边不远处的游人很多，这样的举动是有失斯文的，赶忙耸肩缩手。她却爽朗地笑了，笑得那么开心，是发自内心的笑。

　　"好一株壮观的杜鹃花呀！"突然，她指着前边不远处的小坡上一株开满花朵的杜鹃树大声喊道。说完便小跑爬上了小坡，依偎在树干上要我拍照留影。正当我拿起相机选准角度准备拍照的时候，一阵骤然的山风袭来，掀起了她那粉红色的摆裙，裙底风景迎风闪现。我有些目呆，竟不自在地紧张起来，慌乱中手竟不自觉地按下了快门。见到我失态和慌乱的样子，她猛然警觉，赶忙用手扯住摆动的裙子。可是"树欲静而风不止"，那山风像是捉弄人似的，一个劲儿地袭来。此时，坡下的山道上一些游人也投来了好奇的目光。我见状，赶忙快步走上去佯装看花朵，用身子挡住了她，挡住了风，也挡住了坡下游人的目光。"你站在坡上看风景，而你，成了坡下人的风景！"我打趣着打破尴尬。她没说话，而是用眼半瞪着我，那眼睛像在感谢也像是在责备我的戏言。等到一切归于平静以后，她才嗔笑着，也打趣吟起来："春风不识爱，何故掀裙子！""'窈窕淑女，君子好逑'，更何况这吹生万物的春风呢，它可是有情感和灵魂的。"我继续打趣道。她嗔着又斜瞪了我一眼："一派胡言。"接着她却又倔强地说，"我就不信留不住这美景，你再帮我拍一次。"说完又依偎在杜鹃树干上，脸上又绽开了灿烂的笑容，那情形俨然是一位花仙子。我赶忙选好角度按下快门。啊，一幅人面桃花相映红的美景终于被定格了！她也满意地笑了。这可是我学会拍照以来拍到的最好、最美、最满意的照片了。我想，如果把她放在电脑的桌面上那该有多好，其他壁纸都会逊色的。

　　不知不觉中大半天就过去了，时间已近晌午。我们坐在天书草坪上休息。大半天来的"零距离"接触，我们彼此都没了那种陌生感，话匣子也就打开了。我问起她的随同友人，她往前面不远处十几个正在欢笑着赏花的年轻人指了指，说"那是我的同事"。她也问起了我的名字和工作，我如实告诉了她我的名字而没告诉从事何种工作，只是说："是为人民打工的。"而当我问及她的名字和工作时，她却笑而不答，也只是说"是为国家打工而已"，倒是对我的名字感兴趣。她打趣说我取名"华南"，祖国的南方，热爱家乡，胸怀祖国嘛！没想到她竟对我的名字会有这样的联想。定了定神，她好像发现了什么似的惊叫起来："你是不是前些年写过一篇《商海弄潮显身手》的通讯呀？"我想起了几年前在宣传部门工作时为完成任务而写过这么一篇文章，记得是发表在市报上的，我点了点头。"这世界太小了，茫茫人海中让我碰到了想见到的人。"她高兴地说。"阿南，你知道吗？我正是在你那篇文章当中找到了开拓向前的灵感，是它改变了我的奋斗历程，写得挺好啊！"我不以为然地笑了笑，不相信一篇拙作竟与眼前这位如花似玉的姑娘的人生历程联系在一起。不过听到她叫我"阿南"时还是倍感亲切的，因为在大学的时候同学们都这样叫我，使我又年轻了许多。"你不说我都忘了。"我随便附和了一下。"没想到你的思路和想法与我一样。"她却又说了起来。"微斯人，吾谁与归？！"我一边说一边瞄了她一眼，笑了笑。她也会意地笑了，笑得那么坦然，那么甜美，那灿烂的笑容也就更动人了。

于是我趁机大说特说起来。当我说她好漂亮好动人，就像那杜鹃花一样粉中有红，红中透白，成了大明山花中之花时，她反而不高兴。而当我自嘲地告诉她，因为我皮肤黑不溜秋的，有一年跟随领导参观东盟博览会的时候，有个友人说我像黑山羊一样都快成了地理标识时，她却又轻松地笑了。我忙摆出阿Q精神正色道："不过呀，现实生活中，丑男往往娶得大美女呢！"她笑得更爽朗了，说："黑是黑，心不黑就行了，再说，黑色乃是劳动人民的本色。"她顿了顿，突然神情凝重起来，无不忧伤地感叹，"我前夫长得又白又帅招人喜欢，可就是没有主见和远见，心里还是有点黑的。"我很惊讶，她竟把自己的情感历程告诉了我。我用疑惑的眼光看了看她。"那是十多年前的事情了。那时大学毕业后我到了那个大城市工作，与厅长的儿子相恋完婚……"我是最恨用金钱、权力和财产标准来衡量爱情和生活了，它们是我的情感婚恋不断波折的罪魁祸首。我聆听她的话语，心想：又是一出"郎财女貌"的把戏啊！我看了看眼前这位心目中的女神，心里好像压着大石头一样沉重。她似乎看出我的心思，连连解释道："我是真心爱他的，他曾经是一位奋发向上的优秀青年，我们曾爱得如痴如醉如胶似漆的，只是后来受到家族的影响和压力而蜕变了。"我更疑惑了。"他是个独生子，厅长家族的重男轻女思想太严重，一定要我生个儿子接香火，最后不但生不了儿子反而差点把自己的身体摧残了，日子是在家族的冷言冷语中度过的，你不身临其境是不知道其中的痛苦。"她的话语有些哽咽，"更为不幸的是，他瞒着我在外边拈花惹草，又赌又嫖又包二奶，还吸毒又贩毒，尽管我一再流泪相劝，他还是干尽了坏事。家婆还以所谓的'公鸡婆'为名把我赶出了家门。我对他及其家族失望甚至绝望了，只好离了婚，离开了那座令我伤心的城市。"她又无奈地诉说，那悲愤的神情溢于言表。那神情即使铁骨铮铮的汉子也会为之动容。"那是多么悲惨的人生啊。不过，与你比起来，我也好不到哪里的。"我真诚地告诉她我大学毕业参加工作后与一位年轻漂亮的女孩谈了七八年的恋爱并结了婚，但婚后不久，在我爱得如痴如醉近似疯狂的时候她却又经不起世俗的偏见和压力离我而去了，有了新的彼岸，那时别提有多痛苦和绝望了。"问世间情为何物，直教人生死相许……"当我也把多年占据心间的令我心神不宁的伤感情结和盘托出时，发出了感慨。她微笑了起来，很快恢复了神情，真诚地看了我一眼说："从今天你那多愁善感的举动我早就看出来了，你必定是经历情感婚恋波折的人。"接着又感慨地说："后来不几年，厅长因贪污受贿，腐化堕落而锒铛入狱，领了无期徒刑，金字塔式的厅长家族顷刻间轰然倒塌。我的前夫也毒瘾发作不能自控而跳下楼，结束了年轻的生命，老太婆突发精神病被送进疯人院，真是报应啊！"她释然自语道，说完又理理额前刘海，轻轻甩了甩头，加重了语气："一切都过去了，我早已尘封了那段痛苦忧伤经历。经过十多年来的奋斗，我现在事业已有所成，重新组合的家庭也很幸福了。"她打了个哈欠，很释然地说，那神情充满了自豪和自信。"你不必再去伤心和落泪了。既然歇斯底里都不能留住那份爱，也只能放手。你知道吗？人世间有一种爱叫作放手……"她的表情很真诚，话语那么轻柔，但足以让我心中波澜翻滚心潮澎湃，我太有同感了。"你也不要老是停留在过去的时光了，不能总是走不出过去的阴影而郁郁寡欢、多愁善感了！""那是，那是。"我也释然地连连点了点头。说着她又话锋一转："我们现在的年轻人很脆弱，往往经不起创业的艰辛、生活的磨难和情感婚恋的波折，一旦受挫就像泄了气的皮球而抬不起头，得过且过，无所作为的，甚至轻生或误入歧途，失去了应有生机的与活力，这是我多么担忧的事情啊！"她一脸愁云，略显些许无奈，顿了顿，又加重了语气，"你想想，我们的国家在改革开放的大潮中正如日中天般地崛起并日益走向繁荣富强，我们饱经风霜的民族也正日益走向伟大的复兴。在这浩浩荡荡的历史潮流中，作为青年一代而无所作为，将会给国家和民族带来多么大的损失啊！"她凝视着前方，不无忧伤地感叹。我心里有如地震，没想到这样美丽动人的"美眉"竟有着这般鸿鹄大志和忧国忧民的抱负，不禁为自己的"燕雀之志"而深感羞愧。我真诚地看了看她，春风中，她依然像那绽开的杜鹃花那样鲜艳动人，流光溢彩，而形象和气质却像大明山一样伟岸和高昂。都说"头发长，见识短""红颜祸水，误国殃民"，可我在她的身上却没有找到一丝迹象。我沉默良久。

"你的话语总带着文学色彩，想必你一定很喜欢文学吧？"她打破沉默说道。"是的。"我附和着，"我欣赏小说那引人入胜的曲折情节，喜欢散文那形散而神不散的风格，酷爱诗歌那言简意赅却风情万种、含蓄清幽的意境。""我也喜欢文学的，可是没有空写，但一有空闲的时候我就会浏览甚至品读文学作品，尤其是名家及伟人们留下的诗文，他们那昂扬的斗志、豪迈奔放的风格，使人得到了力量，充满了青春与活力。"说着竟情不自禁地吟起俄国著名诗人普希金的名篇《假如生活欺骗了你》：

　　假如生活欺骗了你/不要悲伤不要心急/忧郁的日子里也不要哭泣/相信吧/ 快乐的日子将会来临/心儿永远向往着未来/一切都是瞬息/一切都将会过去……

我也被她感染了。"文学这种来自生活又高于生活的东西，让人读得享受，读得感悟，读得奋发。'书中自有黄金屋，书中自有颜如玉'嘛！"我自言自语地说。"阿南，何不趁着游兴写首小诗，让我也享受享受。"她用恳求的目光真诚地看着我。大话已出了是不好收场的，特别是在美女面前。我只好硬着头皮，从上衣袋中取下笔，又从通信录本子里撕了一张纸，想了想，胡乱写了几句：

我愿我的情怀，

如同大明山一样伟岸高昂，

容纳你美丽的风景。

我愿我身体里的热量，

如同红水河一样波涛翻滚，

冲走你所有的忧伤与不幸。

我愿我心中友情之河，

为你——我的朋友，

日夜奔流不息。

　　写完就随手递了过去："拙作几句，请雅正。"她接过去看了看，只笑不言。弄得我不知所措。

　　正当我不知所措之时，从对面不远处的杜鹃花树旁那一群年轻人中跑出一位年轻的女子，举着手机朝着我们一边跑一边喊道："董事长，董事会和总公司来电了，叫你接话。"她忙指了过去说是她的秘书小李，就起身拿着手机到前边接电话去了。我的目光还一直在她的身上移动。小李看了看我，笑了起来，说："我们的董事长年轻漂亮吧？你知道吗？董事长今年已35岁了，有一个活泼可爱的五岁女儿。"我不禁惊叫起来："什么，董事长？35岁？……"小李见我疑惑，就接着说："董事长是我们的偶像。她22岁清华大学毕业参加工作后，不安于情感婚恋波折的悲惨现实，毅然只身下海，赴深圳特区打工，凭着扎实的基本功及过人的智慧和胆识，从一个打工妹到技术领班人，技术总监，策划部负责人，副总经理，副董事长，一步一个脚印顽强拼搏，最后，以自己的实力创办了我们深圳振华定凯集团公司，现任公司董事长，她还是一位党代表和全国人大代表呢。现在我们公司是已经拥有五千职工、百亿资产的全国百强企业了。"小李神情感慨，"虽然有亿万身价，但董事长却从不摆架子，总是那样和蔼可亲，平时与我们姐妹相称的，是那样平易近人。尤其是她那乐观向上永不知疲倦，充满活力和与时俱进的姿态，感染、鼓舞和带动了公司一大批年轻人，已经有近千名年轻人成为公司中高层骨干和技术能手。我相信在董事长的带领下，我们振华定凯集团公司定能在不久的将来跻身于世界百强企业之列。"李秘书自豪地向我诉说，"你可能还不知道，她心中的那位'白马王子'竟是一位'黑马王子'，是一位水手，就是我国航天科技领域里那艘常在惊涛骇浪中肩负航天测控任务的远望三号测控船上的大副，由于长年在烈日下风浪中漂流与搏斗，他的皮肤被晒得黝黑。我们都叫他黑马王子……"随着话语我的脑海里立刻闪现出一幅惊心动魄的场景：茫茫大洋上骤急的风浪里，一位健壮的年轻舵手有力的臂膀正紧紧握住方向舵，两眼注视前方一边指挥舰船劈波斩浪，一边对着麦克风向太空发出神秘指令……等我回过神来时，我才发现，我的眼睛模糊了，眼镜竟一直跌落到鼻梁底下，在美女面前彻底地失态了。

她接完电话转身过来，见我失态的样子，她和小李都笑了起来。回过神后，我赶忙谦逊而恭敬地说："董事长，你看我这狗眼看人低，今天多有冒犯，实在对不起。"这回我说的是心里话，语音有点颤抖。她忙说："不打紧的，该休息时就休息，该放松就放松嘛，太拘束了反而扫兴。今天我也有过失态的。不过，如果我的一番言行能使你摆脱伤感而重新振作起来勇往直前的话，我也就不虚此行了。"接着又说，"今天我率公司部分骨干人员再次到我们广西考察，顺便回故乡探亲，恰好赶上大明山杜鹃花节就上山了，借以放松一下心情，没想到碰见你。我得感谢你陪我度过一个愉快的旅程。"说着，抬手看了看表说，"时候不早了，我们就要下山了，刚才董事会和总公司来电，同意了我关于在南宁市建立分公司，登陆泛北部湾经济开发区和东盟市场的决策报告。我认为机不可失，时不可待，必须立即上马。等下山后，还要赶下午 6 点钟的飞机，尽快返回，争取晚上 9 点召开董事会部署落实。"说完她便递过刚才写诗的那张纸，"写得很好，不过，意境还要拔高，我期待你的大作早日面世。这上面有我的 QQ 号，请把相片发给我，别忘了多联系。"说完又与我握了握手，"欢迎你到我们深圳振华定凯集团公司来走一走，看一看，体会时代发展的脉搏。到时可别忘了带来你的大作，我要拜读哟！"目光真诚而充满期待。

　　此时此刻，我竟不知言辞，只是紧紧地握住她的手。等到她转身离去一阵子后我才朝她喊道："董事长，我要在你们南宁分公司里见到你，要在泛北经济开发区和东盟市场上看到你！还有，我要请你品尝家乡的土特产黑山羊——"她转过身来向我挥了挥手，大声说："会的，会有那么一天的！"话语铿锵，笑容依然流光溢彩，随风摆动的裙子就像风中摇曳的杜鹃花。直至她没入前方的花海了我还是呆若木鸡地站着，高高举起的右手依然停留在半空中。

　　这时，几个好友围了过来又捶又捏，对我一阵炮轰："还发什么呆呀，美女早走了！"好友阿宏朝我肩膀猛地擂了擂嚷着，"真是个重色轻友的家伙，大半天的只想泡妞。"好友阿江埋怨说："你看看，都几点了，谈恋爱也不看时间，泡妞也不分场合！"更有甚者，好友小张从车里蹿出来叫道："南哥，你过来开车。刚才你对美女泡也泡了，摸也摸了，你再摸摸方向盘看看，是冰的还是暖的，是软的还是硬的！"大家都笑了起来。弄得我有口难辩，答应下山后请客喝啤酒，才平息了一场风波。

我们依依不舍地作别了杜鹃花，作别了大明山。在回程的路上，友人们因旅途疲劳都打盹或是睡着了。只有我满脑子还在放映着山上杜鹃花那迷人的盛景，还有花丛中她那灿烂的笑容、那会讲话的眼睛和飘动的裙子……我展开写着小诗和她 QQ 号的纸张，赫然发现里边夹着一朵尚带些许泥土气息的谢落不久还依然鲜艳的杜鹃花，还发现那首小诗已被改了三个字：

> 我愿我的情怀，
> 如同大明山一样伟岸高昂，
> 容纳你美丽的风景。
>
> 我愿我身体里的热量，
> 如同红水河一样波涛翻滚，
> 冲走你所有的忧伤与不幸。
>
> 我愿我心中心情之河，
> 为你——我的祖国，
> 日夜奔流不息。

　　读着诗句，我的心中再一次受到震荡和洗礼。"一样悲欢逐逝波"，多少磨难和波折、多少爱恋与憎恨、多少悲伤与痛苦，此时都随风飘散付诸东流，多年来时时困惑着我、操控着我灵魂的挥之不去的伤感情结就像被激流冲走被大海融化一样变得荡然无存，只感到无限的惬意，也没了旅途的疲劳，身上似乎有一股股滚烫的血液在流动，在充实着我的充实，在温暖着我的温暖，感到浑身充满了力量。

　　我拿起杜鹃花闻了又闻，亲了又亲，不禁惊叹起来：多么美丽的一朵杜鹃花啊！

亦有樱花别样香

那是今年八月份一个风和日丽的星期天早上，一阵骤响的手机铃声打断了我"补充睡眠"之意，被告知要下乡，有工作任务。也许是职业病之故，我踢开被子爬起来，两分钟洗漱，三分钟打扮，出门前还不忘记在头发上洒摩丝喷香水。

刚进车还未坐稳，有领导便拍着我的肩膀："今天我们去接待到我们这里来开展慈善活动的日本友人，你会几句英语，就充当翻译和采写有关信息吧。"我受宠若惊地点了点头。可仔细一想：自己是个非英语专业的，英语口语不怎么好而且大学毕业都整整十年了，怎么成呢？完了，麻烦来啦。可又想：不就是几个日本友人吗？又不是正式场合，也许几句"你好""欢迎""谢谢"等之类常用语就应付过去了。这么一想，心里安稳得多了，便若无其事地倚着车窗观景遐思。

一路上一车人都议论着日本友人捐资之事，褒贬不一。我向来对这东洋国没有什么好感，想起"南京大屠杀"①"旅顺大

---

①南京大屠杀：据史料记载，1937年12月13日日军攻占南京城，开始长达6个星期的大规模屠杀、强奸以及纵火、抢劫，日军集体大屠杀28案，19万人，零散屠杀858案，15万人，中国军民被枪杀和活埋者达30多万人，许多人被焚尸灭迹和活埋。约2万名中国妇女遭日军奸淫，许多妇女在被强奸之后又遭枪杀、毁尸，惨不忍睹，南京城的三分之一被日军纵火烧毁。被日军抢去图书文献88万册。

（引自http://wanda.so.com/q/1353490743121214）

屠城"①和 20 世纪 40 年代在马山制造的"敢细洞惨案"②（活活烧死 85 名同胞）的滔天罪行，更令人深恶痛绝。心想：今天我倒要看看他们再踏上这块土地时的嘴脸！

　　到目的地下车才片刻，一辆乳白色的丰田车缓缓迎面驶来，停在我们奥迪轿车旁边。车上下来了几位日本老人，已是有些老态龙钟，但却一脸慈祥，谦和地同我们握手。我机械地用蹩脚英语一一介绍了到场迎接的领导和人员。最后下车的却是一位日本姑娘，穿着牛仔裤，上身一件 T 恤，一副纯情烂漫的中国姑娘装束，要不是有人介绍，我还真不相信她是日本人呢。粉白中透红的肤色以及乌黑的长发，白里透红的笑靥上那水汪汪的大眼睛左顾右盼的，真使人有"秀色可餐"之感。我板着脸孔机械地伸出右手，从牙缝中挤出一句："Welcome !（欢迎你!）"这东洋妞儿却真诚而温柔地同我握手，微笑着说："How do you do!（你好!）"当目光与我撞到一起时，便微笑着略带羞意地转身而去，显得十分温柔、亲切和友善。如果穿上和服，我敢肯定她是只百分之百的温顺小羊羔。我有些惊讶于东洋国还有此等"尤物"。

　　我们为客人准备了丰盛的午餐。因为不懂日语，我还是操着蹩脚的英语给日本友人逐一敬酒。当轮到东洋小妞时，我调侃道："以水代酒敬你一杯，不要敬酒不喝喝罚酒。"但却在桌子底下偷偷地斟上一杯满满的米酒递了过去。没想到妞儿真的接过酒杯一饮而尽，然后呛得她连连咳嗽，鬼脸串串，直呼上当，引得众人大笑。定了神，她一边撒娇似的责怪，一边嗔

---

①旅顺大屠城：据史料记载，中日甲午战争期间，日寇于 1894 年 11 月 21 日攻陷中国旅顺，对城内进行了屠杀、抢劫和强奸，约 2 万人被杀，据说全城只留下 36 人收埋尸体（后经考究有 800 余人幸存）。（引自 http://shizheng.xilu.com/20141222/1000150003625453.html）

②敢细洞惨案：据《马山县志》记载，1944 年 12 月 2 日——3 日日军进犯马山县，在上龙塘头屯火烧敢细洞，将洞内躲避日军的 85 名男女老少活活烧死。

笑着向我的碗里夹了一块肥多瘦少的巴掌大的扣肉，用汉语流利地说："敬人一杯酒，回敬一块肉，"原来那东洋妞汉语讲得很流利。我是不擅长吃肥肉的，见我腻得皱起眉头一脸窘态时，她开心地笑了，笑容还是那样可掬。我忙趁热打铁指着整桌菜介绍起来，什么"绿色黑山羊""绿色土鸡汤""绿色旱藕粉""绿色红薯"啦，弄得小妞儿这盘夹一块，那碟吃一口，不亦乐乎。

饭后主人为客人们举行了欢迎仪式，并和日本友人开展了慈善活动，之后是一场别开生面的文艺联欢活动，相互演唱两国的民歌。我不懂日语，听不懂他们唱的是哪一出，但可看得出他们那么真诚和友善，流露出对美好生活向往和祈祷幸福平安的情怀，当年入侵中国时日本兵那野蛮霸气的神态在这里已荡然无存，尤其是那温柔的小妞，温润的小嘴唱得那么动听，那么真诚。

最令日本客人感兴趣的就是玩跷板鞋游戏了。几个人排成一排，一起穿上跷板鞋，脚连着脚，肩扶着肩，齐声喊"一二一"迈步向前，一圈又一圈，扭扭捏捏东倒又西歪的，不亦乐乎。我也邀上日本小妞玩着跷板鞋。我扶着小妞的肩，"老衲推车"似的在后面一边喊"一二一"，一边高唱"妹妹你大胆地往前走呀，往前走，不回呀头……"突然，"啪"的一声，洋妞失去平衡跌倒在地上，受牵连的我也因势倒下。我那1.72米个头和140多斤重的身子便重重地压在了她的身上。在众目睽睽之下，压在颇具姿色的异国靓女身上，是有失斯文的。我顿时感到很尴尬，但心里又闪出一个念头，想，身下这个小妞儿也许是那场长达14年的侵略战争中在中国烧杀抢掠、奸淫妇女的大魔头、小魔头的孙辈小混混呢，今天让其为我垫垫底又如何呢？！竟一时感到心安理得了。我佯装扭伤，趴在那妞身上几秒钟才徐徐而起。因为地板灰尘多，我们两个人屁股跌得一片污尘，引来众人哄堂大笑。东洋妞羞涩地忙转过脸拉着我的手小跑步般急走到楼角落的洗手间。我赶忙大哥哥似的用手拍着她身上的尘土，动作很轻（到底是拍还是摸我已记不清了），她转过身来，嗤笑着说："我也帮你拍拍！"然后用小拳头雨点般地捶着我的熊背，不痛不痒的，竟有一股莫名的热流穿透我的全身。

　　出了洗手间我们再也没兴趣玩跷板鞋游戏了，一起到楼外的小土坡上小憩。可小妞儿的话已开始多了起来。什么"洗手间""卫生间""厕所""茅厕""方便处"为何都是同一种词义，而"方便处"与"方便面"及"方便的时候到我这里玩玩"中的"方便"为何意思又不尽一样呢？诸如此类问题，逗得我捧腹大笑。我解释道："这是一物多名，一词多用。在中国汉字里还有许多此类词句呢。我们中华民族有几千年光辉灿烂的文化，博大精深，影响深远。你们日本文化有的还根源于中华文化呢，比如：日本文字中的片假名和平假名就是根据中国汉字创造出来的，日本有不少人至今还保留着中国汉唐时期的生活风俗习惯呢！只是后来……"我自豪地滔滔不绝地说起来，但还是回避了"南京大屠杀"这一敏感字眼。"是啊，在我们日本有很多人像我一样喜欢中国文化，只是因为那场战争使我们隔阂了这么多年。人类要是少一些战争，多一些和平，少一些隔阂，多一些友谊往来，那该多好啊！"日本小妞亦是口若悬河地说。那一脸的哀怨溢于言表。

　　"是呀，就像你们国家的樱花那样，齐刷刷地向着太阳开放，与世无争，宁静馨香，多么美好！"我附和着，可言下之意却是：东洋人啊，你们要反省历史侵略战争，要与人和平共处。"是啊，人的一生生老病死就那么几十年，要是一朵樱花就好了，悄悄地开放又轻轻凋落，又可在风中摇曳、飘香……"她喃喃自语，有些迷茫似的两眼凝视前方，却又充满了无限的憧憬。

几回近距离的接触，我们彼此把对方当成朋友了。她告诉我，她还是个在校大学生，正攻读硕士学位。"在日本就业有时候还是较难的。但不管如何，我已选定了将来到中国投资并从事慈善方面的工作。这次来中国的所见所闻，更坚定了我的选择。"她由衷地说着，一脸坚毅的纯情。我赶忙双手合十，说："我们中国神话中有个观音菩萨，能普度众生，希望她能保佑你一生平安，一生幸福！愿您成为女菩萨。"小妞儿高兴地笑了，笑得那样甜美无邪。

时间过得真快，与日本姑娘在一起的时间开始以分钟来计了。不远处，日本客人正忙着与送行的人们合影。小妞儿拉着我的手跑了过去，缠着我跟她合照，她与我贴得很近，她的头就枕在我的肩膀上，一副小鸟依人的神情。她无所顾虑地说："方便的时候请到日本玩玩，我带你去富士山。"我惊讶于她已经学会了"方便"一词的用意。"He who does not reach The Great Wall is not a real man（不到长城非好汉）。"我也回应着，"希望下一次在中国见到你，我带你去游览中国长城，更希望你变成女菩萨。"分手时刻我也不忘表现自己，但却是饱含真诚的。

日本友人的车快要开了，我已转身正要上我们的奥迪轿车。"Hi, Mr wei（嗨，韦先生），"她大声喊着，好像忘记了什么东西似的冲着我跑过来，"联系电话、E-mail（电子信箱）……"

我赶忙将自己背面写着"朋友，很高兴在这茫茫人海中与你相知共识，愿彼此珍惜这份诚挚的友情！"的名片递了过去，算是给她留言了。她瞄了一眼，还是带着嗔笑，接过我的笔记本，匆匆写了起来。写毕，随手一合递了过来，就以西方人分别时的礼仪，想拥抱我。我想，东洋妞呀东洋妞，你表达友情的方式过于强烈了，在我们这里是很封建的，在众人面前拥抱亲昵是被视为不道德的。"see you later（后会有期）。"当我是以中国的礼仪伸出右手与她握手道别时，没想到她竟拉起我的手，背对着众人亲了一下我的手背，就跑似的钻进他们的车里了。车开后，她那白皙而纤细的手在风中舞动了良久，直至模糊了我的视线。

在回程的路上，朋友们都调侃着我，说我真有"艳福"，大可来一场"跨国恋情"，说得我心里酸溜溜的。说真的，闭上眼睛的时候我还真的看见温柔漂亮的她呢。突然想起她的留言，赶忙展开笔记本。上面写了两行清秀的中文："我的中国朋友，愿我们友情之花常开，愿中日两国人民友谊之树常青！"落款竟是用了英文。

"好一朵馨香的樱花！"当我把她的名字翻译成中文时，不禁失声喊了起来。

同车的朋友都睡着了，只有我还在诅咒着战争，祈祷着和平，回味着日本姑娘送给我的那一个热吻。

一杯白开水的幸福

　　不知从何时起，我爱上了白开水。困了累了就倚在办公椅或是自家的沙发上，拿起一杯白开水慢慢啜着，或静思或遐想，竟也忘记了疲劳。

　　也许是在为人师表的日子里吧。大学毕业后我被分配到乡下一所农村中学当上了一名教师，那时，为了带好班、教好书、拿出好成绩，大家都暗中竞争，暗中卖力，白天上课，晚上改作业和备课，直至深夜。当时担任校办主任，又兼高三任课教师、班主任的我，工作就更忙了，一天到晚忙得不亦乐乎的。尤其是晚上，尽管乡下校园的瓦房里蚊子多、飞蛾多，大家也都加班至深夜。由于刚参加工作不久，工资低，又送弟妹读书，生活比较清苦，于是一杯白开水往往就陪伴着我度过每一个夜晚。正是这样的开水夜晚，使我和同事们取得了县级的、市级的，甚至国家级的荣誉，心里充满了无比的激动和由衷的高兴。

　　日子虽然清苦，但大家大都是年轻人，青春的萌动，让我们充满着希望和快乐。课余时间，稍有空的时候，便三三两两围在一起，议论着今天去追这个姑娘，明天去追那个美女。那时的我，更是放出了风声："姑娘，我爱你，纵然一杯白开水是我的所有！"还被不少年轻的同事奉为经典言情话，着实让我乐了好久。日子就像喝开水一样平淡地推移着，一眨眼就是十年。

　　世间事，有喜就有愁，有爱就有恨，有得就会有失，就像白开水一样，有热的就有凉的。那个青春时代，最让我痛苦的事便是情事了。曾经在风风雨雨中追寻到身边的人，却经不起世俗的偏见和压力，义无反顾地离去，追寻更为精彩的彼岸去了，自己又恢复了单身汉身份，只是不那么快乐了，心中多了一种迷惘，多了一份凝重。都说男儿有泪不轻弹，只是未到伤心处。感情这东西爱得太深，失去了即使是铮铮男子，也会落泪的，有时只是外表苦笑，而内心流泪罢了。尽管如此，我还是爱喝白开水，一杯又一杯的白开水，使我度过了一个又一个不眠之夜，度过了难以忘怀的为人师表的日子，度过了婚姻破灭失意的灰色日子，度过了一生中最美好的青春时光。

　　后来，调到了县里机关部门从事秘书工作，但是我爱喝白开水的习惯依然没变。白天跟县领导下乡一身汗水一身泥，晚上回来还要加班写总结、写报告、写信息、写日志、写发言稿等，往往加班到很晚，开水一杯又一杯地喝，不到三五天一桶饮用水就报销了，以至送水员将桶装水送到单位时，女同事们总指着我们股室说：“就送到水桶室去吧，水桶人等着喝水。”于是，我们便成了单位里的“水桶人”。不过，说来也奇怪，喝了白开水，脑子就很清醒，笔头也就没那么干涸了，有时洋洋洒洒近万言的工作报告初稿，也就在三四杯白开水之间产生。完稿之后，我往往又来一杯白开水，搁着笔，慢饮着，心中感觉到一种舒畅和快慰。忙碌中，也就忘记了那些伤心的往事。有一位朋友说：“人人都有痛苦，都有伤疤，经常去揭，会添新伤，学会忘却，既往不咎，生活才会有阳光，才会有快乐。”是啊，过去的事还提它干啥呢？情感心扉也就紧闭着。

　　还是一杯白开水，使我又打开了情感心扉，重燃激情。那是一个夏天的午后，我跟随县山界林权纠纷工作小组苦口婆心地做完两屯纠纷群众思想工作，避免了一场即将发生的恶性群体性械斗事件后，下到山下那个农村小学校稍作休息，年轻的她给我递过来一杯白开水。没想到这一杯白开水改变了我这个机关大院里单身"钻石王老五"的身份，很快成了家，如今儿子就快三岁了。现在喝起白开水，我还常常想起当时的事，想起那时同妻子闲聊时她讲的那句话："如果你乐意，我愿意帮你倒一辈子白开水。"心中就感到很温暖，感到有一种淡淡的幸福。

　　酒是经常喝的，但总觉得喝酒比不上喝开水。酒过三巡，会让人拍胸脯逞英雄，酒过七八成，还会使人相互指责对骂，浑浑噩噩，不知所为，既伤身体，又伤感情，酒醒后又都记不清自己所说所为或记起了也都后悔死了。不像喝开水，可以静思，可以"静坐常思己过，闲谈莫攻人非"，还可以宁静致远，怡然自得。

　　常喝白开水还可以修身养性。除了有几个同学被癌症夺去生命英年早逝令我痛心疾首外，更让我伤心至极的是官至正科或副科的几位同学局长、书记，因不想喝白开水，做了不该做的事，拿了不该拿的东西而被双规、免职和锒铛入狱，弄得身败名裂，妻离子散，真令人惋惜！古人云："水至清则无鱼，人至清则清廉。"就像一杯白开水，糖加多了水会变浓而混浊，味道就会苦一样，人的心里如果有了私心杂念，心就不纯了，人就不正了。官场上，荣辱之事常有，只要像喝白开水一样以平淡、平静、平常、平凡的心情来看待、处理，就会顺心如意。古人云："荣辱不惊，看庭前花开花落；得失无意，望天上云卷云舒。"说的就是斯事。

前几年，贷款建了房，月供两千五，两人的工资所剩无几，一家老小日子过得依然像白开水一样清淡平凡，但想到再过两三年，就可结束了房奴生活，我们又可以较舒适地生活，可以帮老父亲老母亲交养老保险，也可以置换新车，还可以一家三口外出旅游，走一走、看一看祖国的大好河山，心里就有了一份盼头和淡淡的甜怡，尤其是因工作忙，困了累了，回到家里，妻子递过一杯白开水，我就感到无比轻松和爽快，感到回家的幸福感，生活的幸福感。

记得有一位作家曾说："荒芜的日子是我生活的一部分。"我想，生活中不应只有大起大落，大喜大悲，大富大贵和大热大闹，还应该有像喝白开水一样的平平淡淡，安安静静和从从容容，这也是一种幸福！

亲爱的朋友，我爱你们，纵然一杯白开水是我的所有！

蘑菇姑娘

　　那是发生在首届黑山羊旅游美食节前夕的事了。那时我还从事县政府办秘书工作。一天，县领导交办一些公务需要办理邮寄业务。

　　我用单位印制的信封分别写好收件人并塞上函件后就拿着十几个信封赶往邮局办理快件业务。到了邮局，与业务员逐一整理核对一遍后，我还觉得不放心，生怕函件材料塞错信封，"张冠李戴"。我就曾犯过此类错误。有一年过春节，在发红包给孙子时，就误发了两个空红包，让小孩空欢喜一场，闹出了笑话。心想：这次邮寄业务，是县领导亲自交办的，不是闹着玩的，弄错了是会带来坏影响的，还是再核对一次比较稳妥。这时，我看到柜台前有一位显得很干练的年轻姑娘正在等着办理邮寄业务。为了抓紧时间不让她久等，同时也为了更稳妥地寄邮件，我就对她喊道："美女，等着也是空等，过来帮我核对一下收件人与函件是否一致，我不想闹出笑话。"我想，姑娘是心灵手巧的，办事细腻，是很少出差错的。她会意地点了点头，就过来利索地跟我核对起来。她核对完一封我再确定一次后才封上封口交给营业员，很快，我的业务就办完了。经过几轮的核对确定，应该不会出错了，我心里感到稳妥了许多。

　　轮到她的业务时，我也自觉地协助她办理。只见她把一大叠照片忙着分装快件袋，我有些好奇，拿起照片端详，原来是一张张蘑菇图片。这些蘑菇看起来好极了，不仅长得茁壮，而且成色很好，很诱人。不禁问道："这些蘑菇是你种的？""嗯，投了几十万元，在家乡办了一个蘑菇培育场。"她答道。我一边看照片，一边端详眼前这个姑娘来，只见她二十多岁，束着马尾，圆脸圆臀，一脸和善的面孔，加上一身粉色的连衣裙，一派既干练又落落大方的风采。可是此时的她脸上却结着一层幽怨的表情。刚才，自己只忙于办理邮寄业务，没留心到身旁竟有如此标致的姑娘。于是就打趣起来："蘑菇好看，蘑菇人更好看！"说完并朝着她瞄了一眼。她不好意思地微笑起来，也打趣起来："蘑菇长得那么矮，我有那么矮吗？"我又打趣道："至少有一点相同，都是亭亭玉立呢！"说着又朝她瞄了一眼，笑着说道，"就叫你蘑菇姑娘吧，这让人听起来就会想起蘑菇老板来。"她笑而不言，只是忙着将照片塞进快件封里。"为什么要邮寄这么多蘑菇照片呢？"我随意问了问。她却正色说："今年的蘑菇销路就靠这些照片了，我就不相信，我毛遂自荐，那么多商家不识好货，不买我的蘑菇。"原来，她邮寄那么多蘑菇照片是为了谋销路图发展。我装出一副内行人的样子，说："蘑菇妹啊，光靠照片谋销路哪成啊，耳听为虚，眼见为实，看到不如吃到哩！"我告诉她，再过十天，县里举办黑山羊旅游美食节，有一项内容就是土特产(农副产品)展销活动，你的蘑菇这样好，肯定能一炮打响，你不妨试一试。她一听就惊呼起来，这太好了，若能在旅游美食节上展出，肯定会吸引众多游客的眼球，我在现场煮蘑菇给游客尝鲜，不愁蘑菇没销路。我又补充说："在展销中，如果商家有意到蘑菇场参观，要为他们提供方便，这样一来，效果会更佳。""那还不容易，我多准备一班人马就可以了。"她应道。"这主意太好了，就这么定了，我决定试一试。"她信心满满地说。顿了顿她又说："帅哥，你在政府当领导，你帮我一个忙，我在政府里头没什么熟人，也不清楚展销会的办事流程，麻烦替我申请一个展销摊位。"话语中充满了央求的神情。这个主意是我自己提出来的，不好意思回绝她，我就说："我哪是什么领导，是领导的兵罢了，旅游美食节的事儿是活动组委会统一部署，我不太好插手干涉，不过我可以帮你了解了解情况，尽快回话给你。"她点了点头。

从邮局返回后，我迅速与组委会联系，了解有关情况，并着重地推介了她的蘑菇。没想到组委会当天下午就落实了一个展销摊位，让我通知她做好准备。事不宜迟，我就于当天下午将农副产品展销的地点和她的展摊的编号告诉她，算是完成了一项工作。

旅游美食节期间，人山人海。因忙于接待嘉宾工作，我没空到她的展摊了解情况，她的蘑菇展销情况不得而知。过后，因忙别的事，这事儿就逐渐淡忘了。

第二年年末，辞旧迎新之际，单位派我去邮局办理对公信函业务，我拿着一摞函件赴邮局。

因正值岁末年初之际，邮局里办理业务的人不少。这时，人群中一个不失稳重而又端庄大方的漂亮姑娘向我走了过来，笑容流光溢彩，阳光灿烂，迷人可掬，冲着我说："帅哥，我们又见面了。"说着伸出手同我握手。我一怔，这人我不认识呀，只是印象中好像在哪里见过一面。我有些失态而不知所措。她见我发怔就忙说："去年的旅游美食节前夕，我们在这里碰面过的，当时你叫我蘑菇姑娘，你还帮我一个大忙呢！"我才记起有这么一回事。由于大家都是年轻人，为了打破尴尬，我便诙谐地说道："我们真有缘分啊，老天不打招呼就把我们撮合到一处，只可惜，你有了男朋友，要不我肯定对你穷追不舍。"她开心地笑了起来，说："哟，你可以参与竞争呀！"她也打趣地说。"你这么漂亮又有气质，我恐怕排队到第 101 位，也等不来你的面试。"我又调侃着说。她一听就咯咯地笑了起来。我又趁机打趣道："听说你们女孩子在相亲的时候，能看懂男人的心是白的还是黑的，可我的心是红的，能看得出吗？"她笑得更起劲了，一只手捂着鼻子，一只手就握着小拳头雨点般地擂了擂我的背，不痛不痒的，说："我能看见你有一个色心！"话语刚落，周围人就忍不住也笑了起来。我立刻意识到在公众场合嬉皮笑脸影响可不好，忙耸了耸肩，正色道："我有色心，可没有色胆。"她却笑而不止，去年那种幽怨的神情已荡然无存，好像此时又多了几分高雅的气质。她告诉我，在去年旅游美食节期间，她的蘑菇全部脱销了，还与六个大商场的老板签订了供货合同。我真替她高兴。她又告诉我，几天前刚办理了一笔 500 万元的贷款业务，要进一步扩大再生产，再搞三个三十亩的蘑菇培育场。我一听，就震惊了起来，脸色也随之煞白。心想，姑娘呀，你办的不过是个小微企业，也敢投巨资？于是我故意以轻松的语气提醒道："商场如战场，开车速度不要太快呀，小心翻车！据统计，有 1/2 的车祸都是因车速过快而发生的。"她又轻松地笑了起来，说："胆小鬼，500 万就把你吓得脸变，那 1000 万元还不把你吓个半死呀！你放心了，我翻不了车，我的一个蘑菇培育场一个季度下来，营业额就达 150万元，不怕。"她从营业员手中领过两大袋从高校培育后邮寄过来的蘑菇菌种，面对着我热情地说："有空真诚希望你到我的工场视察和做客，我和我的工友随时恭候你的光临！"我赶忙说："我不是领导，哪敢去你那儿视察啊！""才不呢，你可是我心目中的领导。"她说道。"不敢！不敢！"我有点语无伦次地说。"我是小人物一个，哪敢成为大美女的领导呢！"我开玩笑地调侃说道。末了，她又握了握我的手道了一连串的"谢谢"，我忙说，那是我应该做的，帮助和引导老百姓发展经济是我们政府责无旁贷的责任和义务嘛！她微笑地会意点了点头之后将两袋蘑菇菌种挂上她那精致的电动车，跨上车轻盈地离去了，她那一身标致的冬裙很吸引眼球。我目视她远去的身影，心中不禁吟起来：

> 改革开放浪潮时时滚滔滔，
> 弄潮人儿从不分男女老少。
> 大众创业万众创新勇开拓，
> 美好生活芝麻开花节节高。

目送她远去，在幸会之余，不禁为她捏一把汗。心想：姑娘呀，姑娘，你不要吓着我，我这个人胆小，去年建房子，借钱借得我都怕了，5000元钱对我来说已够大了，500万对我来说简直是天文数字。心里不禁默默地为她祈祷：观世音菩萨啊，你要多保佑她，不要让她亏本啊，否则赔到下辈子都赔不完哪！我可不想见到一脸结着幽怨的美女啊！

后来，由于人事变动，工作变更，我不再从事县政府办的秘书工作了，跑邮局的次数也就少了，我再也碰不着她了。我想：也许她早就成了蘑菇场的大老板，成了蘑菇女王了，她脸上那朵微笑也必定会更加阳光灿烂，更加流光溢彩，更加美丽动人了吧！

红水河，父亲河

　　站在河岸望着滔滔红水河向前奔腾不息，聆听那低沉雄浑而又充满力量的咆哮声，我感受到儿时因淘气而被父亲怒吼着操手打屁股的感觉。这充满力量的河水，犹如父亲挥动着有力臂膀在奋行，听着这涛声，催我奋进。我想，正直向上的人听这涛声一定会壮怀激越，充满力量，奋蹄扬鞭；而那些唯利是图、图谋不轨、祸害众人的小人听了这充满力量的涛声，一定会害怕得胆小如鼠，战战栗栗，汗不敢出，不得安宁！一切嚣张的魑魅鬼怪也因此而害怕逃遁！这是父亲的威严！

　　心理学研究表明，母爱可使一个人有满足感，父爱可使一个人有方向感。那奔腾不息的红水河，一泻千里，朝着目的地——大海，而毫不犹豫地日夜奔流，不达大海不罢休，给了我方向感。为了人生的奋斗目标而不懈奋行，生命不息，奋斗不止，不达目的不罢休。

　　红水河源远流长，蜿蜒曲折地奔流于崇山峻岭之间，以磅礴的力量挽起高山大地，似父亲那健美的臂膀，向世人展示了他博大的胸怀。那迂回曲折的河道，犹如奋行的父亲放缓的脚步，以慈爱的情怀抚慰着我，令我荡气回肠。人生不应只有步履匆匆，也应充满柔情，享受亲情、友情、爱情……

站在河岸往左右极目，尽是满眼美景。那婀娜滴翠的竹子，那俊秀的峰峦，还有在春天里盛开的木棉花，组成了一幅美丽的原生态画卷，展现出一个人间仙境，如同父亲向世人展示他迷人的人格魅力，令人遐思无边。

红水河那充满力量的急流，造就了许多大型水电站，日夜旋动的水轮，发出一股股强大的电流，驱动了一座又一座工厂，照亮了一片又一片黑暗，如同父亲以强大的劲儿在辛勤耕耘，在开拓向前，更如同父亲那坚强而又豪迈的奋斗情怀：不要问我有多大，我的年轮已变成水轮，我的爱已经融化成红水河的水汇成拍岸的波涛，高峡出平湖的日子，我的爱就会化成电流，去驱动那荒芜的工厂，去驱散那黑暗的角落，去点亮那姑娘美丽的心灯！

红水河富有生命的灵性。它让我想起了悠悠岁月漫漫人生。人的一生不就是一条河吗？该激越奋行时就往前奔突，该步履平缓时就迂回曲折，从从容容。就像红水河一样，遇到险滩峭石就激溅浪花，遇到沟壑凹槽就奔突向前，遇平川坦途时就迂回曲折，缓缓前行。这使我想起父亲跌宕起伏的人生，在"文革"之前有过辉煌，在"文革"时遭受悲惨的批斗而低沉，在改革开放年代又重获新生，老骥伏枥，志存高远。父亲就这样一直从容应对岁月的峥嵘，人生的起伏，有如红水河蜿蜒曲折地向前奔流不息。

啊，红水河，父亲河！

谁不说俺家乡好

那是一个晴朗的夏日，我们单位全体工作人员赴我的家乡马山县金钗镇红水河乐滩电厂库区考察。

我们取道马山县百龙滩镇，跨过红渡大桥，沿着都安瑶族自治县红水河河岸道路向目的地进发。看到家乡的红水河岸与一座座青山紧相连，河岸山坡上一层层梯田一层层绿，绿油油的果树满山冈，我高兴得像一只出笼的小鸟投入大自然的怀抱一样，心中无比愉悦。往昔惊涛拍岸的湍急红水河河水，因乐难大坝蓄水而变得平缓清幽碧绿，像一条碧绿的玉带往车后不断平铺着延伸着，在和风中宛如飞天仙女轻盈舞动的飘带，美不胜收，使人遐思无边。阳光里，看着波光粼粼的河面，使人不禁想起"水光潋滟晴方好，山色空蒙雨亦奇"的诗句来。

到了马山县金钗镇渡口，我们将车子开上船渡过河面，停放在金钗渡口岸上，与金钗镇的朋友会合后，登上了一艘崭新的渡船顺河而下，沿河漂游。我仔细观察了这艘渡船：船设三个功能区，船头为驾驶舱，除方向舵之外，还在侧边设置了一个小烟摊和侧门，另一侧摆放着一对低音炮小音箱，用薄板将船舱隔开，上设一个小型玻璃窗口，可看见船舱里的情况；船的中间是船舱，很宽敞，内置一张长桌子，左右两边各设12座凳子，上下两端分别设3个座凳，在下端还留了一些空间，摆放一些备用凳子，这既可以供游客打牌娱乐用，也可供游客用于小吃及烧烤类食物，既适应散客需要也符合旅游团使用。船舱左侧设一小门，其余都整齐地贴着本地土特产宣传画，有黑山羊、旱藕粉、金银花、里当土鸡等，一应俱全，介绍详细；右侧用玻璃制成小柜台，堆放土特产实物，显得井然有序。见到我们上了船，老船公就忙开了。不一会儿，老船公便端上了一盘香喷喷的虾子，一边摆上饮品一边说："听说你们要来，昨天下午利用摆渡的闲余钓了一些鱼和捕了一些虾，你们尽可品尝品尝。"于是我们便无拘无束地端杯痛饮。观赏着如诗如画的美景，品尝着特色风味小吃，那种豪爽的神情便油然而生。我们的领导讲起了幽默的 GDP 故事，气氛很快便显得轻松愉快起来。领导的话语虽然轻松幽默，但我们心里都明白，我们的领导心中时时装着全县的国民经济，而且一直在思考如何发展全县经济而运筹帷幄。

老船公又端来了一条香喷喷的烤鱼，鱼香味弥漫着整个船舱，大家欢呼雀跃起来。我们的领导由衷地说："老船家，你这艘船好啊！"老船公向驾驶舱指了指说："这是去年我小孩买的。"我朝驾驶舱望了望，只见一个英俊的小伙子，正操着有力的臂膀紧握着方向舵，两眼凝视着前方，正在全神贯注地驾驶。老船家又说："这条船是攒黑山羊的钱买的。去年我小孩响应政府号召，退耕还牧，在田里种上优质牧草养殖黑山羊，刚开始我还想不通，怎么用田地来种草呢？还和他吵了一架，结果当年卖黑山羊就净攒了二十万元，比我一辈子摆渡得的钱还多，我就不吵了，由他搞了，他又向银行贷了十万元政府贴息贷款，买了这条船，有旅客时载客旅游并推销土特产，无客时就为乡亲们摆渡，旅游黄金周一天最多时可挣 1500 元，闲天也可挣两三百元。"听了他的话，我们的领导高兴地说："发展要解放思想，转变旧观念，落实科学发展观，当下，要调整产业结构，发展特色农业，推动旅游业发展，促进农民增收。"老船公点了点头，又忙活去了。大家都兴趣盎然，举杯畅饮。饮下三杯，由于好奇，我出了船舱欣赏家乡红水河岸如诗如画的美景。

　　看着高峡平湖的宽阔河面波光粼粼，平缓泛波，在阳光照耀下金光闪闪，很是迷人，看到这番景致，使人浮躁的心宁静而致远。再看看那清澈碧透的江水，更使人喜爱有加。那醉人的绿呀！满河碧绿得幽深，使人不禁想起"接天莲叶无穷碧"的诗句，令人有一种不得不爱起红水河的感觉。放眼望去，两岸的峰峦着满青衣，与河岸婀娜的翠竹相辉映，组成了迷人景致，仙境一般。看着那些青翠的峰峦，有的像猴子摘桃，有的像猪八戒耍呆，有的像睡美人，偶尔一群野鸟飞过山坳，令人拍手叫绝。我兴致勃勃地来到船尾同老船公攀谈起来。"阿伯，有游客时，你全家人都上船帮忙呀？"我问道。"不，主要是我和小孩打理，我的儿媳妇养殖黑山羊，孙子上学。"说完，他用手指了指河岸不远处的山坡说："你看，在那边唱歌放羊的穿红衣服的那个姑娘就是我儿媳妇，还是个城市姑娘呢！"我顺着他所指的方向望去，河岸望不尽的稻浪金光闪闪，在一处山坡上隐隐约约看见一个红衣人在唱歌，那歌声还那么悠扬悦耳，周围似乎有一群黑山羊在活动。这情形不禁使我想起了小时候看过电影《少林寺》的插曲《牧羊曲》来：

　　　　……

　　　　林间小溪水潺潺，

　　　　坡上青青草，

野果香山花俏，

狗儿跳羊儿跑，

举起鞭儿轻轻摇，

小曲满山飘，

满山飘。

……

（王立平　词）

那悠扬的旋律真令人陶醉。正当我陶醉在记忆之中时，老船公又说："刚开始我是不同意她与我小孩交往的，认为城市里的姑娘到乡下生活不会长久，爱情新鲜期一过就会婚姻破裂，竹篮打水一场空，时间证明，我的担心是多余的。""是的，现在有不少的年轻人恋爱观已发生变化。"我附和着。"你小孩他妈在家协助做家务吧？"我又问道。但老船家却沉默不言，转过脸去，似有流泪状。这时，也在船舱外的金钗镇的朋友向我使了使眼色，示意我不要再往下问了。我有些蹊跷。此时，正好河岸有一只野鸟惊起飞天，我赶紧佯装好奇就移步开了。在船的另一头，金钗镇的朋友告诉我，早在三十多年前老船公的爱妻落下红水河淹死了。事情是这样的：三十多年前的一天，船家夫妇因急事双双到河对岸办事，留下了年幼的儿子一人在家，那天狂风大作，倾盆大雨，事未办结须留住河对岸村。至夜，邻居电话告知儿子发高烧，爱子心切，夫妻俩便借一条木制小叶船横渡红水河，船至河心处，狂风掀翻小船，船家在被湍急的河水冲走近100米后，才奋力游到岸边，而他的妻子却没能游上岸，第二天人们在下游找到了她，但任凭船家呼天喊地，她却再也起不来了。从那以后，船家以摆渡和打鱼为生，几十年来从未肯离开红水河。我不禁感怀：

> 如果你是月亮，
> 我甘愿做月亮旁的星星，
> 伴你生辉。

> 如果你是一条河，
> 我甘愿做河里的一条鱼，
> 永远依存在你的怀中。

> 如果你不辞而别，
> 我甘愿守着寂寞在这里等候，
> 一直等到你回来！

约过了两个钟头，船到了乐滩电厂，看到电厂的伟岸身躯，我们都欢呼雀跃起来，心里有着说不出的兴奋。我更是激情昂扬。大坝雄壮地横拦大河，使奔腾不羁的河水停下脚步高峡出平湖，想起那些年轻勇敢的电厂建设者，我不禁感怀：

> 我以青春好时光，
> 携来石壁锁大江。
> 笑言生死寻常事，
> 高峡平湖闪金光。

继而壮怀激越：不要问我有多大，我的年轮已变成水轮，我的爱已经融进红水河的水汇成拍岸的浪涛，高峡出平湖的日子，我的爱就会化成电流，去驱动那荒芜的工厂，去驱散那黑暗的角落，去点亮那姑娘美丽的心灯！在建设红水河大型电站上，我的心情和广大建设者一样豪迈！

我们的领导也兴高采烈，一副激奋的神情。是啊，勤劳勇敢的人们携来石壁锁大河，大河顿失滔滔，一切涌动的暗流变成了高峡平湖为人类造福，这是何等的英雄气概，气壮山河！我们全体人员高兴地合影留念，大家也都各自纷纷留影。我们的领导也指着我手中的相机，让我给他拍照留影。末了，我从身后端详这位身材魁梧的领导，心想：这位高大的汉子也许被这大坝锁大河而成的高峡平湖所壮怀，心里正在为家乡尽快摆脱贫困落后面貌而酝酿施策！看到他由衷流露出高兴的神情，与平时的威严判若两人，我又想，这位担任领导一职多年的汉子，在多年的领导生涯中足迹遍及红水河畔这方红土地上的村村寨寨，没人知道他为此流下多少汗水，心中留有多少眷恋。此时这番神情表露出一个拳拳赤子对脚下红土地的挚爱，对家乡无比的爱恋！

在回程的车上，我坐在车后排座睡着了。梦见在家乡马山县金钗镇红水河那如诗如画的河畔的山坡上，一个美丽的牧羊姑娘唱着歌儿挥舞着鞭子放牧一群黑山羊。突然被一阵优美的歌声所惊醒，原来是坐在车前排副驾驶位的同事开着车载音乐播放器播放着著名歌曲《谁不说俺家乡好》乐曲。我意识到，我的同事也和我一样有一颗热爱家乡并为之奋行的心啊！

我和着乐曲节奏，跟着乐曲轻轻地吟唱起来：

一座座青山紧相连，

一朵朵白云绕山间，

一层层梯田一层层绿，

一阵阵歌声随风传。

哎，

谁不说俺家乡好，

得儿哟依儿哟，

一阵阵歌声随风传。

绿油油的果树满山冈，

望不尽的麦浪闪金光，

喜看咱们的丰收果，

幸福生活千年万年长。

哎，

谁不说俺家乡好，

得儿哟依儿哟，

幸福的生活千年万年长。

......

（吕其明、杨庶正、萧培珩　词）

姑娘江畔的情怀

一、除却巫山不是云

又是一个暖和的春天。

我扶着即将分娩的妻子走在通往医院的姑娘江畔新铺就的花阶砖人行道上，感到很惬意。放眼望去，姑娘江那洁净的扶栏，那泛起涟漪的江面，那倒映水中的青山绿柳、亭台楼阁组成的山水画廊，显得那么和谐，那么淡雅，使人格外舒畅，尤其那依拂的垂柳，犹如夕阳中的新娘，波光里的倩影令人荡漾。如今的姑娘江如同妙龄女郎，因洁净而淡雅，因美丽而动人。内心不禁吟唱起邵影的诗来：

> 小河静静地淌，
> 心儿随波光一闪一闪。
> 尽情吻我吧细浪，
> 思绪像柳丝在水底摇晃。

是啊！此情此景我是多么感慨。我曾在她怀里度过了人生美好的中学时代。那江边捧书默读的情景，那飘逸的遐思，那放飞的理想，还有在江畔结识的至今依然锁在心底深处的那个让我爱了恨了又爱了的初恋情人——宁小玲，都已深深储存在我记忆的硬盘里，难以格式化，难以覆盖。每当这些情丝像电影片段一样闪现脑海时，往往让我泪眼模糊，柔情百转，荡气回肠，尤其是玲的身影，至今还依然在梦中与我呢喃细语，让我长醉不醒。

玲是我高中同班同学。是班上个子最高又是最丰满、最漂亮的女生，她那大大的水灵灵的眼睛，那见人就微笑就泛起酒窝的圆脸，还有齐腰长发下那因硕圆臀部而凸显出的美妙曲线，吸引了众多男生的眼球。平时在宿舍里"狼"友们总爱对她的漂亮程度进行"打分"，而每次我打出的分数比"狼"友们高出5分时，总会遭到群"狼"炮轰，说我是多了"感情分"，是对她有"意思"或是被"迷上了"等诸如此类的嘲讽，还往往于第二天课间将我名字的末字"南"与她名字的末字"玲"穿起来大声喊叫，并故意让她听见，对我和她进行"配对"嘲弄。她镇定自如而我却往往尴尬得面红耳赤。没想到日子一久，她的言行举止竟充满我的心间，以至一天看不到她的身影，人就不自在，甚至感到空落落的。于是壮着胆趁别人不注意时传递字条给她，而她也偷偷回字条给我，那种紧张的激动令人回味无穷。高二时的一个夏夜与她偷偷相约江畔，皎洁的月光下她一身雪白的连衣裙犹如一尊圣洁的女神，而两个人的倒影却在风起的波澜里你中有我我中有你。末了，玲低语："南，我爱你！可这是早恋啊！早恋是有害于学业和前程的。我想通了，今后我们还是以学业为重，保持距离，少些来往，避免分心。"她似乎经过多次犹豫和思考之后才最后做出的决定，话语中带有些许无奈。她把头贴近我胸前如同小鸟依人呢喃许诺："只要我们的爱情经得起风吹雨打和岁月磨炼，它就会开花，就会结果、结茧、结晶的，何必在意于一朝一夕呢？等到我们羽翼丰盈的那一天，一同比翼齐飞，一起翱翔长空……"话语中充满了憧憬。而我却不能理会，心中那股原始的骚动早已被触发得如同一座即将喷发的火山而不能自控，终于火山爆发，岩浆喷洒在她那洁白的裙丝上。她见状，生气地责怪说："你这个人怎么这样粗鲁和冲动？万一出了事我们的学业怎么办？前途怎么办？怎么对得起面朝黄土背朝天操劳不停的父母亲？怎么有脸见人？我已经说得很明白，我们还是保持距离的好。"说完就头也不回地朝学校一边跑一边用手抹眼泪。我呆呆地站着，目送她身影翻墙跳入学校围墙的女生厕所后向女生宿舍飘移，直至消失在黑暗里。我内疚不已，仿佛打碎了自己最钟爱的宝玉，打破了自己编织的最美最美的梦。那晚以后她真的变了，变得很沉默，头总是埋得很低，远远见了我便来了 90° 转弯，任凭我如何的努力都是徒劳。分科以后她转到理科班，见面的机会少了，偶尔在饭堂打饭的时候看见她，也只能在她身后不远处的人群中如同望穿秋水般目视着她，用目光不断地锁定她的背影，用心房不断复制着那个令我魂牵梦萦的美妙曲线，那一刻便是我最为丰盛的午餐了。高考过后，她如愿地考入区外院校，而担任班上学习委员的我却只考取了一所区内院校。我们班没能实现班主任覃老师亲手制定的"跨长江，过黄河，上名校，进京痛饮"的升学目标。（高三时，班主任将我列为实现该目标的头号种子）。那段时间我自卑极了，除了害怕见到覃老师和同学以外，还特别怕碰见玲，害怕撞见了自己会被鄙视的目光削去一截或是被埋没在一阵又一阵惋惜的声涛里。我终于领略到无脸见人的痛苦滋味。上了大学以后，我再也没接到她的电话和信件，而我却很想写信或打电话给她，但却因不知她的地址和号码而作罢。我变得沉默内向，整天把自己锁在

"教室—图书馆—宿舍"三点一线上，不过心中依然装着她，她的身影如同一朵漂浮心河的花朵，随风飘摇不定，最后日益沉淀心底，日益被泥沙封存，最终被牢牢锁在心河底深处。

子在川上曰：逝者如斯夫！

大学毕业后我被分配到乡下工作已有八九个年头，而且我也将近而立之年，却还是孑然一身。不变的是心底深处的玲，依然那样飘香。平时自己总是以玲的标准来衡量和评价所认知的女性，总发觉她们没有一个能达到或超过玲的标准，似乎除了玲，别人都显得那么逊色。农村老家的父母对身为长子的我非常着急，每次回老家时总是追问或是唠叨我的婚事，而每次总是叹息了又接着唠叨，唠叨着村里某某同龄伙伴的小孩都快上初中了而自己孙子八字还没一撇什么的，让我很烦。终于在29岁那年与一位刚从学校毕业的青春女孩结合，她虽没有玲那硕圆的臀部，但大大的眼睛有如玲的一样水汪汪的，自己也就心安理得了。没料到婚后不到三年，正当我以大男人的气魄为呵护小爱巢而百般努力时，她却经不起世俗的偏见和压力选择了离开，转到了更为精彩的彼岸，投入了更为温暖的港湾，我又孑然一身了。我痛楚得食不甘味，夜不能寐。都说男儿有泪不轻弹，可我心中那片天空还是狂风大作泪雨倾盆，汇成翻江倒海的巨浪，把生命之舟撞击得伤痕累累。好不容易挨过一些时日，稍为安静下来之后才发觉自己三十有几了，拥有的情与爱还是那么少，曾经的拥有也在恍然间就消失了。不禁喟然长叹：人海茫茫，相遇的并不都是相识的，相识的并不都是相恋、相爱的，相恋、相爱的并不都是能相守的，而相守的却往往不都能长久相知、相恋、相爱。感叹生命短暂和珍贵，自己还未来得及细数这些年来的艰辛与痛苦，弹指一挥间小半生就过去了。我想：生命终会老去的，年龄不等人啊！还是另图打算吧！往事终会因时间推移而淡薄如烟，曾经的爱与恨就让它在心底封存了吧，该走的就让走吧，该放弃的也就放弃吧。这样想，内心也就安然了不少。

为了忘却乡下小镇情感婚恋夭折的痛楚，我选择了离开。我破釜沉舟，竞聘县级某机关办公室秘书之职，没想到竟还如了愿。我又来到姑娘江畔工作、学习和生活了，这是我以前所没有想到的。每当工作之余，我也会像高中时那样来到姑娘江畔，呆坐着，让江水吻过赤裸的脚踝，让柳丝拂过发际，眼睛就会看见对岸站着一身洁白的玲正招着手向我走来。回过神后才发现那是幻觉。心中禁不住吟起杜十三的诗来：

生命的欢喜可以再影印一张吗？

老去的热情可以再拉皮整容吗？

病中的真理可以再传真校对吗？

死去的爱情可以再输入键出吗？

不会了，不会了，深爱着的她已经为人之妻为人之母了！再想到那场夭折的婚恋，心里除了消沉还是消沉，好久一阵子不能自拔。唯有借着工作使自己忙碌起来，以忘却那铭心刻骨的伤痛。正值办公室有着繁杂的文字处理工作、接踵而至的大事小事请示汇报工作、文件的上传下达工作以及细到办公室内务卫生清理工作等做不完的事。这些事就好像不断疯长的桑叶，而我犹如一只蚕虫，不停地咀嚼着，好让自己尽快茧化，好把伤痛包扎起来，甚至也把自己包扎起来，让别人无法伤害到我，我也不去伤害别人。

　　就在我最消沉的时候，有缘与一位领导同车长谈。闲谈中领导知道了我忧伤的往事，安慰几句后，他向我讲述了一个"天平理论"或者说是天平定律：两个人的情感有如天平的两头，只有同时不断地增加爱的砝码，而且日积月累才能始终保持平衡，如果一方积一方不积，天平就会颠簸不定，只要外在的一滴雨点或者一阵小风都有可能完全失衡。只有相互宽容，共同奋斗，共同收获，才能因情感积累深重而不易摇摆，彼此都收获更多而不易失重。俗话"夫妻双方比翼齐飞"说的就是这个道理。我心里也就有了一股说不出的激动与希冀。尽管心中还装着玲的影子和那段夭折的爱情，但因有了希冀也就没那么消沉了。

　　就在进城工作的第二年夏天，还是在姑娘江畔，我认识了我现在的妻子——萍。那是一天上午，为了尽快把检查工作的软件材料进行分类归档，我急匆匆地赶往超市购买档案盒。正当我捧着没头高的几十个空档案盒走向收银台的时候，突然被对面匆匆赶进来的人给撞了个满怀，把档案盒撞落一地。我正要发气时却不经意间瞄见对方是一个二十出头，竟也有如同玲一样的大大的水灵灵的眼睛和凸显美妙曲线的女子时，近乎把我的心掀个底朝天，她叫萍。后来的日子，在酸粉酸野摊、夜市夜宵摊就经常找到我与萍的身影，甚至午夜的江边也有了我们的漫步身影，月光下水中倒影如胶似漆，彼此相融。很快我们就结合了，并在江边购置地产依山傍水地筑起了一个小家，点燃了一盏小灯，融入了姑娘江畔那万家灯火之中。尽管这个家还简单得近似草窝，这盏灯还有些昏暗，如同满天繁星中一颗模糊得难以寻见的星星。但它可是我三十二岁大男人心目中的家。不管狂风暴雨还是冷暖交替，它都是我的归宿，甚至出差外地，尽管他乡山也绿水也清，尽管被安排住的是金窝银窝，照的是通明灯火，吃的是满桌佳肴，我却很不自在，玩无心、吃无味、睡亦无眠。心中总挂念着姑娘江，挂念着江边那个草窝和那盏并不明亮的灯，总想着办完事尽快返回。似乎只有姑娘江和江畔那个小家小灯才能止痛疗伤，才能拴住我漂泊动荡的心灵。

　　结婚不久我们便孕育了新的生命，也就是 2008 年 5 月 13 日就要呱呱落地了，这距与玲分别已有十八个年头。即将为人父的我对她的思恋也就转为揪心的挂念：玲，你现在还好吗？你的所得还那么少吗？你还记得你在夏夜江边的许诺带给我多少年来的思恋与牵挂吗？……抄录杨胜奇的一首小诗在心中为你吟唱表达心情，你能听得见吗？

　　　　一张白纸/我无法把它写满文字/或者开出圣洁的花蕾/馨香于你的心灵/抚摸它的时候/我看到你离去的身影/在远方揪心地舞蹈/那是怎样的一根鞭子/抽打我苍白的心灵
　　　　面对白纸/我常常想起你风雨兼程的路/你的身影如同一片馨香的落英/无奈将白纸叠成小船/轻置于时间的河道/相信你会拾到它的/你还会看到/纸船上载得满满的/真诚的祝福

　　沿着姑娘江畔，我稳稳地挽着妻子萍的手向医院迈去。

二、梦里寻她千百度

到了医院，萍可让妇产科白衣天使们忙坏了，又是抽血化验，又是 B 超检查的，一个下午都在检查室中度过。接近下班时候，一个小护士从检查室中匆匆返回办公室打了个电话："主任，您过来一下，有紧急情况。"我心里一跳：难道萍有情况？我不敢多想，拦住一位护士问，她只说："对不起，正在检查。"不久就接到住院通知了。办完住院手续时已是晚上八点半。护士叫我先回家取小孩包被、衣服和吃晚饭。快要当爸爸啦！我心情愉快起来，顾不上吃饭就大街小巷地跑购小孩包被服饰。返回医院时，已是夜晚十点多钟。妻子已从检查室出来，安置在重症监护室里，睡着了。护士告诉我，妻子要马上实施剖宫产手术，叫我心里有所准备。我点点头，理了理妻子额边蓬乱的头发，把棉被盖好，把小孩被褥服饰放到床头，正想坐下来休息时却又被护士叫到医生办公室。

医生办公室里有一位三十来岁的女医生正在低头写着什么。听见我进来头却没抬就说："2 号床产妇难产而且情况特殊，必须立即实施剖宫产手术，请家属过来签个字，万一不测，要保大人还是保小孩？"我一震，从凳子上弹了起来，"啪"的一声猛拍桌子："什么？保大人保小孩？我不怕一万，就怕万一！大人小孩我全都保！万一发生医疗事故，我要状告你们！"我的心情像是从天堂掉到地狱一样绞痛，近乎歇斯底里地大声吼道。我本来嗓门很大，当老师时上课的声音连隔壁班都听得清楚，现在这么一吼，天花板似乎都要震落了。"吼什么？吼什么？这是医院，请你安静！"女医生稍微提高声音说道，并抬起头看着我。我以为她要骂架，没想到见到了我，先是一愣，然后那大大的眼睛眨了眨，似乎有些惊奇，好一下子才平静地说："哦，是你呀。"我看见她头戴浅蓝色的包帽把头发全盘了进去，戴着浅蓝色大口罩把口、鼻及大半脸全都罩住了，倒是那大大的眼睛有些水灵，炯炯有神地眨着和蔼慈祥的光波，此时似乎多了一丝愠怒。这眼睛似曾相识。她认得我，但我实在记不起她是谁了，也喊不出她的名字。心想，自己在乡下当过老师多年，又在城里机关工作，经常下乡或走访单位，一定有不少人认识的。就算是学生，时间久了，除了班主任之外老师也是难以叫出名字来的。"你这人怎么这样？这么多年了脾气也不改一改，总是那样冲动和鲁莽！"她略带一丝愠怒责怪地说，"术前家属签字是制度要求，是制度规定，懂吗？救死扶伤是我们医生的责任，但也要家属的理解、支持与配合！"她平静地解释说。听其话语，确实是我的熟人，既然是熟人，低头不见抬头见的，闹僵了可不好，再说，她是拿手术刀的，若是带着情绪动刀，那后果是不堪设想的。再想想她的话确实在理，心里的火气就被她镇住了。"对不起，我刚才太紧张，不了解你们的工作程序。"我也恢复了情绪平和地说。"哦，刚才因忙着填写你爱人的病历和术前协议，没能将详情说明，让你误解了，对不起。"她说着便递过术前协议签字单。我接过签字单看了看，犹豫起来，最后还是拿起像钢钎一样的笔在"保大人"一栏处沉重地签了"同意"二字和落款签名。我想，既然鱼和熊掌不能同时兼得，那也只能取其中之一了，保了大人以后还可以再生小孩，若是保了小孩，那么失去母爱的小孩将会是怎么个样子？母爱是伟大的啊！俗话说："没妈的孩子像根草啊！"她见我如此痛苦，便安慰说："这仅仅是程序和制度，发生险情的概率是比较小的，放心吧，我们会尽力的。"

说着就起身直奔手术室。我的目光在她背影处移动：高挑显胖的背影，那硕圆的臀部即使穿着白大褂还依然那么富有曲线美，多么酷似心底深处的那个玲啊。我赶忙快步走到楼道墙壁上"医护人员监督岗"前查看，尽管相片因年久发黄而模糊，我还是看出排在最前面的那个人就是刚才那个高个子胖医生，她叫宁玲，副主任医师，妇产科主任。我心中的玲叫宁小玲，这个宁主任名字竟与玲仅一字之差。幸好不是心中的玲，要是真是她，在这种场合下见面，那是多么尴尬啊。

　　紧接着妻子也由重症监护室被转移到了手术室，手术室的隔离带把我与妻子隔开了，仿佛是座奈何桥，我在这一头，妻子在那一头。我看着手术室里透出的灯光和那挂了窗帘的窗口仍隐约透出攒动的人影，一颗心七上八下的，似乎悬到了体外。我在手术室外来回走动，心里很着急。时间好像凝固了似的，一秒钟慢得就像一年。终于在子夜 0 时 25 分手术室里传来了一阵婴儿的啼哭声，过一会儿一个小护士走出手术室把小孩转交给我抱，说："祝贺你喜得公子，7 斤 4 两。"说完就转身又进去了。我想：男女都一样，不是都有 50%的遗传基因吗？再说父辈生男的子辈不一定就是生男的，与其担心"十代单传"，还不如顺其自然。只是在农村的老父母太死板了，一定要生个男的接香火。这次权当完成他们交给的任务了。我端详着我的小不点：全身通红，眼睛紧闭，苹果脸，较胖，两只小手紧握着不停地摆动，嘴张得很大，在哇哇大哭，好像还不想出娘胎似的。"虎父无犬子，犬父也就……"我想，不管怎样，毕竟是自己的亲骨肉，也就爱怜地抱着、哄着。说也奇怪，小不点好像听懂父亲的声音，哄了一下，便睡着了。尽管妻子尚在手术中，但我想，既然小孩都取出来了，母亲就应该没事的，况且我是签了"保大人"的。我赶紧掏出手机，向在农村老家一直在等待着抱孙子的老父老母汇报。

过了很久，凌晨 2 点零 5 分妻子才被推出来，却又被推进重症监护室。我看到平躺在病床上的妻子，左右两边手都在输点滴，一红输血一白输液的，一脸苍白，心里很沉重。只见宁主任麻利地协助护士给妻子扎上吸氧管和心率血压监视仪引线，扎完后喘了一口粗气，对在场的医护人员说："今晚大家太累了，都回去休息吧，我留下来监护。"一位小护士插话："主任，这怎么成？你也是够累了的，这个班原是安排我来值的。""不打紧，我能挺得住，你们就回去吧，这也是安排。"很快，病房里除了沉睡的妻儿，就剩下我与她了。只见她专注地调着监视仪和输氧强度。"宁主任，我爱人没事吧？"我问道。"还好，在恢复着呢！"她从脖子上摘下听诊器，放到妻子的胸前听诊，听诊完后又说："心率还有些紊乱，恐怕还要等一段时间才恢复，不过情况较之前好多了。"见她站着，显得有些疲惫，我赶忙拿了个小凳子给她坐下，与她攀谈起来。

"宁主任，真感谢你们，你们可是我妻儿的大恩人啊！我今天那粗鲁之举实在对不起。"我真诚而充满内疚地说。她依旧戴着头包帽和大口罩。她的大眼睛轻轻地眨了眨，好像有微笑之状。"哟，你这个脾气暴得像头犟驴，也会道歉啊？"她话语很轻柔。我更不好意思了，说："你看我这蠢驴，在你们这些白衣天使、观音菩萨面前，真不该杞人忧天和胆大妄为！"我自责地说，"你们工作是救死扶伤，一脸慈祥，一心慈悲，真像那救苦救难的观世音菩萨。"她笑了笑，说："我们并非什么天使、菩萨，只是社会分工不同，工作性质不同罢了，没什么神秘的。"她一眼淡定，我更敬佩她的坦率和安然自若了。

我们谈得更有话题了，她也健谈起来。当她得知我在机关工作时，给我抛出了一个"鱼塘理论"。她说："官场如同大鱼塘，表面风平浪静的，内部却是大鱼吃小鱼，小鱼反大鱼，小鱼吃虾米，虾米躲大小鱼而吃泥巴的争斗。俗话说官场如战场，说的就是这个道理。"说完便问我，"你是属于哪种鱼呀？"我想起自己进机关那么多年还是科员一个，又笑了笑自卑地说："我是吃泥巴的那种。"她也"扑哧"地笑了，说："不会吧？看你熊腰虎背又啤酒肚的，蛮有官相的嘛。""光有官相哪成啊，是命不好呢！你看，都这把年纪了，还是老夫少妻，孩子小，让人笑话哩。"我有些无奈而伤感地说，有意避开了官场话题。她疑惑了，说："老夫少妻有什么不好？现在社会上正热衷着呢。""身不在其中难知其中味。"我叹了一声，她更疑惑了。我告诉她，老夫少妻虽然好是好，但缺点也是突出的。少妻因年纪小，社会阅历少，很难谙于世故人情，对事物和情感认知未能及里，世界观、人生观和价值观也不尽相同，有代沟现象，老夫着眼于家庭大事，而少妻往往更关注家中小事，往往拿一些鸡毛蒜皮的小事同老公闹别扭，有时还是大吵大闹，摆小姐脾气，要是受到数落还会涕泪俱流、摔物泄愤，甚至夸大其词状告到老岳母那里。要是老岳母介入，那问题就复杂了。其结果往往都以自己承认错误、委曲求全而告终。她似若有思考，定了定神说："想想你说的也是个理。想当年我二十几岁时与年已而立的丈夫结合，刚开始在丈夫的呵护中倍感甜蜜，但日子一久，往往就因对一些家庭琐碎之事看法不一而吵过不少的架，现在回想起来，才知道那都是一些可有可无的傻事，伤害了老公的心。"她的话语很轻柔，略带些许自责，"不过呀，不管是老夫老妻，老妻少夫或是老夫少妻，只要相互理解和支持，不断增加爱的砝码，比翼齐飞，共同奋斗，那就会收获丰硕而珍贵的情感、幸福而温馨的家庭和成功又灿烂的人生！"她由衷地说道。我惊讶于她也理会到情感婚恋的"天平定律"，因有同感我赞许地点了点头。她顿了顿，又接着说："现在的年轻人呀，情感婚恋都脆弱着呢，一有些风吹草动或是一丝波折，动不动就告吹或离婚，过后又往往很后悔，可是已'破镜难圆'了，接着则痛苦不堪，轻则涕泪俱流，食不甘味，睡不成眠；重则破罐子破摔，萎靡不振得过且过，甚至绝望轻生。"她略带些许无奈地说。她告诉我，她的一个小时候的好伙伴结了婚，两人感情好着呢，八年前就是因输卵管堵塞一时不能生育而仅仅因家婆骂一句"公鸡婆"而上吊，结束了年轻的生命。她感叹地说："多么珍贵的年轻生命啊，想不到就因一句话而失掉了，太脆弱了，要是年轻人都是这样，父母怎么办？国家怎么办？民族的希望又在哪里？要知道我们国家在改革开放的时代浪潮中正在迅速崛起日益繁荣富强，我们的民族在炎黄子孙众志成城的推动下日益走向伟大复兴，要是输在年轻人这一重要的接力棒上，那后果是不堪设想的，那只会重蹈屈辱历史的覆辙。"她的话语虽然很轻，但我内心却有如地震，把我心中的尘垢污秽掀翻，没想到这个普通的至多懂得拿手术刀割孕妇的高个子的小弱女，竟有着这样的世界观、人生观和价值观，心中不禁肃然起敬！自己呢？我沉思起来。

正当我沉思之时，突然听到她说："恢复得很好，心率及血压都已恢复近正常值，心跳也已有力了，脸上已有了肉色，不久就会恢复至完全正常状态了，一切均按我们的计划和判断进行着。"只见她观察了一下监视仪，查看了妻子的眼睛，又用听诊器听了听妻子的心脏，轻松而又惬意地说。我见她如此惬意和健谈，便询问起来："你老公现在何方高就啊？"她一边把听诊器挂上脖子一边应道："哦，你说我家那个呀，他哪是什么高就，是个农民打工仔。"我惊得近乎傻了。她见我疑惑就娓娓解释起来。她告诉我：她丈夫也曾在机关工作，是个学会计专业的大学本科生，毕业后分配到某市某厅级大单位任会计。工作尽职尽责，却连遭不幸。起初只因不按厅长"搞两本账，立小金库"的要求工作而被调任办公室文电员，后又因对厅领导公款贿赂上级跑官要官略有微词而被贬为司机，不久又因对逢年过节下属领导和单位职工将钱财礼品塞满厅领导的汽车后备厢见怪不怪而又被贬为仓库保管员，可是还是因拒绝厅长七大妈八大姨甚至"贤内助"拿着领导签批单到仓库领取单位备灾赈灾物资又被责令停职了。过了一段时间厅长说单位人员超编要进行竞聘上岗，受聘者留，失聘者去。她老公笔试面试优秀却考核不过关。说是凭高学历而骄横，不服从领导，政治素质极劣，组织纪律性太差，保密思想也差，工作死板而没有什么成绩，生活轻浮，脱离群众，曾连续两年年度考核不合格，不宜在机关工作而未能受聘。在即将被辞出单位之时，厅长找他谈话说："年轻人啊，要努力一些，工作要贴近领导，贴近实际，贴近生活，要少讲多做，规范言行。孔子不是说吗，'君子讷于言，敏于行'说的就是这个道理啊！我平时是注重培养你的，但真可惜，你还不适应，总入不了门，看来难以适应和胜任厅里的工作。不过，生命在于运动，前途在于运作，你看着办吧。"老公一头雾水，秘书长用两只手指频繁摩擦，似点钞票状，又两指"十"字交加朝他示意。老公失望而归，不久便被通知离开单位了。与他同样遭遇的还有一个叫小李的，也是个才华横溢的小伙子呢。谁会料到没过三个月，厅里却以公开选拔干部为名又招录了两名干部并很快就到位了。听说一位是厅长的小舅子，另一位则花了十万块"活动资金"。发觉是个圈套后，那个小李气得直骂娘，而她老公只是无奈地摇了摇头，背起行囊返回农村老家。原本以为回到老家可以大干一场，但老天偏不作美，第一年承包山林毁于一场大火；第二年承包水库搞水产养殖，却因库坝年久失修，加上白蚁侵蚀，在一次大雨中溃堤，损失惨重，血本无归。村里人暗中对他指指点点，甚至嘲笑说：读什么书上什么大学，连农民都不如！更有甚者，教育小孩说：读书有什么用？上了大学有什么用？你看我们村那个，还不如初中毕业了尽早去打工挣钱。我老公委屈极了、痛苦极了。他的父母更是伤心，老父在县城养病气得说不上话，乡下老母亲只得偷偷抹泪。"这些贪官啊，老百姓的眼睛是雪亮的，是不会放过你们的！"末了，她神情有些愤怒地说。我才想起她为什么给我讲述"鱼塘理论"了，原来她老公深受其害。"现在啊，也还有一些领导甚至于小而又小的科长下乡视察或调研，往往前呼后拥的，前有警车开道，后有下属小车跟随，酷似旧社会官员出巡时前有卫士高举'回避'大牌敲锣打鼓，后有大刀长矛的士兵紧随，热热闹闹过大路一样。"她顿了顿，又说，"现在还有一些部门和单位的领导平时关起门来开会，多么希望不要再设'圈套'害人啊！……"

"静坐常思己过，闲谈莫攻人非。"她还想说下去时，我本能地向病房门口望了望，阻止她说道。说真的，如果隔墙有耳，我还真有些担心别人说我们在议论谁，在给谁"穿小鞋"，自己现在可是上有老下有小中有老婆的人呢，要是像她老公一样遭遇那就完蛋啦！报上不是报道过吗，一个27岁的反腐斗士被贪官通过其"圈子"力量整进了监狱被判了16年，等贪官东窗事发后被无罪释放时已过了14个年头，出狱时人已到中年，原先的未婚妻已成为别人的妻子和母亲，好惨啊！这个弱女子，别以为拿了手术刀就能反腐败，就能信口开河啊！"怕什么！'防人之口甚于防川'我们这些老百姓再不说，那腐败之风不就更泛滥了吗！"她好像知道我的心思似的提高了嗓音说道，话语铿锵，掷地有声。我不置可否，沉默良久。

"喂，你现在爱人还过得好吧？"我主动打破沉默说。"现在他过得挺好的呢，那乐观自信的劲儿大着呢！"她回应道。她告诉我：她老公回乡第三年后便汇入农民打工族，他组织了他的一帮农民工兄弟走南闯北，浪迹全国。前几年在三峡工地上参加建设，今年汶川地震后又立即率他的农民工队伍赶赴四川，投入抗震救灾工作并做好灾后重建工作。他越闯越顺利，局面越打越开，干得正起劲呢。她高兴地告诉我说，在三峡工地上他写道："风生水起大三峡/携来石壁锁大江/笑谈生死寻常事/青春闪在涛浪峡"，还经常高唱："不要问我从哪里来，我的心思在三峡，我的年轮已变成水轮，我的爱已经溶化成水汇成拍岸的浪涛，高峡出平湖的日子，我的爱就会化成电流，去驱动那荒芜的工厂，去驱散那黑暗的角落，去点亮那姑娘美丽的心灯！"在地震灾区，他睹景生情，泪流满面，却又激情满怀："地震无情人有情/万众一心共成城/战天斗地抗震灾搞重建/敢教苍天换新天。"他变了，变得那样豪迈、那样自信、那样激越，连我都刮目相看了。他许诺说，等过几年，攒一些钱后，就班师回农村老家，成立一个新农村建设服务公司。他说，现在束缚农村发展的"瓶颈"是基础薄弱，思想打不开，经济结构僵化。故乡的青壮年只懂得外出打工挣钱而让那宝贵的土地给荒芜了，多可惜啊！发展就要加快基础设施建设，解放思想，调整产业结构，在推进农业集约化经营的基础上兴建一批乡镇企业以吸收农村富余劳动力，同时完善服务业，推进城乡一体化。现在国家提出的新农村建设的号召真是及时雨啊！"'海阔凭鱼跃，天高任鸟飞'，看到他的成功、自信与快乐，我也就放心了。"她高兴地说。

我真为她高兴。"你老公很喜欢文学吧？"听了她充满诗意的话我就随便问了问。"是的。不仅是他，我也喜欢的。我还读过你的文章呢。"我一听有点乐了，正想听她美言几句呢，可她却说，"写得还算不错，形式新颖，小说式散文或者说是散文式小说，又不乏诗歌穿插其中，你想集三者之大成啊？不过，有时出手太快，废话太多而又长又臭，不够精练，古人写文章很注重推敲，'两句三年得，一吟双泪流'呢；还有，有时作无病之呻吟，儿女情长的。要知道写文章是给读者看的，要用心来写，写到读者的心坎上才能引起共鸣，文章才会有人读，才有生命力，才广为传诵。国家的方针不是'以科学的理论武装人，以正确的舆论引导人，以高尚的情操塑造人，以优秀的作品鼓舞人'吗，要多努力啊！"

我有些惭愧，正要点头时，她的手机却响了起来。她起身走出病房，到病房外不远处的楼道边接话。由于夜深人静，除了监视仪有规律地发出"嘀———嘀———嘀"之声和氧气筒冒出的气泡声以及偶尔的小孩哭闹声外，一切都显得那么平和宁静。我有些好奇，走到病房近楼道的窗口，屏气细听。她的说话声虽然很低柔，但还是很清晰，就连那对方的声音注意听也还可听见。

"怎么还不睡啊？夜已很深了，要当心身体！"她的声音。"我睡不着。掐指一算，离开你已有些时日了，想念你就打电话了。我今天太高兴太兴奋了难以入睡。你知道吗？今天我握到了国家领导人的手呢！"是她丈夫的声音。"哟，我不信，十三亿分之几的机会让你握住了，这恐怕是我们家的祖坟红得发紫，紫得冒烟了。"她打趣着。"是真的。国家领导人一行八人，分坐两部三菱越野车来到我们灾区视察地震灾情，他们鼓励我们万众一心，众志成城，为做好抗震灾工作而努力奋斗。他们正在视察时还发生了一次余震，可他们却不动摇，还和我们一起动情地振臂高呼：'任何困难都压不倒英雄的中国人民！'我们在场的许多农民工激动得热泪盈眶。末了他们还和我们握手话别，当时我刚从挖掘机下来，手上还沾有少许泥尘就和领导握手了，真内疚。"他说。"你怎么这样毛毛躁躁的？太不应该了。"她有点责怪。"还有，由于灾情异常严重，许多学校和单位都被夷为平地了，伤亡非常惨重，许多小孩失去了父母成为孤儿。我想同你商量一下，领养灾区两名儿童。现在我们的经济条件好转了，工程又进展很顺利，我想，以我们的能力抚养几个灾区儿童是不成问题的。如果你同意我明天就去申请，认领后今年、明年和后年，我先将他们寄托在这里的孤儿院，等重建工作完成后才带他们一起回家。"他动情地说。"那好吧。我们的小孩今年已8岁，三年后就读小学六年级了。父亲手术治疗后，康复很快，母亲也从农村老家上来照看父亲和小孩，身体硬朗着呢。我挺喜欢小孩的。"她也动情地说。

　　"还有，告诉你一个好消息，把我和小李'开'了的那个贪官厅长官至副省级不久就裁了，已被关进了监狱，是今天上午小李上网看到后告诉我的，听说他竟贪了6000多万，就连这次社会各界人士捐给地震灾区人民渡难关的'救命钱'也敢贪，而且数目不菲，是国家审计署突击审计后发觉的。司法部门深入调查，还发现该贪官平时能呼风唤雨，为所欲为的，竟是仿冒有关市领导和组织部长的笔迹进行签字，胡作非为的，包括招录替换我们两个的干部，手段极为卑鄙低劣。据有关人士分析，该贪官可能是活不成了。真是善有善报，恶有恶报呀。你知道小李有多高兴吗？他说：'别以为官至副省级就可欺压我们老百姓，就可横行霸道不拿百姓当一回事，你也有今天！活该！活该！'而且杀鸡放炮庆祝呢！"他气愤而高兴地说。"'法网恢恢，疏而不漏，多行不义必自毙！'这就是贪婪者的必然归宿。"她也愤怒而欢悦地回应。

"啊——又有余震了。"电话的那头戛然而止，任凭她呼喊，对方依然沉静，急得她近乎抽泣。过了八九分钟，她的手机又响了，是他的声音："没事了，刚才停靠在坡底附近工地上的一台挖掘机被从坡上震落的乱石块砸了一下，还好，没受损，我已经把它驶离至安全地带了。""钱财乃是身外之物，生不带来死不带去的，你不要犯傻，不要像上次余震一样，为了保护挖掘机而差点被泥石流掩埋！你要是再出什么事，父母怎么办？我和小孩怎么办？"她有些低泣，声音有些哽咽。

"没事！没事！昨晚我梦见阎罗王，他告诉我说我的阳寿还长着呢，还说，你要建好九百九十座大楼，掘平九百九十个工地，铺就九百九十条大道，建设九百九十个新农村，你才能来见我，否则死后必下十八层地狱。"他打趣着。"一派胡言，是不是酒喝多了说胡话呢？我不理你了。"她佯装愠怒。"别，别，言归正传还不成吗？说真的，我实在太想你，恨不得马上飞到你身边，从头至踵地亲个遍，不留一分一毫！"他的声音有些激越。"我也是！我也是！你可以经常回来。"她也颤抖地低吟。"不过，暂时没法回去，我们的救灾工作很忙很紧张，重建工作第一期工程将很快开展，国家决定要在今年春节前竣工交付使用，使地震灾区百姓能过上一个平安年！第二期、第三期工程项目也将不久立项。现在国家为了应对这次突如其来的地震和金融危机，动用了四万亿巨资扩大内需，刺激国内经济稳步发展，我们地震灾区重建工作是其中一块呢，项目很多，我们要早计划，早安排，早实施。"他又说道。"没事的，放心吧，安心工作，春节回来给你爱个够。"她声低语柔地回应。

"不，春节回家是另码事，我想现在呢，让我亲一下——"，接着便是一连串"啵啵啵"的声音，她也回应了一串"啵——啵——啵"之音。声音很低，只有屏住呼吸才能听见。那是爱人的深吻之音啊。我不禁吟起那首唐诗："当君回归日，是妾断肠时……"心中有些酸溜溜之感，但更多的是莫名的激动，几乎占据了我的心间，我眼睛里的液体喷涌而出，"吧嗒、吧嗒"地掉落地板砖上。末了，是她的声音："得了，得了，让我们永远相爱吧！夜都这么深了，你也该休息了，明天你要投入抗灾工作的，我现在还有个病人要看护，挂了，哦！"声音很柔，柔得足以融化任何铁汉子的心。又一声"啵——"之后，楼道里响起了她返回病房的脚步声。

我赶忙从窗口轻轻踱回妻子的病床床沿，佯装伏睡，趁机用衣袖迅速把泪液拭擦干净。她回到病房查看了妻子的病况，我才假装醒了过来。只见她拔掉了已输完血的管子，又查验输液瓶的情况，接着抬头看了看监视仪上的数据，并扒开妻子的眼皮进行检查，然后她高兴地说："你爱人心率、血压已经完全恢复正常，心跳很有力，你看她脸上已恢复了红晕。这说明她已经度过了术后及麻醉药最危险的时期，应该没事了，估计上午10时左右，她就会清醒过来了。"话语很轻松。"再等

20 多分钟这瓶输液滴完，我们就可安心休息了。"她又说。母子平安，悬在心中的大石头落下了，我感到全身轻松。此时，一天未进食的我才觉得饥肠辘辘，忙说："那好，烦托再帮照看 20 分钟，我有点饿了，想出去填填肚子，顺便帮你也打回一份，好不？"她爽快地答应了。

我赶忙下楼梯，走出医院，直奔夜市摊，要了两碗"伊面"，并额外多添加三个鸡蛋，我的一个，她的两个，我得好好感谢人家啊！我不舍得在夜市里独自享用，而是打好包径直返回。姑娘江畔那被夜风吹拂而舞动的柳条，轻轻地拂到我的头上、脸上，这样的夜，我感到无限的舒畅。

回到病房时，点滴已经滴完而被摘除了，妻子和小不点儿子都安稳地睡着，身上的棉被盖得严实妥当。而她却因太累，伏在床沿上也睡着了。我端详这个菩萨般的高个子胖医生，发现她已摘掉了口罩，睡得很安稳，似乎是在哪里认识过，只是让我惊奇的是，在她白皙的脸上，有一道长长的疤痕从眼角处一直撕裂至喉咙处的下巴，很是破相。不过，尽管如此，仍掩盖不了她原来美丽的脸庞和慈祥面容。我不舍得叫醒她，脱了厚重的西服外套轻轻地披到她的身上，随后三下五除二地扒完了我那碗面，就躺在她为我准备的躺椅上两手交叉胸前，也很快地睡着了。

等我醒来的时候已是第二天上午 10 点 40 分，我妈和三姐早已到来，正在有说有笑呢。妻子也已清醒，正躺着奶儿子，脸上露出了术后的安详。而她已不知什么时候离去，我那西服也不知什么时候又披回我的身上。我问了妈一声，那个高个子胖医生什么时候走的？她是阿萍的主刀医生，昨晚多亏了她的关照。母亲说是今早八点离开去查房了。妈还操着浓厚的壮话连连赞叹："达兰呢全坭，达兰呢全坭……"

三、蓦然回首，她在姑娘江畔

第二天下午妻子被转到一楼普通病房去了，也换了一位年纪与宁医生相仿，只是没有宁医生那么高那么曲线凸显，但满脸仁慈的女医生，叫黄亦冬，是妇产科副主任。妻子恢复得很快，第七天就可出院了。

那天太阳暖烘烘的，妈抱着她的孙子，三姐也扶着妻子到病房外的草地上晒太阳和呼吸新鲜空气，病房里药味太浓了。我则到一楼近楼道门口的缴费室结账。刚结完账正往外走时，楼道门口不远处的医院大门口传来了一阵喧哗。我转头望去，欣然看见那个宁玲主任和黄亦冬副主任正在吃力地往救护车上抬笨重的输氧设备和担架，我赶忙走过去协助她们将笨重的设备抬上车，宁主任用大眼睛带着谢意看了我一下，点了点头，转身交代黄医生在家要做好接应，尤其是检查血库的血浆数量及类型云云，就带几名护士驱车接诊去了。我倚在楼道门口处的墙壁上目视救护车远去直至消失才回头对身边的黄医生羡慕地说："你们主任真是观世音菩萨，不仅身材好，心灵好，工作更好更带劲，好像有一股神仙般的力量。""是啊，她不仅是我们妇产科的领头人，而且是全医院的技术权威和手术'一把刀'，是全国'三八红旗手'和自治区劳模，还是一位市人大代表和县人大代表呢，我们都很羡慕她和敬爱她。这不，她申请到上海大医院去进修不孕不育专科已批下来了，不久就去上海学习了。学成返回后将填补我们县该领域的一大空白。她一走，主任一职的重担就落到我的身上，虽然我与她是大学同班同学，但不知能否做得像她那样出色，压力挺大的。"黄医生真诚地说，"你知道吗？你爱人患的是很严重的'孕高征'症，腹中的小孩不仅是横位而且肚子脐带绕脖子好多圈，又早破羊水，剖宫产手术很复杂。手术过程中你妻子曾经多次休克，心脏骤停了三次，最后一次停止时间长达3分钟，有些医务人员都感到没希望而想放弃抢救了，是我们宁主任凭着崇高的医德和高超的医术，顽强的恒心和耐心，硬是把你爱人从死神手中拉了回来。为了抢救你爱人，宁主任组织我们用多种手段包括启用心脏起搏器和人工呼吸等同时进行，她还和我们轮流嘴对嘴实施人工呼吸，当你爱人又有心跳的时候，我们都累坏了，尤其是患有低血糖病的她有两次差点昏倒了，但她仍然顽强地挺住了。要知道，那天我们做了六台剖宫产手术，你爱人那台是最复杂、最惊险的一台了，要不是宁主任在场，连我都有些心慌呢。"我一惊，怪不得手术完后，她还不舍肯离去，而是坚持到妻子完全摆脱危险期恢复正常为止。我激动得无以言对，只能长歌当哭，心中吟唱起歌词：

　　　　我爱你那洁白洁白的衣裳，我爱你那微笑微笑的模样，为了让生命重放光芒，为了让勇士重返沙场，你让多少绝望迎来曙光？为了生命的健康与快乐，为了人类美丽和希望，你把多少辛酸吞下肚肠？啊，白衣天使，我爱你那洁白洁白的衣裳，我爱你那微笑微笑的模样……
　　　　　　　　引自周鹿医院之歌《你是我心中的太阳》
　　"她还有一个令人羡慕的家庭呢。他的家公是个老革命，曾参加抗日战争、解放战争和抗美援朝，是战斗英雄，前几天实施手术治疗时还从他肩上、背上、肝内及心脏隔膜附近取出了大大小小七块残留体内的弹片；听说她还有个当特种兵的小叔子，正在南海舰队某核潜艇上服役。"黄医生又羡慕地说。

"宁主任原名不叫'宁玲'，而是叫作'宁小玲'。"黄医生随意地说了说。这可震坏了我，使我惊讶得近乎尖叫起来："什么？宁小玲？你再说一遍。"我简直不相信自己的耳朵。"是的，她的确叫宁小玲，大学时因与班上的一位同学同姓同名，她就主动改名了。""那她脸上的疤痕是怎么回事？"我迫不及待地问。"哦，你说那破相的伤疤呀。刚开始我们都拿它戏弄她说'完了，这么破相老公爱不久了'。可她却煞有介事地说：'阿弥陀佛！我佛慈悲，保佑了我夫君这么多年来不因我破相而另眼看待。'还戏言说：她老公每当做'那事'的时候总爱对伤疤亲个不停呢，从那以后再也没有人敢拿伤疤来戏弄她了。"黄医生稍停了一下又说，"那是六年前的事了。那时我与她还在急诊科上班，一所学校发生大火，我们奉命赶去急救。有一个消防战士抱着两个学生正奔出火海之时，一根被烧断的大横梁正朝战士和两名学生劈下，当时在场的人都惊呆了，只见宁玲不顾一切地冲入火海，硬是把战士和两个学生推了出来，他们三人得救了，可她却被大横梁上残留的铁钉……"随着黄医生的话语，我的脑海里立刻闪出一幅惊心动魄的画面：一个高个子的小女子，不，一位白衣战士，为了救出火海里的生命而义无反顾地冲进火海，冲锋陷阵……我心中排江倒海，眼睛里豆大的泪珠在滚动：多么仁慈的天使，多么勇敢的白衣战士，你足以惊天地，足以泣鬼神！

"她还有一个动人的爱情故事呢！"黄医生向我娓娓道来：那是我与她大学毕业分配到医院工作的第二年夏天一个星期

天，她为了她许下的一个诺言决心到乡下小镇去寻找她那个叫什么南的高中时期的初恋情人，没找到，听说那男的挺帅气，身后整天跟着许多女人，还听说准备结婚呢，她很伤心，只好饿着肚子返程，没料到竟在离医院不足百米远的姑娘江边的人行道上因低血糖病发作而昏倒了。有不少的人围观却没有人主动伸出手来，幸好一个从外地打工归来路过江边的农民工小伙子，他不由分说地抱起她冲向医院，还留下来细心看护她、呵护她，她醒来后像是告别什么人似的，说什么"此情可待成追忆，只是当时已惘然"，之后就大哭了一场，然后拉着他的手永远地把他留在心坎上了。"缘分啊！缘分啊！"我有点语无伦次，"有缘千里来相会，无缘对面不相识！"黄医生还告诉我说："你可能还不知道，那个农民工帅小子如今可了不得了，牛着呢，他创办了全国首家股份制农民工劳务输出服务有限公司，任总裁，拥有88台挖掘机，188台铲车，1888台卡车和6000多名农民工，资产已超过5个亿了。他还是一个诗人呢，笔名叫鲍夫！"我一听，心里又是一阵滔天巨浪：鲍夫？不就是那个以时而豪迈奔放、时而自信豁达、时而细腻感人、时而淡雅清幽的诗歌风格震动全国诗坛，激起诗坛千重浪的知名青年诗人"鲍夫"吗？我很喜欢他的诗。我不由自主地吟起他的那首小诗《因为心有真爱》：

　　你问我，

　　为什么总是那样奔波忙碌/天南地北/他乡故乡/穿梭织布/一路风雨从不停息？

　　为什么总是那样壮怀激越/鸟巢情韵/神七巡天/一路放歌/一路兼程从不言弃？

为什么总是那样泪眼迷糊/冰灾雪难/汶川地震/洒满一地/从不掩饰从不失望？

为什么总是那样思恋挂念/春夏秋冬/世态炎凉/储盈心盘/从不格式从不覆盖？

因为，

心有真爱！

吟着吟着，我竟不知何时愣在江边扶栏旁，黄医生早已离去，而我却还在浮想联翩。只觉得自己变得越来越可笑，犹如一个正在舞台上表演的小丑那样令人发笑；也觉得自己变得越来越渺小，小得像姑娘江中的一滴水；还发觉自己的灵魂病得不轻，正躺在手术台上接受玲和她的战友实施开颅手术，割掉了那些因丑陋而病变的肿瘤，也如同妻子一样休克死去后又被抢救过来，重新获得生命，正在虚脱中恢复……

当我们返回病房去收拾东西准备出院时，却发现床头有人送来一袋水果和一束尚带些许露珠的鲜花。"好一束漂亮的康乃馨！"妻子首先认出了花名而高兴地惊叫起来。同病房的病友告诉我们，是一个三十多岁模样、脸上有一道长长的伤疤、齐腰长发、臀部硕圆身着一套雪白连衣裙的少妇带着一个七八岁小孩送来的，见你们不在，放着就走了。妻子她们当然不知道是谁送来的，我是知道的，只是不想说出来而已，我怕妻子误会。"康乃馨"，这不正是她的理想吗？不是她才怪呢！我不禁感怀：有些痛，说不出来，只能忍着，直到能够淡忘；有一种爱，不能坚持，即使不舍，也只能放弃……

我们出了医院，妈抱着我的小孩，三姐提着袋，我则挽着术后虚脱的妻子走在姑娘江畔的花阶砖铺就的人行道上往回走，没有感到冷，也没有感到寂寞。倒是心中感到有一种东西在迅速膨胀，把我的心间塞得满满的，沉甸甸的。这种东西不分白天黑夜，不分春夏秋冬，无时不在；不分城乡差别，不分县内县外甚至国内国外，无处不在；也不分男女老少，高矮肥腴和病人不病人；不分大官小官和平民百姓，人人都可付出，人人都可拥有。它是一种药方，可以长久保健，似源头活水令人容光焕发永葆青春；也可以有效治疗一切疾病，使病人减少疼痛和绝望，甚至快速康复；它是一种精神，可以使成功者壮志凌云，再创辉煌；也可让失意或失败者信心倍增，悬崖勒马，浪子回头；它还是一种力量，可以让爱情更甜蜜，让家庭更和睦，让社会更和谐；也可以让官场更清廉，让国家更昌盛，让民族更伟大。这种东西便是——真爱！

真爱无悔！在这暖和的姑娘江畔，我紧紧地挽着妻子的手往回走。心里默默地读着：执子之手，与子偕老！

母亲河

　　寒假回家才不久就耐不住日夜思念起右江来，对她牵肠挂肚的思念曾使我几度梦归风帆驶回她怀里。

　　来自红水河边的我，从小领略到红水河的情感，那咆哮奔流的红水河，像儿时淘气而被怒吼着操手打屁股的父亲——是我的父亲河，而右江，那柔波粼粼的江面酷似母亲的温暖胸怀，我把她当成母亲河，并对她的爱恋与日俱增。

　　三年前，我考入了右江师专，在右江岸边开始了异乡求学生涯。当时，因没考取重点大学，担任多年班上学习委员并被班主任覃老师列为高考"跨长江过黄河上名校进京痛饮"第一号种子的我，心里总有一种说不出的失落感，每每收到同学的信就不禁偷偷落泪。那是一个周末晚上，怀抱吉他歇斯底里后我独自踏着月色来到江边端坐着，痴望那静栖江边满载待航的货轮和辛劳一天的渔船。右江以温暖江风抚慰她那敢于弄潮破浪的赤子，潺潺水声似慈母在轻哼摇篮曲，江风似母亲温柔的手在抹去儿女泪痕。我感到无限慰藉。静夜独思，忆往昔江岸腥风血雨的战火，不禁热血沸腾。英雄母亲应有英雄儿女！于是，我不再为往事落泪了。

　　从此我与右江结下了不解之缘。冬去春来，潺潺江水带走我诸多烦愁，载来我无尽笑语。不管是高兴还是寂寞或是思乡时，江边总会回荡我的口琴声，飘逸我放飞的思绪，倒映我的身影。有时捧书念于江边树荫下，把脚藏进水中的鹅卵石里让江水吻过脚踝，累了就靠在树干上把头枕进两臂里，就像儿时依偎在母亲的怀里。于是右江成了我的母亲河，伴随与激励我遨游知识的海洋。求学已有三载，母亲河不知陪伴与激励我走过多少个灰色的日子啊。徘徊时，她给我以指路航标；挫折时，她给我以激奋前进的船橹；思乡时，她给我以母亲的温暖！……她以特有的甘汁哺育我走向成熟，她是我的第二个母亲！如今，母亲河正在改变昔日旧貌步向辉煌。我更爱我的母亲河了。

　　然而"江水常流人难留"，不久我就要毕业而从她怀里扬帆远航了，可是，右江——我的母亲河，我将永远敬您爱您想您读您，因为在您怀中还有我的母校我的老师学友我的奋斗足迹，还有给予我奋斗力量及成长甘泉的勤劳淳朴的人民！

酸粉情缘

酸粉也称"榨粉"或"酸榨粉"，将碾好的大米用温水浸泡约一个小时后，将米捞起，用竹篓装上，用粽粑叶或芭蕉叶盖好并用重物压实，沤上两三天，待米发出一阵阵诱人的清酸味后，将米碾成粉末，又将粉末揉成团放入锅中煮至半熟，再将米团拌成适当的糊状，用榨粉具将米糊榨成粉条状，放入沸水中煮，待粉丝自然浮起即捞起，加上煮熟的韭菜、碎豆腐、鲜瘦肉碎末等佐料，便成一道美味可口的佳肴。如果配上粉肠、鱼碎末，味道就更美了。酸粉是我们壮家瑶寨逢年过节人们喜爱做的一道美味佳肴。

我爱吃酸粉始于小时候了。小时候，我很爱吃粉，经常缠着母亲上街买粉吃。当时有两种情况我很留意：一是家里用来装鸡蛋待卖的篮子里的鸡蛋装满，二是母亲换上新衣服。这两种情形十有八九是母亲要赶集卖蛋去了。于是，我整天拉着母亲的衣襟，形影不离，成了名副其实的"跟屁虫"。如果发现母亲要赶集就缠着她带上我，如果不带上我，我就在地上打滚大哭耍赖子，往往母亲拗不过我，只能答应带上我去赶集，邻里的叔伯妯娌都说我"人小鬼大"。

到了街上，母亲和我把鸡蛋卖完之后，第一件事便是排队花两角钱买粉。当一碗热腾腾、油腻腻的米粉端上桌时，我便狼吞虎咽起来，这个时候母亲总是说自己不饿不吃粉而是坐在我旁边看着我吃，一边用手慈爱地擦着我额头上的汗水，一边不停地说："慢点吃，慢点吃……"待我扒完一碗粉只剩下半碗汤时，母亲说不要浪费，就把我吃剩的半碗汤喝完，再牵上我买一些日用品就返家了。

母亲见我爱吃粉，就经常在家里做酸粉给我和姐妹们吃。那时候家里很穷，往往全家人吃玉米粥好长一段时间才省下米来做酸粉。没有油、没有肉，母亲就将生花生米捣碎当油，捡来田螺煮熟后挖出螺肉当肉，竟也美味可口。我往往大吃特吃起来，露出一副"吃着碗里的，看着锅里的"的狼狈相，这时，我二姐就骂我是"肚狭眼宽"的家伙。

记得有一年冬天的一天，母亲兴冲冲地告诉我，晚上要做酸粉吃，并嘱咐我去钓鱼，用鱼当佐料。我十分高兴，拿上钓鱼竿，挖了一些蚯蚓就去钓鱼了。接近傍晚时分，当我提着钓起的小鱼爬上河岸时，一不小心，整个人滚下河里，费了好大的劲儿才从河里爬上岸，钓着的鱼也掉到水里游走了。没取得鱼，又把衣服弄湿，我怕母亲怪，也怕见母亲失望的眼神，我不敢回家，就龟缩在河岸石头缝里打战不止。天色渐黑时，母亲不见我回家就跑到河边找我，歇斯底里地拼命喊我的名字，当见到我龟缩在河岸石头缝里打战时，就抱起我往家里冲。途中我发现母亲有好几次用衣角抹眼睛。

从那以后，母亲就很少做酸粉了，直到我上大学临行前的一天晚上。那天她跑遍整个屯向乡亲借了5000元钱凑足了我的学费后，就忙着做酸粉，记得那餐酸粉。有肉又有鱼的，是我吃得最甜最入味的酸粉。

　　大学毕业参加工作后，虽然工作单位离家不远，但因忙于工作，很少回老家吃母亲做的酸粉。尽管家乡搞改革开放，家里已充实了不少，故乡搞新农村建设，用水泥硬化河边，并用水泥砖砌起一级级台阶，既方便洗菜洗衣服，也方便钓鱼，我却没空去钓鱼。再后来，调到县城机关从事秘书工作，工作更忙，更没空回家。

　　但，我爱吃酸粉的癖好却一直保留着。当工作忙，一个人懒得弄锅什的时候，我就来到城里有名的酸粉摊，坐下后就清一清嗓子朝店主喊："老板娘，来一碗酸榨粉，大碗的，放辣椒。"当那热腾腾的诱人的酸粉端上来时，我就感到十分幸福，仿佛回到了儿时与母亲吃粉的日子。我的这一癖好还让我与妻子的感情不断加深，在我追求她的日子里，我的一碗碗酸粉俘获了她的芳心。

　　但是，吃遍整个县城的酸粉摊，总觉得他们做的酸粉没有母亲做的那样入味，那样留味，那样美味可口。一个周末，开着新买的轿车，偕同妻子和小不点儿子，买上一条大大的红鲤鱼，回家缠着母亲做酸粉。可是母亲却说："你还留恋那酸味儿干啥，家里有的尽是鸡、鸭，你馋着就自己动手宰吧，妈上了年纪，手脚不灵便，眼也不好使了。"看着满头银发的老母亲，我也不好意思再缠着她做酸粉了。

　　可是，我总是难以忘怀那些儿时巴望吃酸粉的日子，还有令母亲不断操劳、令我不断成长的年代。

别哭，我的学生

　　春天，该是万事如意的季节。然而不幸之不幸的事却降临在我的头上。见习一周，工作一忙，我的胃病复发住院并动手术。

　　手术之后不知过多久，耳边似乎有哭声，眼却睁不开。几次努力之后，把眼睁开一看：是学生在哭！是我的学生在哭！再看看自己，才意识到自己的肚皮上多了一条"蜈蚣"(伤口)，鼻子上还挂有一条"血吸虫"（伤口），已昏死了一晚和一个上午……一见我醒来，十多名学生一字排开齐声道："老师好！"我一惊，欲起，刀口剧痛，只得躺着。经一番连哄带骗的"谈心"之后，总算把他们哄回了学校。学生一走，我心乱如麻，异地生病之不便不讲，麻烦老师和同学们的护理不说，就是对自己已开展一周的实习工作尤为担心。心想：这下可完了，实习没成绩，还误人子弟……心中如焚火。无奈刀口剧痛又昏死过去了。

　　往后几天，当昏迷醒来时，都发觉床头的香蕉苹果不断增多了，还有许多的信件、字条。同病房的病友告诉我，那是一群群可亲可爱的初中生送来的，他们都哭着走了……拆开床头的一封信："韦老师，您好！您病了，我们全班都感到心疼，不少同学还偷偷落泪。您是我们的好老师，像父母一样关心我们，我们都觉得对不起您……韦老师，您要安心养病，我们会好好学习的……"没想到自己跟学生在一起才一周时间，他们就这样了解我关心我。"男儿有泪不轻弹"，可此时此刻，此地此情此景，我的眼睛不禁模糊起来……

不知是老师和同学精心的关怀与护理，或是学生的真情与期望，还是药物的作用，几天后我的精神渐好，伤口愈合很快，住院第8天便被告知出院了。当收集着床头一封封信件，一张张字条，一袋袋香蕉苹果时，眼睛又不禁模糊了。

哦，我的学生……别哭！你们的片片真情我领了。

别哭，我的学生，是你们使我认识到"教书育人是太阳底下光辉的事业"的深刻含义，是你们使我认识到人生的意义，是你们给予我活下去的勇气与希望！

别哭，我的学生，让我们把泪水洗过的日子留给昨天……

1994 年 4 月 14 日

弄尧村见闻

——中越边境考察日记摘录

9月5日中午，烈日当头，中越边贸场——弄尧村却一片繁忙。扛着一大包一大包的越南人穿着人字拖鞋进进出出川流不息。交易场里越南货货真价实琳琅满目，讨价还价声此起彼伏，汉语、越语相互交融。从右江某地来的大学生们脸上的书生气已消失，一个个都变成了"购买商"。越南首饰、越币最令大学生们感兴趣。首饰物美价廉，一块人民币可换一千八百块越币。不多时个个都被买来的首饰装饰得珠光宝气，男的如此，女的更不用说。

近晌午在边贸附近的集合地不知何时出现几个"越南人"，大家顿时愕然震惊，仔细一看，不禁哗然大笑：几个同学戴着他们买来的越南人的帽子……

是啊，在这兴奋的时刻，大家都争着买一份永恒的纪念。

1992 年 9 月于凭祥市

母校之歌，学子之怀

　　荏苒时光拉长您的昨天，如梭岁月圈出您一个又一个年轮。55 年了，您根扎壮乡，情系右江。抗日战争烽烟里您饱经沧桑，红七军的号角中您获新生和灿烂。自田西师范发展到右江师专，您一步一重艰辛，一步一重奋斗；您风雨兼程，呕心沥血，谱写了一曲曲民族教育的壮丽诗篇。如今，您桃李满八桂，栋梁之材层出不穷。您已是右江畔的明珠，桂西里民族师资的摇篮。"百年大计教育为本"，您踏着阳光上路，明天充满斑斓希望！

　　母校啊，我们是您的拳拳赤子，在您怀中有我们尊敬的老师，亲爱的学友，有我们艰苦奋斗的历程，有我们欢歌笑语的收获。我们爱您、思您、想您、读您！从红七军的故乡我们扬帆启航，乘风破浪，明天光辉灿烂！光辉灿烂！！

用青春与热血来战天斗地

——带领学生参观国家重点建设工程平果铝业公司①有感

想你，平果铝。你以博大的胸怀和雄壮的气势招引着我们。目睹辽阔的铝田上那一座座雄伟的厂房和高大的设备，我们赞叹不已。你以你的英姿昭示着祖国在崛起，时代在腾飞！曾记否？在百年前的峥嵘年代，鸦片战争的硝烟中，英法联军和八国联军的铁蹄下，我们一败涂地，惨遭蹂躏，后来在东洋倭寇的侵略下，山河破碎，生灵涂炭。这片龙的土地不断滴血，沦为"东亚病夫"，建设无从谈起。如今，你以生机盎然向前勃发的姿态向世人证明，自力更生，艰苦奋斗，改革开放，我们就会创造出令世界瞩目的成就，就能让一个古老的民族伟大的复兴！因陈守旧，故步自封，就落后挨打！平果铝，你是祖国

①平果铝业公司：坐落在百色革命老区平果县与马山县接壤邻县境内，1987年9月14日成立。一期工程1991年5月开工建设，1995年底全面建成投产，总投资44.38亿元。建设规模为年产铝土矿65万吨、氧化铝45万吨、电解铝13万吨。是集矿山开采和氧化铝、电解铝生产于一体的特大型铝冶炼联合企业。是国有企业，8000名职工。平果铝一期工程是国家"八五"重点建设项目。(https://www.baidu.com/baidu? t)平果铝二期工程于2001年5月10日开工，设计规模为年产氧化铝40万吨、铝土矿110万吨，概算投资18.86亿元。2003年6月22日竣工投产。二期工程投产后，国产氧化铝的自给率由2000年的69%提高到75%。工程在一期成熟技术的基础上采用多项世界先进技术，整体技术达到国际先进水平。是国内南方最大的、现代化的铝型材生产型企业，更是全国大型铝型材生产企业之一。平果县的矿产资源丰富，其中铝土矿储量达2.9亿吨。铝矿藏储量多，矿体大，品位高，埋藏浅，易开采，被誉为"南国铝都。"平果铝开建之时口号是"四年建成，百年昌盛。"引自http://www.gxzf.gov.cn/zjgx/gxzz/gy/201104/t20110426_316652.htm，h ttp://www.chinawj.com.cn/biz/gylxcg/)

崛起腾飞的缩影，是时代发展进步的脉动。我为你自豪，我为你骄傲！我要把这种自豪感传递给我的学生，让他们为祖国的崛起腾飞而永感自豪和骄傲，并为之而奋行！

那车水马龙笔直宽阔的厂道，那连通你我心灵的连心桥，那熙熙攘攘的商业区，那建设者穿梭如流的工地，都让我心情激动。是啊，为了共同的理想，我们走到了一起，为了营造美丽的家园，我们挥洒汗水，用青春与热血来付诸行动，信心满满，功不成名不就誓不罢休。时代的呼唤，祖国的招手，我们不要让青春闲置，让热血白沸腾！有人也许会问，为什么我们这样做？我们会铿锵地回答：我们爱平果铝，我们爱祖国大地！是爱的力量驱使我们如此着迷，义无反顾！我要把爱洒在祖国的大地上，让祖国如同春天般美丽！我要把这种爱传递给学生，让他们为祖国美好的明天永远把爱传承！

沸腾的工地上那些年轻的建设者，个个胸有成竹，心中一片美丽的世界！脸上虽然淌着汗水，但依然绽放着微笑！是啊，青春不言苦与累，为了理想拼搏！为了祖国的崛起腾飞奋行！为了民族伟大复兴的梦想奋斗！你走来了，我走来了，我们走到了一起就汇成了磅礴的力量，我们要让山河换新装！青春依然在，热血依然沸腾，就让青春与热血在这片土地上播撒，我们用青春与热血来战天斗地！平果铝，祖国腾飞的缩影，我为你拼搏，为你奋斗不息！我要把这一斗志传递给我的学生，让他们为祖国美好的明天去拼搏，把斗志永远地传承！

1995 年 12 月 9 日于平果铝

大山作证①

朋友们，谈起艰苦奋斗廉洁从政，大家就会想起"南京路上好八连，一条裤子穿九年。新三年，旧三年，缝缝补补又三年"的情景。可是今天，人类社会已步入了崭新的二十一世纪，在生产力高速发展，物质文明不断进步，人们生活水平不断提高的情况下，"补丁"衣服已不复存在，随之而来的有"享受主义""拜金主义""利己主义"，并在个别地方严重泛滥，贪赃枉法、贪污腐化，给人民带来了巨大的危害和损失。那么，在物质生活充裕的今天，我们的干部是不是就不需要"艰苦奋斗，廉洁从政"的精神呢？

其实不然。早在二十世纪四十年代的七届二中全会上，一代伟人毛泽东同志就告诫广大干部：中国革命胜利后，要防止敌人糖衣炮弹的进攻，务必保持谦虚谨慎、不骄不躁的作风，务必保持艰苦奋斗的作风。这两个"务必"至今仍激励着我们干部乐当公仆，为民奋斗。中国改革开放总设计师邓小平同志也强调指出：在经济得到可喜发展、人民生活水平得到改善的情况下，应该保持艰苦奋斗，廉洁从政的传统，坚持这个传统，才能扛住腐败现象。由此可见，艰苦奋斗，廉洁从政是我们永葆青春、永不褪色、永远立于不败之地的力量之源。

---

① 此文为马山县参加南宁市"艰苦奋斗，廉洁从政"主题演讲比赛稿，与黄金寿同志合作。

诗人臧克家有诗云：有的人死了/他还活着，有的人活着/他已经死了。好干部焦裕禄、孔繁森等，为人民鞠躬尽瘁，死而后已，他们永远活在人民的心中；而历史中身居高官的秦桧等贪赃枉法、误国殃民的坏分子在活着的时候已经死了，在死的时候都遭到人民唾骂和遗弃。孰是孰非，艰苦奋斗，廉洁从政就是一杆秤，一个永久的评价标准。

我们县是一个七分石头三分土的"老、少、边、山、穷"的大石山区，是国家重点扶贫县。可是，就在这贫瘠的土地上，全县 50 多万各族人民发扬艰苦奋斗的优良传统，弘扬"咬定青山不放松，直面困难不低头，万众一心齐奋进，敢叫旧貌换新颜"的精神，与时俱进，开拓创新，走出一条靠山吃山，实现富民兴县新跨越的道路，托起了明天的希望。

在县里，你随处可感受并目睹到"艰苦奋斗，廉洁从政"的精神。为了体察民情，县四家班子领导经常深入基层群众了解民众疾苦，与民"三同"，与民心连心，常常累得一身汗水一身泥。在艰苦奋斗与廉洁从政的精神影响下，我县黑山羊产业迅速发展壮大。据统计，全县年出栏黑山羊 8 万只，产品远销港澳地区及东南亚地区。在全区出口创汇农产品排名中，我县黑山羊位居前列。中国黑山羊之乡的称号已闻名遐迩。在黑山羊产业的推动下，目前，全县已初步形成黑山羊、金银花、竹子、速生林、桑蚕、旱藕、甘蔗、苦丁茶等八大农业特色园区，农业发展强劲。艰苦奋斗，廉洁从政在此就可见一斑。

全县广大干部职工掀起了"艰苦奋斗，廉洁从政"的自律行动。县直单位恢复了职工饭堂，公务接待全面在饭堂就简用餐；党员干部一律不大操大办婚嫁；县工商局靠绑"腿"堵"嘴"措施严格控制"车"和"接待"问题，为国家年节约开支 50

万元。为了打好扶贫攻坚战，身在大山深处的人民，凭借着一双手，在崇山峻岭之间修筑着一条条屈曲盘绕的山道公路，实现了村村通公路、通电、通水的目标。更有感天动地泣鬼神的壮举的，是我县的"五女隧洞"，为了让家乡尽快通公路，五位山村妇女干部，硬是凭借着坚强的毅力，在宽阔的山腹中一石一土地挖出了一条隧洞，也挖出了一条通向外界脱贫致富的道路。这就是新时期的愚公移山精神。其中的核心不就是艰苦奋斗，廉洁从政吗？

我们靠着艰苦奋斗廉洁从政，靠山吃山，吃出了甜头，看到了希望。2002 年全县国内生产总值完成 10.14 亿元，比上年增长了 7.9%；财政收入完成 6868 万元，比上年增长 13.7%。黑山羊、金伦洞、三声部民歌蜚声中外，教育、体育事业成绩斐然，饮誉全区；我县的"六件实事，八个二"工作还被评为全区为民办实事评比活动一等奖。全县政治、经济、文化各项事业欣欣向荣，协调发展；县城美化、绿化、硬化、亮化、净化工程速度加快，县容县貌大为改善，我县正向首府的卫星城市方向迈进，明天会更美好。这是艰苦奋斗和廉洁从政作风带来的效益。

同志们、朋友们，在过去，艰苦奋斗廉洁从政为我们创造了灿烂的文明，带来了革命与建设的胜利；现在，又给我们带来了国家的兴旺发达；将来，更为我们谱写民族伟大复兴的光辉灿烂新篇章。

让我们一起艰苦奋斗，廉洁从政，我们的明天会更好！

[民间故事]

巧妹巧对财主爷

　　相传在很以前，桂中西一带有个叫稻花村的村子里住着一对年轻的夫妇，男的勤劳又憨厚，人们称他"憨哥"，女的人美心善且种棉织布样样精通，人们称她"巧妹"。距村子二十里开外的镇上住着这一带的大财主，他仗势鱼肉人民，年终收租规定每个村须交九九八十一担米，不得少一两；纳八八六十四匹布，不得少一寸。人们对他恨之入骨，称之为"算破天"。

　　且说憨哥巧妹，自小青梅竹马相亲相爱，人人都夸他们是天生一对，地造一双。可新娘才过门不久便逢上百年不遇的大旱灾，庄稼点火可燃。无奈，小两口只得靠卖柴火为生，虽极辛苦但因勤俭持家，日子倒也过得清静。可天有不测风云，聪明美丽的巧妹在镇上卖柴被"算破天"看上了，两眼贼溜溜，顿生歹意。

　　这天，巧妹因家务繁多只好让憨哥一人挑柴上镇。憨哥翻过三三九座山，蹚过三五十五条溪，抄近路赶到镇上刚歇脚，"算破天"便过来买下柴并要他担柴入院。没想到老财主把已杀死的猫从背后扔至柴担下，一口咬定是憨哥压死猫。只见他大声说："这不得了啦，我这猫坐是猫站是虎，人家给五百五我都不卖，你要么赔钱要么以巧妹作抵押，否则三天之内性命难保！"饥荒之年哪里来这么多钱！分明是抢夺自己心上人！无奈"算破天"财多势大，憨哥只好含冤怀恨回到家里，两眼汪汪。巧妹得知缘由，略一思索便掩口咯咯笑，在憨哥耳边低语一阵，憨哥破涕而笑了。

第二天，憨哥照旧挑柴上镇并告诉"算破天"说巧妹愿意改嫁于他，六月十六按时接亲。与此同时，巧妹逢人便说碰人便传并耳语一番。于是巧妹改嫁财主的消息传开了，镇上村里无人不知晓，"算破天"暗自高兴：老子财多势大无人不屈没人不怕，眼看六十有余，少女送上门，不禁跷起二郎腿，嘿！嘿！嘿！

没多久六月十六到了。这天，"算破天"命人担了九九八十一担大米，八八六十四匹绸缎敲锣打鼓浩浩荡荡前往稻花村接亲，见到十里八村的男女老少都来观场面，老财主哼起了小调儿。巧妹却不慌不忙，买来了瘦肉肥肉各三斤剁成肉星煮了一大锅汤，肥的浮上瘦的沉锅底。因是久旱未雨的三伏天气，挑彩礼的家奴口干舌燥喘粗气，连坐在轿子里的"算破天"也饥渴难忍，一见有汤便不管三七二十一抢着要喝。衣来伸手饭来张口的"算破天"等不了家奴献汤，一马当先直奔汤锅。吃瘦不吃肥的财主操起汤瓢就往锅底捞，"哐当"一声，只见"算破天"手中汤瓢断成两半。原来，巧妹事先已把瓢拗成两半用砂纸绑好，不知底细的老财主往锅里捞，砂纸浸水溶化，瓢自然成两半了。这时早躲在旁边的巧妹便大声道："这不得了啦，我这瓢舀水成汤舀汤成肉，人家给六百六十斤黄金我都不卖，你要么赔钱要么以命偿瓢，快作决定吧！""算破天"一愣，眼下反倒差她一百一，而且要的是黄金，即使卖掉全部家产也弄不来那么多，拿什么来赔？于是想溜之大吉。可一回头，只见屋里屋外村前村后都是手持镰刀、扁担、木棍和石头的村民。"财主不赔，剁他的肉做汤！""杀死'"算破天"'开汤喝！"

村民的呼声如浪涛一般，顿时吓得财主屁滚尿流，全身发抖。偷鸡不成反蚀把米，"算破天"顾不上担走彩礼便在如雷的喊声中夹着尾巴逃跑了，再也不敢向稻花村迈开一步。巧妹把彩礼分给乡亲们后，稻花村变得风调雨顺，巧妹憨哥又辛勤劳动，恩爱度日了。

　　巧妹巧对财主爷的故事，一传十，十传百地传开了，一直流传到今天。

生死决战

　　"天有不测风云，人有旦夕祸福。"古人这话一点不假。2011年6月2日，一场意想不到的灭顶之灾就降临在我的身上。

　　那天，我在上班当中突发脑溢血昏倒在工作岗位上。这一昏就整整昏了二十天时间，其中还断气了十天时间，仅靠呼吸机人工辅助呼吸。经CT机头颅扫描，是脑干出血，这种病生还概率理论值极为渺小。当时，单位请来了省城的专家来诊断，定论是我活不过三个小时，最迟也活不过二十四个小时。我当时的情况是：眼珠子翻出眼眶，全身僵直，嘴巴紧闭，一副死亡样。经来看望我的人一传十，十传百地流传，于是我就死了。

　　不少人都为我英年早逝（我时年39岁半）甚为惋惜。以至到后来我出院后在姑娘江边散步时，碰见我的两个老同学，他们从背后看是我而不敢相信，跑到我面前确认，迎头就问："你还没死呀？"一脸惊奇样。我苦笑道："本来已经死了，后又起死回生，被抢救过来了。"更令人啼笑皆非的是，我的一些大学同学还在网上为我吊唁，说什么"当年一颗希望之星陨落了"，还为我点上香烛，送上供品。

　　事实经过是这样的：就在我的家人无奈地准备拉我回老家准备后事，生死系一念之际，我的父母，尤其是我那年已古稀的文盲母亲以农村人判断死亡方式摸摸我的手脚，见到我的手脚还温暖，还有微弱心跳，就认定我没有死，必定会救活的，于是就没命地央求医生尽力抢救。文盲母亲哪里知道什么是"生还渺茫"呢。在我父母的坚持下，我的家人及亲戚们一致坚持把我留在医院抢救，"死也死在医院。"医生出于责任心、良心、同情心和不忍心，承诺了尽力抢救，死马当活马医。6月5日我骤然停止了呼吸，医生立即用呼吸机给我进行人工辅助呼吸，6月15日我恢复了自主呼吸，6月20日睁开了眼睛，6月22日我恢复了神志，6月29日经CT机头颅扫描检查，所出的血已被全部吸收，但仍有水肿块。这是我出院后，从主管医生的病历记录本上了解到的。据医护人员反馈，当时全医院仅有一台可用的呼吸机，而且有一天停电，是我的兄弟亲戚借来一台发电机才保证呼吸机正常工作。现在想来还着实吓了一身汗。假如当时这台呼吸机有问题或者我家人放弃了，一切都完了。还有，如果我父母去世得早，我还会有下半辈子吗？都说"小孩是父母身上掉下来的一块肉"，这话我相信。谁言寸草心，报得三春晖啊！

令我难以忘怀的是，在抢救我生命的过程中，县医院内二科医护人员上演了一场与病魔做斗争的生死决战。科室陆主任是一位沉沉稳稳、处惊不乱的汉子，我的主治韦医生是一位年仅三十出头的小伙子，一副胸有成竹、从不言败的坚毅表情，我的主治覃护士是一位很有耐心的人，由于我靠插管呼吸，痰特别多，每几分钟就需吸痰一次，但她不厌其烦。最令我难忘的就是护士长了，她对我极为关照，用俗话"简直比阿姐还要阿姐"来形容，一点也不过分，不仅在县医院住院期间对我无微不至地关怀，还在我出院后帮我联系广西江滨医院的床位并嘱咐我去那里做进一步康复治疗，使我很快就办了入院手续并顺利住院，这在当时普通病人半个月甚至一个月才排得上号的。记得在县医院住院时，有一天我一觉醒来，发现病床前站着一位浑身都透着一种母性美、慈祥的中年女性，经我爱人介绍，才知道她就是内二科黄护士长，我很惊讶，脱了白大褂的她，竟然是这样的一位好人，难怪有一颗菩萨之心。印象中，为了抢救我的生命，县医院几乎动用了所有科室医生医术医技力量，有急诊科、内科、外科、五官科、高压氧科、理疗室，很多的医务人员都投入抢救之中。也许被我的领导、同事亲自护送我到医院的高尚举动，或者是我家人为了救我而流露出来的淳朴情感，或者是我众多友人的殷切期望或是我顽强的生命力所打动，他们当中许多人为我祈祷，默默奉献着。这让我想起一位哲人的话："被高尚感动的人一定与高尚同行！"一位与我同病室的病友老婆曾对我说："你能捡回一条命，是因为你碰到的都是好人。"现在想起她的话来并不无道理。试想一想，如果没我的领导和同事在我发病之时及时送我去医院，如果没有我父母和家人的坚持，没有医护人员的团结协作和无私奉献，我还会有今天吗？"魔高一尺，道高一丈"，邪历来是压不过正的，仔细想一想，在社会文明不断进步的今天，谁还想做一个十恶不赦的人呢？正如我的一位好朋友所言："人生就那么短短几十年，还谈什么恨呢？爱都来不及。"

在我昏迷期间，我那文盲父母在老家大搞一连串的迷信活动，今天去算我的命，明天去问仙婆，后天又请道公来敲锣打鼓过油锅赶鬼什么的，弄得鸡犬不宁，邻里浮动。在他们看来，会有一种超自然的力量能拯救他们的儿子，会尽快让我苏醒过来。记得自从我懂事的时候起，就发现母亲迷信，母亲的迷信活动一直伴随我成长。直到我的小孩降世后，母亲又在他的身上重复着同样的故事，而且乐此不疲。最让人难以置信的是，她竟相信同死人陪葬过的硬币能驱邪赶鬼，把硬币用绳子一穿，戴在我小孩的手臂上。这不，我才刚出院，她不知从哪里弄来一面印着八卦图案的"照妖镜"挂在我家的大门口上，说是大鬼、小鬼进不来。我是不迷信的，但在多次反对母亲迷信活动无效果后，也只能听之任之了。理由很简单，就是我不能阻止和拒绝一位母亲对儿孙的爱。

我苏醒并逐渐康复后，有不少朋友都问我，昏迷了那么多天，是否有过意识？我就实话讲：一个昏死的人哪有什么意识？都是在做梦，而且都是做噩梦时多。当时我就曾做过这样一个怪梦：梦见领导和同事把我抬进棺材。听见周副书记讲了一句"把头放正来"，曾主任讲了一句"我发现一处风水宝地了，要不把韦华南拿到那里去。"办公室小黄说了句"用白布包吧，我见人家一般都用白布包呢。"看见李副书记（已调任一个大镇的党委书记）从乡下开车过来，打电话给周副书记说："先不急盖棺材啵，我要看韦华南同志最后一眼。"说话还是那个风格，言行举止栩栩如生，而我却从棺材里站起来，说："不急，我要去幼儿园接我的小孩。"现在想起这个梦来不觉得那么可笑。这也许是因为我在发病之前天天上班跟同事们在一起，头脑早已烙印了同事们的音容笑貌，以至在弥留之际头脑里还放映一遍吧。常言道日有所思，夜有所梦。而现实却恰恰相反，在我发病的时候正是周副书记亲自背我下楼并和同事们一起护送我去医院的。

还有，在我苏醒过来之后，好多朋友以为我失去了记忆力，第一句话就问"我是哪个"，以测试我是否有记忆力。我绝大部分都记得他们是谁，叫什么名字，但有些人实在不记得了，因为在发病之前就真的不懂，因为有好多人是懂人不懂名或是懂名不懂人的，着实弄出了不少尴尬。现在想起来总觉得有点对不起朋友。有好多朋友向我道贺时都说："大难不死，必有后福。"我就说："福不福就不讲了，能康复就好！"我想，身体健康才是第一位的，才是最大的幸福！

　　还有一些事情让人费解。当我出院后由于还有后遗症走路不灵便而在江边一跛一拐地散步时，碰面的绝大多数人对我轻轻点头，以示理解和友善，尽管很多人不认识或似曾相识。却也有少数人对我十分冷漠而不屑一顾，其中就不乏以前曾关系不错的人。当我热情地上前打招呼时，却听到其冷漠地从鼻孔中应了一声 "嗯"就走开了，与我病前的态度判若两人。为什么这样呢？我想应该是，他们认为我患上这种病后是没有前途可言了，在这些人看来，我这类人是社会的垃圾，是人渣，也不指望今后求我做什么了，赶紧与我划清界限，断绝关系，以免别人指着自己说有这么一个 "人渣"朋友。甚至有些人将我之前工作积极并取得的一些成绩评头论足，说我"好出风头，如今 '见鬼吃龙舟'，活该！"有的人将我比较内向、不善言辞的性格说成"跟哪个都不好"云云。一听这话，我不禁愕然：怎么交朋友用嘴去交，而不是用心去交呢？当然，这些人是不敢在我面前说的，是跟别人说后，别人跟我好又转告我的。"静坐常思己过，闲谈莫攻人非"是我的人生信条，也奉告这些人以此为信条管管自己的嘴巴。"若要人不知，除非己莫为"，你能保证你跟别人说我的坏话别人不转告我吗？还有就是一些人幸灾乐祸的思想确实令我很费解。在我老家就有这么一个人，在我昏迷住院期间，在屯里到处传播："村头的那个秘书（之前我在县政府办从事秘书工作)倒台啦，完蛋啦。"一副幸灾乐祸的样子。我的一个堂弟实在看不下去了，就说："他病倒了，也不上班了，明天你去当。"一句话才封住他的嘴。对这些人的言行我从不放在心上，因为我心里有一种阿Q精神胜利法：哼，

有什么了不起？如果灾难降临到你的头上，也许你的遭遇比我
更惨呢！就有两个朋友在我发病的时候还去医院看望我，才过去
这么半年，当我出院时又到他们发病了，而且发的是与我同样
的病，一个昏迷了再也醒不过来，一个鲜活的生命说不成就不
成了，多么令人痛心疾首；另一个偏瘫了，之前他是家庭经济
的顶梁柱，爱人又没有工作，小孩又很小，现在失去了劳动能
力，多么悲惨啊！多么令人惋惜。伏桌沉思，"只要自己好，不
管别人死活"的思想是一种小农意识，是民族的劣根性体现。
旧社会统治者大多实行 "天朝上国"的政策，宣扬 "天子是
天的儿子，代表天统治人民""人只有安于本分，死后才能步
入天堂"，以致"只管自己，不管别人"的思想深深烙印在人
们的头脑里，从古至今，为什么有那么多叛徒、汉奸、卖国贼，
可想而知了。鲁迅先生为了唤醒国人的这种民族的劣根性，医
治愚蠢国民的灵魂，立志弃医从文，写出了许多脍炙人口的作
品，影响了一代又一代人。其中他所写的《药》这篇文章，描
述了革命家夏喻的鲜血竟成了平民百姓华小栓治病的良药。

　　人们都很惊讶和不可思议，一个患了脑干出血症昏迷了二
十天（已经断气十天)的人还能康复过来，这是以前见所未见，
闻所未闻的事，是绝无仅有的。一位医生朋友告诉我，我是世
界上最幸运的人了，一患上这种病的人不是死，就是植物人或
是瘫痪，只有万分之几的机会生存下来，而且也只有万分之几
的机会不瘫痪，你两个万分之几都碰上了，太幸运了。深入想
一想，人们都认为一患上这种病的人，都得死，要么就是植物
人或瘫痪或是失忆，不会再康复了。因为理论上讲脑干出血的
病人都是这样，这是这种病的普遍性。如果一味坚持这一理论
观点，不去大胆实践和尝试，那不就陷入教条主义和形而上学

的误区了吗？我想这是人们对这种病的偏见，是一种思维定式。再说不是还有事物的特殊性吗？就脑出血症来说，病人的年龄、体质、出血量的多少都是影响病情的关键因素。也许我的病情就是这种特殊性的体现吧。医生是根据病情发展情况作出判断的。就像我，当初断定我就要死，"活不过二十四个小时"，后来又断定"活不过危险期"，危险期过后我还没苏醒，就判断我成了"植物人"，在我苏醒过来后，又判断我需"10年才好"，后来我能下床走路了，又断定我"5～8年才好"，最后我恢复较快，精神状态较好，又断定我"3～5年就会好"。由于有这些经历，以至后来一些政法战线的朋友向我道贺时，因自己是从事政法工作，我就跟他们自嘲地说："我是一个被判过刑的人了，先是被宣判为死刑立即执行，接着是死缓和无期徒刑，后又改判为有期徒刑10年、5～8年、3～5年，现在是假释。"再说，一些疑难杂症过去因医疗技术水平低而不治，现在随着医学技术的发达，是可以医治的，科学技术是不断向前进步的嘛。值得一提的是，如果患上这种病，心里一定要坚强，要相信自己不会死，会好起来的，如果自己认为自己必定要死而精神崩溃的话，那就真的好不了。就像我，当初所有的人包括医生都断定我会死，要么就瘫痪，"一辈子坐轮椅"，但我不信，也不崩溃，一直都坚信我会康复。由于大学时修过哲学，我对一些大学同学诙谐地说："否定之否定就是肯定，我死不了。"由于人们的思维定式，有不少亲朋好友劝说我："出门一定要带手机，以免跌倒了没人见时应急用。""散步不要走远，以免大脑再一次出血。""饭也不要吃得太饱，半饱就成，也不要喝酒了，最好不吃肉了，以免血脂和血压过高会发第二次病。""你还想去上班呀？不死都好了。"我骑得电单车了，也"不要骑了，你的大脑会指挥不灵"，甚至有些亲戚朋友劝告我"提前退休，安度晚年"。想想自己才四十出头，加上延迟退休，我还需要二十多年才退休。如果真的退了，不知做什么好，不就是闷死了吗？我想，人们并无恶意而好心相劝的，只是受思维定式影响罢了。人们的思维定式确实使我有点无所适从。

在我落难住院时，来探视的人很多，在我苏醒过来不久，就有两位县领导亲临我的病榻前看望我，给我很多鼓励和关怀，还有不少部门和单位的领导也前来看望，几乎认识我的朋友或似乎曾认识的朋友也都看望了我。据照顾我的二姐、三姐和我爱人说：当时我的病房挤满了人，走廊过道也站满了前来探视的人。因曾经主持过单位的工作可能给市办的领导留下良好印象，市办还给我送来了慰问品。一些部门和单位还给我送来了困难救助金，上演了一场"一方有难，八方支援"的人间大爱。以至后来在一次就餐时妻子调侃说："想不到你这么一个小人物，朋友还真多呢。"我就不无讽刺地说："什么？允许你有好朋友就不允许我有好朋友了？你平时不是一直都唠叨我交的都是些不三不四的狐朋狗友，谈天论地的酒友和豪言壮志、海阔天高、废话连篇的吹牛大炮的炮友吗？这次眼傻了吧，这叫作患难之中见真情！"

2014年4月23日当我再次回到办公室时，发现已物是人非，之前的领导和同事大多已提拔调走了。在我发出"铁打的营盘，流水的兵"的感慨时，同时感受到我的新领导和同事对我十分热情，又是握手，又是倒茶，又是嘘寒问暖的，尤其是新到任的单位领导多次关切地询问我的病情，给了我很多鼓励，让我感动不已。这不禁使我想起几年前跟过的一位县领导来，每每跟他出差或是下乡同在一部车上时，他就打趣地谈论他的"理论"来："能够认识前世已经修了五十年缘分，能够共事已修了一百年缘分，能够在一部车上共事已修了两百年缘分。"虽然当时他只是为了活跃气氛而泛泛而谈，但我依然记忆犹新。我就打趣地与我的新同事说："我们真有缘分啊，至少前世已修了一百年缘分。"是啊，人海茫茫，为什么我们能相识共事呢？当领导考虑到我的身体安排一些次要轻闲的工作岗位给我怕我闹情绪而面露难色时，我赶忙说："做什么都行啦，能回来上班已经不错了，只要不把我'软禁'在家里就行。"再说，我属于那种"给点阳光就灿烂"的人，很容易知足。值得一提的是，一些人故作神秘地告诉我，我之所以遭受这次灾难是因为我坐在他(是原先因病早逝的一个同事)的位置，坐了他的凳子，是遭其灵魂捉弄之故，云云，一派胡言乱语，无稽之谈。但，当我看到坐在我位置的是一位动作麻利、勤快、可爱的小姑娘时，就对她说："不用怕，死不了。"以打消她因受这种思想影响而有所顾忌的念头。

在我昏迷期间，发生了一些意想不到的事情：

其一，我原先跟过的一位县领导专程从南宁市开车回来看望我，并向医生询问我的病情，嘱咐医生尽力抢救。我在他身边工作的时间不是很长，且都过去了五六年时间。当我苏醒后爱人告诉了我这个消息，我不禁自叹：多么念情的一个领导啊！像他那么大的一个领导专程亲自来看望他的一个曾经的小秘书，在常人看来真有点不解。想起自己在县领导身边工作时，领导召集我们身边工作人员要求我们"要帮忙，不要帮倒忙，要助力而不要添乱"，如今我为当时不因为自己年轻气盛给领导"帮倒忙"或"添乱"而感到一丝慰藉。

其二，我的大学时代的班主任教授、同班同学没有忘记我，还从数百公里的地方赶过来看望我。要知道我大学毕业已整整二十年了。二十个春秋，多少往事已如烟似尘地飘过，唯独这份师生情、同学情和朋友情依旧。我想，师生情、同学情、朋友情是一个人一生当中不可或缺的精神财富，它会使一个人的人生变得更加美丽和精彩才如此日久弥坚吧。

其三，马山基督教会的信徒们分期分批地到医院为我祷告。我苏醒后还有几批人到医院为我祷告，据爱人说，我昏迷期间已有好多批人来祷告过。这是我发病之前与他们无任何联系的。弄得我的家人和医护人员误以为我是一名基督教教徒。也不知道他们从哪里得知我的故事并在信徒中广为流传。以至后来我出院后在江边散步碰见他们，他们都说是上帝救了我，因为他们到医院我的病床前为我祷告过的。在他们面前，我只好连声道谢，微笑着点了点头。都说宗教是唯心主义的，但其对生命的尊重和敬仰以及让人们抑恶扬善，也并非没有积极性的一面。由此看，国家实行宗教信仰自由政策是多么正确啊！

其四，我有一批从未谋面的文友前来探望。我苏醒后，据来照顾我的二姐说，有好几个不认识的人看望你，说是你的文友，很欣赏你的行文风格，但与你从未谋面，他们看望你后每人留了一百元钱也不留名，摇着头叹息着走了。一开始我还纳闷，自己哪里来的"文友"呢，而且从未谋面。仔细想一想，才想起自己不知从何时起爱上文学，也许早在懵懂少年开始吧，反正是很久以前的事了，直至如今，爱好的劲头有增无减，曾在全国各级报刊上偶尔发表过"豆腐块"作品，在我们县的《金伦》文学杂志上就发表过不少抒情散文来糊弄文友。竟想不到会有一些志同道合的朋友拜读，不禁沾沾自喜。亲爱的朋友，我真诚地感谢你们的关爱，虽然我们已告别象牙塔的年代，虽然我们从未谋面，但只要我们弘扬和传承社会的真、善、美，我们就会"心有灵犀一点通"。先前在传承社会的真善美问题上，我曾感叹："微斯人，无谁与归！"但现在我知道，我已不是独行侠。亲爱的朋友，在你追寻幸福人生的道路上，我甘愿为你喝彩鼓劲！我愿我体内的情感和热量为你日夜狂流。

其五，我农村老家来看望我的人非常多。据我二姐粗略估计，我农村老家的那个屯的父老乡亲几乎都来了，不能来的也都派代表来了，甚至附近屯跟我家关系不错的或者跟我父母和兄弟姐妹关系不错的人也都来了。你30元，我50元的人情钱，足足有好几万元，弥补了我那天文数字般的医药费。究其原因不外有三：一是当时我是我老家那一带农村唯一一个在县委县政府工作的人，在他们眼里我的"官"一定很大，是他们的代表，是他们引以为豪的对象，尽管我只是一个小而又小的秘书；二是我那"断气了十天，昏迷二十天"还能活过来的离奇故事，想看个究竟；三是因为我父母是老实巴交的农民培养出一个大学生，一个国家干部确实不易，如今却又英年早逝而同情和怜悯。最令我感激的是，当我出院后一跛一拐地回老家过年过节时，一些七八十岁的老爷爷、老奶奶拄着拐杖蹒跚地来到我家，将他们珍惜多年而不舍得吃的中草药或者他们从道公仙婆那里求来的他们认为能包治百病的神药"灵符"交给我服用。以至后来他们再见到我时问我吃了他们的药感觉如何时，我即使不吃他们的药也回答着"感觉好得多了"。我哪好意思去辜负他们的一番好心和期望呢！亲爱的父老乡亲，不管怎样，你们淳朴的感情我将永远珍惜埋藏心底，让它陪伴我前行。在这个问题上，不难理解鲁迅先生那"俯首甘为孺子牛"的情怀和心境了，也深刻理解"权为民所用，情为民所系，利为民所谋"这一廉政广告词的含义了。作为一个国家公务员是多么应该做人民的公仆啊！

　　以上就是我与死亡搏斗的经历。"吃一堑，长一智"，我这次不是"堑"的堑，使我有太多的感慨与感悟。生活中固然有酸、甜、苦、辣，有喜、有愁、有爱、有恨的，然而生活的真谛是爱。热爱祖国和人民，热爱家庭和社会，热爱亲戚和朋友。亲爱的朋友，让我们一起传承社会的真、善、美，弘扬社会的正能量吧！

一路梨花

那是今年春天的事。由于自己患上脑溢血症留下了后遗症，走路一跛一拐的。不知妻子从哪儿得到的消息，说，一患上这种病的人最多只能活十年。想想自己才四十出头，患此病出院已有四年多，如果此话当真，我的生命已所剩无几。说者无意，听者有心，于是我决定前往省城区人民医院就诊。

一天，我提前一天向单位请假就早早踏上驶往省城南宁市的直达快班。一路上，隔着车窗，偶尔看见满树洁白的梨花仿佛一朵朵白云一样一闪即过，倒是附近不少的村子里村前村后都有不少的梨树正盛开着洁白的梨花，齐刷刷地向着太阳开放，在风中舞动的身影宛如花仙子一般，在明媚的阳光下又酷似穿着白色婚纱的新娘，美丽动人，使人有一种"俏也不争春，只把春来报"的意境。

一路看着那洁白的梨花，我脑子突然想起了桃树和李树来。心里想着：为什么人们把学生比作桃李呢？还想着"桃李不言，下自成蹊"是什么意思。想着想着，班车就到了南宁。我下了车搭乘2路公交车往市中心朝阳花园后转乘10路公交车向区人民医院方向进发。公交车走走停停，慢得像只爬行的甲壳虫，从安吉车站到市中心朝阳花园所用的时间与从家坐直达快班到南宁所需的时间几乎一样。

　　到了朝阳花园，我一跛一拐地登上了 10 路公交车。上了公交车，还未站稳，车一开，我一个趔趄，差一点就跌倒。"哥，坐在我这儿吧！"近车窗口的一个座位上站起了一位年轻的姑娘让座，我忙例行地道谢，坐下后，我仔细端详起这位让座的姑娘：二十多岁，扎着马尾，圆脸，笑靥里有两个酒窝，臀部硕圆，皮肤白皙，一身洁白的连衣裙，非常阳光，一派既不失高雅气质又落落大方的风采，简直是一个可望而不可即的女神了。她就挨着座位的边缘站着，青春阳光的她阵阵体香扑鼻而来，而她那洁白的裙缘时不时被风吹动，轻轻打在我脸上，我的心里竟有一种莫名的骚动迅速传遍全身。心想，这个时候，如果胡思乱想，这股骚动会让自己难堪丢人的。我赶紧分散注意力，把目光投到车窗外车水马龙的风景。

　　车到植物园路口时，我起身，拖着沉重的身躯一跛一拐地向车后门走去，要下车。突然感到有人扶住我的手臂，并听到："哥，慢点下车，我扶你一把吧。"回头一看，是那阳光女神。下了车，她问道："哥，你要到哪里啊？"话语很真诚友善。我赶忙说去区人民医院就诊，她就会意地点了点头，说："正好我也到区人民医院附近买一样东西，我扶你走一程吧，区人民医院不远，拐个角再走一段路就到了。"她真诚地说。于是我们就一起一脚深一脚浅地向区人民医院走去。我见她如此阳光漂亮，就试探地说："妹，你那么漂亮，跟一个跛子走路不觉得丢人啊？"她笑了起来，说道："才不呢！都啥年代啦，还有这种思想！"我一听，会意地点了点头。我想，心灵之间的交流，不要把另一个心灵排斥开，或是居高临下压制另一个心灵，应该真诚友善地相待。如她所说，也许她跟我想的一样——一下子觉得她的形象在心中渐渐拔高。"哥，你患腿病有多久了？"她关切地问道。我告诉她，我患的不是腿病，而是脑溢血症留下的后遗症，四年前我在上班当中突发脑溢血，曾停止呼吸十天，昏迷二十天，仅靠呼吸机人工辅助呼吸。她一听，看了看我，显得很诧异。我见她一脸诧异，就由衷地解释说："当时人们都认为我必定死亡，可我家人见我还没完全死去，就极力央求医院继续抢救，最后救活过来了，这是万分之一的生还概率啊！"她更惊奇了，好一阵子才应道："这是怎样的一种疾病啊，你还那么年轻就患这种病了，真令人可惜！""也不年轻了，我都四十出头了。"我应着。"男人四十一枝花，真正的人生才开始呢！"她看了我一眼，又说，"看你这个人，没病之前肯定是个风流倜傥的帅哥！"我不以为然地笑了笑，不置可否，不言。她沉默了一下，又说："这种病怎么患病的年龄越来越年轻呢？"一脸惊诧。她告诉我她的亲大哥才四十五岁，也患脑溢血症，也昏迷了十六天时间，但醒过来后却偏瘫了，只能坐在轮椅上活动，她是从学校请假回来看望大哥的，今天出来买一根拐杖给哥哥，没想碰上了我，碰上了一个奇迹。

听了她的话，我的话匣子就打开了。我告诉她，有一种不锈钢拐杖有四个支撑脚，受力面大，很适合残疾人用，在区人民医院附近就有一家器材店有卖。她点了点头，顿了顿又问道："你的腿不灵便，嫂子为何不跟你一起来呢？"我告诉她，妻子是一所小学校的任课老师又是学校的领导，工作很忙，她没空离开那些可爱的孩子，再说，我的小孩才八岁，需照看，脱不开身，我虽有些不灵便，但只要慢一点，小心行事就没事的。她听了也会意地点了点头，若有所思地沉默起来。

"你是丽锦县人吧，听口音很像那边人。"她打破沉默说道。"嗯。"我点了点头说。"啊，我们还是老乡呢！我老家就在丽锦县壮锦镇锦秀村，我很小的时候和哥哥随我爸和爷爷到南宁市定居。"她欣慰地说道。我忙说："锦秀村是县城的郊区呢，离县城才几公里远。"还告诉她，如今高速公路横穿锦秀村，还设有出入口，交通方便得很。她听后很是高兴。我又告诉她，今后县城也将通高铁，还在县城设火车站呢，丽锦县城今后更四通八达！我一脸自豪。

她一听，也露出了欢愉的表情，接着问道："哥，我现在正在读大学预科班，再过几个月就面临着选择专攻的专业了，不知哪种专业好一点，你那么有见识，不妨给我出出主意，让我参考参考。"我一听，原来她还是个大学生，怪不得有一种不同寻常的气质。我就告诉她，当今我们国家的核工业领域、航天领域和高铁领域已称雄世界，发展迅猛，尤其是高铁，都修建到国外去了，如果攻读高铁设计管理或投资融资方面的专业，将来肯定是大有所为的。她点了点头，说："原先我也是往这方面着想的，但后来，大哥患上脑病很痛苦，我就改变了想法，如今又碰上你这样年轻的人又患脑病，更使我转变观念了，我想选择临床医学专业心脑专科，想攻一攻这方面的疑难杂疾，但这方面研究的人一定很多。"我赶忙说："那也好呀，一颗心脏全球有十万人去研究，有许多人经过努力也做出了突出的成就，就像我们国家的女科学家屠呦呦一样，以百折不挠的精神经过潜心研究和奋斗，在医药领域里做出了突出的成就，在全球范围内挽救了数以百万人的生命，为促进人类健康和减少病患痛苦做出了无法估量的贡献，还获得生理学或医学诺贝尔奖呢！"我滔滔不绝地说。她听得很认真，时不时地点着头。

说着说着，我们不知不觉地来到了区医院大门口。我一看时间，已是上午 11 点 35 分，还有 25 分钟就下班了，她想了想，说："临近下班时间，病人可能比较少，哥，你还是趁机就诊拿药免得等到下午，你行动不灵便，让我扶你上楼就诊吧，我的事不急。"说着就扶着我登上上楼电梯。

上了楼，我们就径直到脑神经科。果然病人少，我们很快挂了号就诊。医生详细诊断并写完处方单后，嘱咐道："根据你的病情用药后是会康复的，不要乱投医，以免上当受骗。还有，患脑病的人有诸多不灵便，家属要多留心照顾一些。"并向她示意，显然医生已把她当成了我的妻子。我脸一热，露出了脸红状，有些窘态，而她却向医生很自然地点点头，连连说了几声"好的、好的"。我们拿了医生的处方单交费后，下到二楼拿药。由于医生开的药品较多，足足有一小摞。她就让我坐着休息，自己跑出医院大门外买来了一个手提袋，帮我将药品装好。

拿了药才出医院大门，正好到下班的时间，她很欣慰地说："这太好了，你不必等到下午了，你拿了药，到对面的公交车站台，坐 32 路公交车可直达安吉站搭车直接返回，不用转车，方便得多了。"

说着，又扶着我过马路走到公交站台。到了站台稍等，32路车就驶过来了。她又扶着我上车在就近的车窗寻找一个空座位让我坐好，就转身下车了，下车前，还向投币口投了两元钱。她走了，可我的目光还在她身后凝视，只见她那丰盈的身影在春光辉映下，显得格外靓丽，那洁白的裙摆，随着踏步有规律地摆动着，就像一朵洁白的花朵一样随风摇曳。我赞叹起来："多美的姑娘啊！"头脑里不禁闪出一首小诗：

> 我用我的双手搀扶你，
> 让不灵便变成灵便。
> 我用我的行动来援助你，
> 让不顺利变成顺利。

我用我的热情来呵护着你，

让你感到世界的温暖生活的美好。

同在蓝天下共沐浴一片阳光，

我用洁白的心灵来诠释诚信友善的内涵，

让绝望变成希望。

　　车开了，拐了个角，我再也看不见她了。突然想起没有问她的名字和联系电话，心中不禁有些内疚和遗憾。

　　在回程的车上，我闭目养神，却发现脑子里还在不断放映着她的音容笑貌。突然想起学生时代学过一篇课文《驿路梨花》，想起文中记述了一位名叫梨花的漂亮的哈尼族姑娘充满爱心地照料一个大山深处梨花林里的驿站，使来往客人舒心安逸地休息接力的故事，联想到她的情形和那一路来洁白无瑕的梨花，不禁失声喊了起来："多好的一朵梨花！"

　　当天下午2点多钟，我就顺利回到家了。晚上，妻子询问我就诊是否顺利时，我就说"非常顺利"，但我不敢告诉她我遇见美女之事，更不说与美女假扮一回夫妻之事。我不想听到妻子埋怨："你这个人呀，真是桃花命，到哪里都有狐狸精跟着，让我怎么放心！"又唠叨什么，"这些狐狸精啊，真可恶，连一个病人也不放过。"只是对妻子说："现在的小偷都是过街老鼠，你老公虽然病了，但是对踩死几个老鼠还是有能力的。"

　　可是，那朵梨花依然在我心中飘香。

当了一回医生

我是一个地地道道的非医专业人员，当医生的角色八竿子也打不着。可是，去年冬天却有幸当了一回医生角色。由于患脑溢血症，出院后医生嘱咐我要继续做高压氧治疗，有利于后遗症的康复，同时要适当锻炼。

一天，我早上 6 点 30 分起来，穿着一套运动服就出门了。我计划沿环城路小跑往医院高压氧科进发，途中需要一个多小时，正好赶上医生上班时间，就可做高压氧治疗了，锻炼和治疗两不误。谁知，我一路小跑刚到半途，突然下起了雨，虽然在路边屋檐下避雨，但风儿还是吹着雨雾，打湿了我的衣服。我想，锻炼发热，衣服受潮不要紧的。于是，雨停后，我又继续朝着医院小跑而去。

到了医院高压氧科，已经有一些患者进了高压氧舱，治疗在即。这时，一个女医生过来例行检测我的血压，（低压值超过 100 毫米汞柱，高压值超过 160 毫米汞柱是不允许入舱治疗的），我仔细端详这位女医生：三十七八岁，短发，高挑，面容很和善，一副干练的神情。她见我的衣服受潮了，就说："下雨了，怎不打伞，衣服湿了，很容易感冒的，不利于你病情的康复。"说着就进她的办公室里拿来一件白大褂，"看你的年龄和高度与我差不多，就换上吧，高压氧治疗有个程序是降压阶段，温度下降，受凉可不好。"说着又示意护士领我到内间换衣服。我有些不好意思，毕竟她是一个姑娘家，而且与我的年龄相仿，哪好意思穿上她的白大褂呢？！再说，白大褂是医生神圣使命的象征，自己一个病人穿上合适吗？！正当我犹豫不决时，护士又催道："还是快点换上衣服吧，治疗马上开始了。"我又端详了一下这位护士：面容很和善且很慈祥的，浑身上下都透出一种母性美的。由于时间紧，在护士的催促下我换上了白大褂进高压氧舱治疗。

同舱的病友都调侃着说："这个世界真会转化，连病人也转化成医生了。"更有甚者，有两个后进舱的病友直呼我"医生"，弄得病友们都笑了起来，使我很不好意思，忙着解释。我仔细打量这件白大褂：一件洁白的衣裳，还带着女子的体香，由于我的身躯比她大，不怎么合身，用手拉着尚可勉强穿着，但比起我那受潮的衣服暖和得多了。俗话说："恶鬼怕恶人，病魔怕医生。"我想，今天我穿上医生的衣服，身体里的病魔会害怕而逃遁！

在长达两个小时的治疗中，我浮想联翩。想起了历史上的北宋皇帝赵匡胤，被部下以"黄袍加身"当上了皇帝，如今我"白袍加身"却当不了医生！自己学的是非医专业的，虽然学过心理学，最多懂得察言观色，揣摩人心，但要当医生是远远不够的啊！

我又想起赵匡胤黄袍加身当上皇帝后，却以"杯酒释兵权"的手段夺走了用黄袍加在自己身上拥戴自己当上皇帝的部下大将们的兵权，一副恩将仇报的派头。可我"白袍加身"，内心却感激不已，倍感温馨！不禁想起一首小诗来：

我把白大褂披在你身上，
让你御寒。
我想尽一切手段，
让你抵御病魔入侵。

我以一颗洁白的心灵，
来诠释爱岗敬业的含义。
我有一个永恒的信念：
让勇士重返沙场！

在治疗结束的降压降温阶段，我没有感到冷，反而感到很暖和。治疗结束出了高压氧舱，我忙脱下白大褂，换上我的衣服，发现我的衣服已被医护人员用电暖器烘干。我又一路小跑返家了。

也许是白大褂让病魔害怕而逃遁，我的身体一天比一天好转了，如今我已不去做高压氧治疗了。我想，那个高压氧科的医护人员一定还在认真细致地工作着，那些受过治疗的病人也早已康复了吧。

拯救年轻生命①

[生命因爱而生，精神因爱高尚，社会因爱和谐，世界因爱而美，生活因爱幸福。]

2010 年 7 月 10 日，在马山县永州镇永固街发生了一件天地感动、鬼神哭泣的感人事迹。就是一个 19 岁的高二女学生奋不顾身勇救两名溺水的十一二岁小学生而呛水奄奄一息，众人展开一场拯救年轻生命的爱的接力赛。

7 月 10 日，永州永固街圩日，天气异常酷热，女童陆某 12 岁、农某 11 岁结伴前往永州镇谭诺屯的一口老泉——白泉游泳。

[童心无护栏。世界的一切在童真的王国里都是完美无瑕的，不相信有夺人命的灾难恶魔存在。]

白泉，约深 15 米，直径 13 米。13 时 30 分，两女童来到泉边，看着一潭满溢的泉水，心想，要是在里边游泳和嬉戏那是多么凉爽和快乐啊！于是两名女童毫不犹豫地跳了下去。

① 此文根据马山县永州镇政府上报的《农兰梅"见义勇为"材料》创作。

天啊！水很深，脚踏不到泉底！两女童不懂水性，胡乱地在水面扑腾挣扎，身体渐渐开始往下沉。就在这时，一个19岁的永州中学高二女学生农兰梅放假回家正巧到白泉边洗衣服，见状，立即丢下洗衣桶，跳下了白泉救人。

[先救人，别的我不想那么多，因为年轻的生命对我来说是至高无上的。生命诚可贵，精神价更高！]

两个女童见到有人来救，已极度恐慌的两人好像抓到一根救命的稻草，一人抓住农兰梅的头发，一人抱住了农兰梅的脖子。不习水性的农兰梅几经周折，拼尽全力，最终将两名女童拖到岸边，用身子挺起两名女童爬上了岸，两名女童得救了！然而，农兰梅因体力不支，加上多次呛水，又不习水性，意识模糊，渐渐下沉。已慌得浑身发抖的两名女童却束手无策，大声拼命叫喊："来人啊！有人落水了，快救命啊！救命啊！……"在这个危急的关头，正在附近捉鱼的一个14岁少年谢某听到了喊声，急忙丢下手中的捕鱼工具，向白泉边飞奔。

[我要去救人！尽管我很年轻！但我已经知道生命太可贵了，对一个人来说只有一次，失去了，就永远回不来了！]

谢某把农兰梅拖上了岸，但农兰梅眼睛已翻白，不省人事。这可把两名女童和谢某吓坏了，近乎哭泣地叫喊："来人啊！死人了，来人啊，死人了……"此时时间是13点35分零8秒。

就在这时，永州村谭诺屯一个中年男子陆某刚好放牛路过白泉，听到喊声，立即丢下牛绳向白泉边冲去。时间13时35分零38秒，陆某用手探了探农兰梅的鼻子，但却很难判断有呼吸迹象，他探了探农兰梅的手脚，还有温度，再探农兰梅的胸口，似乎还有微弱心跳，他觉得农兰梅还有生还的希望，立即抱起她向永州卫生院飞奔。此时，钟表指针指向13时38分20秒。

［生命至上。在这拥有与失去，生与死决裂的紧要关头，哪怕只有万分之零点零一的机会，我也不放弃与死神搏斗！］

此时，一个中年妇女李某正在自家的楼顶上忙活，远远看见丈夫抱着一个不省人事的人向医院奔去，立刻意识到出事了，丢下手中的活儿飞奔下楼，在家门口的大路边拦了一部三轮车。

［丈夫的事就是我的事，丈夫救人，我要全力协助，我要让美丽生命绽放人间。］

司机陆某见李某一副着急的样子，意识到有要事，一听说要救人，立即掉车头载着李某朝着她指的方向驶去。

［救人，是最崇高的使命，也是一道无声的命令，刻不容缓，我要以一颗爱心去拯救生命！］

三人共同把农兰梅抬上车，陆司机以最快的速度启动车辆向医院驶去。李某扶着农兰梅，用膝盖挺住农兰梅的腹部，让其呛下肚子的水流出，而丈夫陆某则向路人大喊："同志们，闪开！闪开！要救人！"……一听要救人，人们都迅速自觉地让路。陆司机加大油门让车飞速向前，心里不断祈祷：在这个紧要关头，三轮车千万不要出什么故障啊！这次行驶是要拯救一个年轻的生命啊！快点！再快点！此时时间已是13时45分零10秒。我要与时间赛跑，与死神拼命！他以平生最集中的精力开车，开出了平生第一速度。

13时57分5秒，三轮车驶至永州卫生院急诊科大门口。"救命！救命！有人落水已不省人事！"此时，急诊室里值班的蒙医生正在给病人看病，一听到喊声，立即中断就诊，一边伸手去摘听诊器迅速出门，一边朝护士站喊：救人！

[救死扶伤是医生的天职，救人一命是我的第一使命，我要与死神进行殊死搏斗，我要让绝望变成希望，要让勇士重返沙场！]

蒙医生一边忙碌地诊断，一边朝护士长吩咐，立即准备输氧设备，立即给患者输送新鲜氧气！马上输液！马上戴上氧气罩，气量调至最大档！

呼吸到新鲜的纯氧，农兰梅生命体征逐渐增强，心跳值慢慢往上升，人们松了一口气。医生说，要是再晚 3 分钟抢救，死神就会夺去她的生命，我们将与一个年轻的生命无缘！此时，时间已至 14 时零 6 秒！

[多么宝贵的 3 分钟啊！从两名女童在 13 时 30 分溺水到农兰梅戴上氧气罩，短短 30 分钟，一双接一双慈爱的手和充满同情的心灵，在这场拯救生命的接力跑中，一刻也没有耽误。这是对生命的尊重！对拯救年轻生命的庄严承诺！更是人间大爱的力量！！]

被救两名女童及其父母来了，班主任和同学来了，学校领导、镇领导、县教育局的领导来了，团县委、县妇联的领导来了，关爱生命和富有同情心的人也来了。人们望着还处在昏迷中躺着的农兰梅翘首以盼。时间慢得一秒钟就像一年！我们多么想尽快看到救人英雄那灿烂的笑容啊！

由于农兰梅仍昏迷不醒，医院专门成立了得力的医护团队继续监护和治疗，决不能让死神嚣张逞能！绝不能让英雄的生命再出现意外！

在医护人员缜密细致的抢救下，救人英雄农兰梅终于睁开了眼睛。她的第一句话却是"两个落水小孩怎么样了？"人们一听到这话，感动得眼睛湿润，眼泪在眼中打转。

[这是最崇高和最伟大的爱！我爱你胜过我的生命，在你的生命即将失去的那一刻，我毫不犹豫地献出我的生命，换回你的生命！多么高尚的情操啊！在这里我已找不出词语来表述你的高尚，除了泪水，还是泪水。]

7月13日，县人民政府李副县长，县人民政协张副主席代表县委、县政府亲临永州卫生院看望和慰问农兰梅，两位领导对农兰梅等人的高尚行为动容不已，赞扬农兰梅等人助人为乐、见义勇为、舍生忘死的英勇精神，展现了我县人民的风采，给全县人民树立了好榜样。7月中下旬，团县委下文号召全县广大共青团员向农兰梅学习；县委宣传部行文申请县委下文要求全县学习农兰梅精神，进一步加大宣传力度，弘扬主旋律；县委政法委请示县委授以农兰梅等人"见义勇为"光荣称号。7月27日，县委、县人民政府下文《关于在全县青少年中开展"向农兰梅学习"活动的决定》，号召全县青少年学习她舍生忘死、见义勇为的精神；学习她识大体、顾大局、品学兼优、助人为乐的精神；学习她热爱人民、尊老爱幼、志存高远的高尚情操。

[榜样的力量是无穷的！我们做人就要像农兰梅一样热爱人民，努力奋斗，尽快摆脱全县贫困状态，实现全县跨越式发展！]

精神波涛：农兰梅舍己救人的英勇事实和拯救年轻生命的爱的接力跑经媒体报道，激起了一个情感巨浪，波及首府南宁市。人们无不被这拯救生命的高尚举动和爱的精神所折服和钦佩颂扬，都纷纷前往永州卫生院看望救人英雄农兰梅。其中有中共南宁市委组织部、南宁市中级人民法院、南宁市工信委、南宁市二十一中、南宁市第六职校、南宁市公交总公司、南宁市动物园……

［这是人的高尚情操和爱心闪耀出的耀眼光芒！同在蓝天下，共同沐浴一片阳光，共同呼吸一团空气，我们的生命里都有同样的热量，都有同样的心愿：热爱家乡、热爱祖国、热爱人民，创造美好生活！］

故乡的胜利渡槽

胜利渡槽气势磅礴地横跨在故乡希望的田野上，显得那么雍容自信，一眼望去，笔直而又伟岸，稳重而又大方，熟悉而又亲密，年年岁岁伴随着父老乡亲春播秋收。看到它伟岸的身躯，就会让人想起金色的稻穗，给乡亲们编织起金色的希望。

胜利渡槽原来并不叫作"胜利渡槽"，而是叫作坛江渡槽，因第一次建筑时人们急于求成急于庆功，在混凝土浇灌后未按规定提前脱模，造成工程倒塌，压死 10 人，压伤 12 人，并损失 20.15 万元，浪费了 22.73 万个工日，在第二次建筑后才成功，故称此名，是坛江引水工程主干渠的重点工程。渡槽长 720 米，有 21 个拱，每拱跨度 28 米，高 10 米，是全县最大的渡槽工程。据县志记载，坛江水利工程于 1969 年开始兴建，1975 年重建，1976 年竣工。渡槽设计引水灌溉 1.8 万亩农田。渡槽第一次建筑倒塌时，我们小孩还不懂事，后来听老人讲，渡槽倒塌时，工程负责人进到我家，像一只受冻的小鸟一样发抖不止，都不敢在厅堂说话，进到里屋才说出话来。由此可想象当时的惨状！

在竣工后的渡槽外侧，人们刻上了"胜利渡槽"四个大字，还刻上"敢叫山河换新装"的豪迈标语。那是人们战天斗地的坚强意志和对建设美好家园、向往美好生活气壮山河的坚定决心和承诺！足以惊天地，泣鬼神！

记忆中，胜利渡槽的水流量较大，有一尺多高。在渡槽头不远处有一道渡槽泄洪渠，我家的菜园就在泄洪渠旁边。小时候母亲在菜园里忙活，我就和几个小伙伴脱得赤条条，在槽渠里戏水玩耍，有时候在泄洪渠顺坡顺水滑下，有时候就顺着槽渠的水流游到渡槽对岸的村屯玩耍，常常在母亲忙完菜园里的活儿后追三追四好几遍，我才从槽渠里上来，免不了被母亲数落几句。那时候渡槽里的水也比较稳定，我家的菜园用水浇菜很方便，只需在地头开口，槽渠的水便自然流到地里。渡槽下故乡大片大片的田野灌溉也十分便利。

有了常流水就会有鱼。有时候鱼是从源头口顺水而下，被我和小伙伴们捉住；有时候是沿通河的泄洪道逆流而上的，我就和小伙伴们用捕鱼工具捕获，不捉鱼时就在槽渠里捉青蛙，其乐融融。泄洪渠是泥渠，有很多塘角鱼，一到周末，我和小伙伴们就比赛捉塘角鱼，看谁捉得多。有一次我在渠里捉塘角鱼时，竟摸出一条水蛇来，吓得小伙伴们不敢下水。那一次我就赢得了比赛。渡槽陪伴我和小伙伴们就这样度过了一生中最愉快、最难忘的童年时光。胜利渡槽是我的一段魂牵梦萦不了情。

后来，由于源头河两岸的人们环保意识淡薄，在河两岸涵养水源带乱砍滥伐，源头河水位不断下降，渡槽源头的水位也随之不断下降，使渡槽里的水流量越来越小。至 20 世纪 90 年代中后期，水量仅没脚踝，由于渡槽在设计之初，设计的流量偏大，加上槽渠不断减少的水量，渡槽设计效果就难以达到。于是原先设在渡槽头的调度渡槽水流量的机构——水管所就撤走了，如今已是人去楼空。

再后来渡槽的水就更少了，加上雨水冲刷两岸的泥土落到槽渠里，使槽渠的水时断时续，最终断流了。只有每年冬修水利时，人工疏导后渠水才从源头来，可是水量已大不如前了。但是，上千上万亩的稻田是需要渡槽的水灌溉的，于是，每年冬修水利成了人们的当务之急。渡槽依然发挥着不可替代的作用。

四十四年过去，换了人间！如今，一条笔直宽阔的二级路在渡槽旁穿过，车水马龙；故乡搞新农村建设，旧貌换新颜，在胜利渡槽桥头还建起居民楼住上了人家；渡槽下的肥沃田野也被列为基本农田保护片区，渡槽的作用更得到了重视。

近年来，县人民政府将胜利渡槽列为文物保护单位，让它永远见证一个时代的变迁和人们战天斗地、建设美好家园的精神。

因渡槽建设过程中压死了 10 人，在人们的揣摩和想象下，就有了不少神秘灵异之事流传。小时候经常围着大人们转悠悠，聆听他们聊天，总会听到有关渡槽的灵异事情。诸如：有人在夜间去"打田水"引水灌溉自家田时，时不时听到不远处有"呦、呦、呦……"的响声，似鸭子活动状，但夜间怎么会有鸭子活动呢？还有不少人都遇到这种情况：在夜间打田水时，朦胧中看到不远处的槽墩旁仿佛有一个人坐着在吸烟，那烟头还一闪一闪的，可到近处同其打招呼或借个火的时候，却发现，原来是空无一人。小时候我就听父亲讲过他遇到的一件离奇的故事。

一次，父亲在一个毛毛细雨的夜晚路过渡槽下一座小桥时，在桥头看见有人撑着雨伞蹲在路边，其伞边缘差一点就碰着他的手，可人一到桥另一头再回望时，却什么也没看到，桥宽才15米～20米呀！看父亲一脸严肃的神态，好像不像在开玩笑，也许他怕我们小孩子晚上东跑西跑，故意讲着唬我们吧。在村里传得神乎其神的是隔壁屯一位五十多岁开外的人在渡槽下"撞鬼"的故事。一天，此君去赴喜酒宴夜归，骑着单车路过渡槽下的路段时，碰上两个年轻人，这两个人当时叫他用车载人到渡槽那头要办急事，他就拒绝说，你们有两个人，一辆单车载不了，你们还是走路吧。谁料，待他踩着单车走了好一段路程后回头一看，还看见他俩在身后，还异口同声地说："叔叔，载我们去嘛！"他一惊，觉得不妙，就猛蹬车，待到进村的路口时，回头望，还发现两人在身后，还在向他叫载车，不过这次两人的嘴一边说话一边冒火。他见状，像丢魂似的没命往我们那个屯冲去，冲到村头最近的一家时，来不及敲门就丢下自行车，撞门而入，把近5寸厚的关门木片都撞断了，待到问其缘由时，他已吓得说不出话来。第二天，我们听说了这事，不相信又好奇，就跑到村头此家人查看一番，发现了一根被撞断的关门木块。后来听说此君好长一段时间都不敢走夜路。还听到他说"胜利渡槽的鬼只认识黎屯我故乡人，捉弄陌生人。"此话听起来觉得很好笑，但在当时却镇住了一些图谋不轨的坏分子。当时我们那一带的农村有不少的村屯夜晚发生盗牛事件，唯独我们屯没丢牛。我想，盗牛者或许害怕被渡槽的"鬼"捉弄而不敢夜间进屯里偷牛吧。

神鬼这类流传，"信则有，不信则无"，就像佛家所说的"心诚则灵"。事物是人在头脑中的反映，你认为它是什么就是什么！加上人眼花、心虚，产生错觉是常有的事，撞"鬼"之事也就不足为奇了。值得一提的是，在农村要提防坏分子利用迷信鬼神之说来恐吓、捉弄人干坏事。

渡槽多流传灵异之事，正好反映了人们的敬畏心理，大多正直而富有开拓精神的人，看到渡槽的伟岸和重大作用时，就会对那些渡槽建设者产生敬意，心里充满建设美好家园的愿望和勇气；而那些只图自己小家庭安稳，不关心甚至讨厌、反感、仇视故乡美好发展的人想起渡槽建设者那气吞山河的精神时，心里就畏惧，就发毛，就有"鬼。"

胜利渡槽伟岸的身躯和绿油油的田野组成了一幅绝美的风景。随着时间的推移，如今，胜利渡槽已经成为故乡地标性建筑。每当下乡或出差驱车路过故乡附近时，远远看见胜利渡槽时就有一种将回到故乡的感觉，它的身影就显得很亲切，看到故乡那绿油油的田野充满盎然生机，心中就有了一种慰藉和高兴。几十年来，渡槽以其伟岸的身躯守护着故乡那充满希望的田野，年复一年，陪伴着父老乡亲播种春天，收获秋天。田野有了渡槽的呵护，年年收获丰盛的成果；渡槽也因田野的需求而得到兴建和维护，两者相互依存，你中有我，我中有你。如同一对痴恋的恋人在演绎一个永恒的爱情故事。更如同一对患难与共的夫妻形影不离，永久相守，相濡以沫。

> 亲爱的，
> 不要害怕，
> 我用粗壮的臂膀守护着你，
> 不管烈日暴雨还是天寒地冻，
> 我的心都不会改变。

　　我发誓，

　　今生与你一起度过，

　　不管世态炎凉人世沉浮，

　　我都爱着你，

　　一直到天荒地老。

　　因为田野年年有好收成，故乡年年有新发展有新变化，父老乡亲们于是年年有了新的希望新的奔头。

　　壮哉，故乡的胜利渡槽！

用爱心建设绿色校园哺育祖国花朵的园丁们①

　　有一种爱叫作奉献，有一种言行叫作默默无闻。马山县周鹿中学的老师们一天又一天，一年复一年地默默无闻奉献着，一班又一班，一届又一届地送走了一批又一批的学生。2000年他们取得了震动南宁地区乃至全广西教育界的成就——夺取"全国绿色学校"称号。

　　为了把学校建成全国绿色学校，周鹿中学全体师生团结成一股绳，共同发力，采取了一系列超常规的措施，开展了史无前例的奋斗：

　　——认识与行动齐抓。提出了"用二十一世纪的眼光来认识、思考和设计周鹿中学的绿色教育"，并制定"环境育人规划"，积极开展创建绿色学校活动。

　　——房子美化与校园绿化并重。确立了"穷县办大教育"的办学思路，通过"集、征、借、捐、垫"等方法筹措资金600多万元建设校园，使校园环境焕然一新；发扬艰苦奋斗精神，扛来石头砌好长达2200米的围墙和塘堤，搬走300方土建成了足球场，平整了71亩果园，开发14亩鱼塘，用石灰和水泥硬

①此文根据马山县周鹿中学《创建全国绿色学校经验》创作.

地板、操场，采取了先种树，后建筑的方式，使各种建筑物一建成就被掩映在绿树丛中。

——迎接挑战与抓住机遇并举。在接受种种困难挑战的同时，抓住各种机遇扬起校园建设的风帆。

——绿色建设与绿色管理同步。提出"不让学生留恋的老师不是好老师，不让学生留恋的学校不是好学校"口号，校园管理力争做到学生满意、家长满意、社会满意，努力将学生培养成"有理想、有道德、有文化、有纪律"的四有新人。经过狠抓管理，使校内不雇清洁工人，也能保持干净，不雇育花工人，鲜花四季盛开。

——绿色活动与绿色课程并存。把绿色教育融入学校课程、活动课程和隐性课程之中，让环保知识渗透到学生的心田。还利用文化长廊、墙壁及各班学习园地开展环境教育活动，让学校的每一寸土地、每一面墙壁都发挥教育作用，使校园变成学园、花园和乐园。

——校内做法与校外做法相渗。取人之长，补己之短。组织师生积极开展校外环保义务劳动，加强环境育人实践。

——绿色理念与素质教育并重。树立绿色理念，开展绿色育人，提高学生综合素质，取得了"教育一个学生，带动一个家庭，影响一个社会"的良好效果。

超常规的措施和艰苦奋斗终使学校建成全国绿色学校。这是在一个穷县中取得的一份了不起的成就。1998年自治区领导到学校视察时评价说："周鹿中学校园环境不错，管理较好，学生在这样的环境里学习，家长放心。"对周鹿中学校园建设成就给予充分的肯定。

优美的育人环境培育出优秀的人才。在二十世纪九十年代，周鹿中学每年中考成绩就连年居全县榜首，高考成绩亦居南宁地区同级同类学校前列。

"冰冻三尺非一日之寒"，半个多世纪的风雨兼程，从无到有，从小到大，从劣到优，一班又一班，一届又一届，周鹿中学开拓进取的园丁们，已数不清流过多少汗水，也道不尽尝过多少辛酸，为了祖国花朵茁壮成长而忘我工作。回想起周鹿中学从一个环境简陋甚至恶劣的学校在全体师生的艰苦奋斗下不断得到改善直至今天的全国绿色学校，不禁感慨万千。我想起了历史上"孟母三迁"的故事，孟子的母亲为了使孩子拥有一个真正好的教育环境，煞费苦心，多次迁居。而周鹿中学的园丁们为了祖国花朵能有一个良好成长环境而呕心沥血艰苦奋斗，不断改善育人环境，他们在新时期不正是实践孟母精神吗？！

在《周鹿中学校歌》中这样写道："辛勤的园丁，茁壮的幼苗，沐浴在党的阳光下，继承光荣传统，发扬勤奋风尚，美丽的校园里，鲜红的花朵处处飘香……"多么动听的歌声，多么美丽的校园！这不也是周鹿中学园丁们的爱心写照吗？！

如今，周鹿中学已成为饮誉一方的农村名校。这使我想起了元末诗人高明的《琵琶记》中的诗句："不经一番寒彻骨，怎得梅花扑鼻香。十年窗下无人问，一举成名天下知。" 周鹿中学的园丁们默默奉献爱心终有回报。

看着步履匆匆，虽显疲惫但总挂着微笑的周鹿中学园丁，我由衷地产生了敬意和祝愿。敬爱的师长，真挚的同事，亲爱的朋友，在你默默奉献，苦谱心曲的进程中，我为你喝彩助威，为你加油鼓劲，为你真诚祝福！

　　"春蚕到死丝方尽，蜡炬成灰泪始干。" 周鹿中学园丁们生命不息，奋斗不止，爱心不完。在新时期，他们正以创建一流农村中学为目标，阔步向前，他们必定能从胜利走向胜利，从辉煌迈向辉煌！

　　　　　　　　　　2000 年 10 月 10 日于周鹿中学

挑战死亡的人们①

[最害怕的事莫过于死亡了，但却有一种为了众人生命的安危让人面对死亡的威胁而义无反顾地挺身而出的精神和责任。]

只有与死亡搏斗过的人才更懂得生命平安的珍贵，只有与死亡搏斗过的人才更懂得救死扶伤的艰辛。2003年3月，传染性很强的疫病"非典型肺炎"肆虐，接诊医护人员感染率极高，全国累计报告诊断病例5327例(其中医务人员969例)，死亡349例。而且目前尚没有特效的诊断办法和治疗手段，流行特点也没有完全掌握，防治难度极大，引起了不小的恐慌，人们谈"非典"色变，很多人有门不敢出，有家不敢回。这是一个夺命恶魔！严重威胁到人民群众的身体健康。它正以嚣张的面孔考验着我们的斗志！

作为一方人民生命的呵护者，马山县周鹿中心卫生院全体医护人员面对死亡的威胁责无旁贷！坚决与夺命恶魔进行殊死搏斗！然而，卫生院地处马山县西部农村，服务范围广，服务区人口众多，其中有近6万民工在广东等疫区务工，自疫情发

①此文根据马山县周鹿中心卫生院《抗击"非典"疫情工作总结》创作。

生以后，民工陆续返乡。"非典"防治工作形势严峻，任务十分紧急！是一场硬仗，一场攻坚战！

在死亡与生存、成功与失败的关键节点上，周鹿中心卫生院采取了超常规的措施，掀起了一场惊心动魄的战斗。

——多次召开紧急研究对策会议。完善各种预案、制订防治工作方案，设置专门办公室，向社会公布办公室电话和医疗急救电话，实行 24 小时值班制度、零报告制度、专车免费接诊制度，建立"非典"防治隔离区，周密部署，责任到人，严防死守！

——开展广泛宣传和培训。多次召开全体职工或农村乡村个体医生、村医动员大会或业务培训会，使他们掌握"非典"特征、流行病学特点、临床表现、化验室检查、X 线检查及治疗方法，做好记录和报告，严格按要求上报疫情，绝不能漏报、瞒报、虚报。

——组织干部群众进行彻底的爱国卫生运动。用过氧乙酸、百消净等药品进行消毒，杜绝卫生死角，严防病毒污染；出版有关"非典"防治知识宣传报、墙报、悬挂横额标语，在各村屯或街道张贴宣传画、以村为单位印发有关防治资料，派出宣传车和防疫医务员到各单位各村屯进行广播宣传活动，进入学校、机关、团体进行防"非典"专题报告，进行声势浩大的宣传；在学校用过氧乙酸喷洒学生教室、师生宿舍、办公室、学生饭堂等，进行全面彻底消毒，绝不让病魔越向育人摇篮雷池一步！

——采取"人盯片，片联院"模式。将服务区划分成若干个责任片区，每个责任片区落实责任医护小组、责任人紧紧盯着疫情发展；每个责任片区内的村干部、屯干部负责观察疫情并联络医院汇报情况，大打一场抗击"非典"疫情的人民战争。

——切断病源传播于交通要道。派医务人员在服务区内各交通要道、车站、路口设立防疫检查站，对从疫区务工返乡人员进行体检，对发热、咳嗽等疑似症状患者送回医院进行隔离就诊和进行医学观察。短短数周时间对过往人员体检就达10000余人次；派医务人员深入机关单位和学校组织干部职工和广大师生进行探温体检；对已从疫区返乡的外出务工人员进行追踪调查，跟踪管理，全面监控。

——采取以"收治、隔离、确诊病人和疑似病人，认真排查、隔离、观察密切接触者"为主要内容的综合防治措施。对疑似病例进行严格隔离治疗处理或转送县防"非典"指定医院进行联合会诊和确诊治疗。

［在与夺命恶魔搏斗时，我们的工作要抓紧、抓早、抓细、抓实！绝不放过任何一个让疫情赖以传播环节！绝不让病魔趁隙而入！对病魔做到早发现、早报告、早诊断、早隔离、早治疗。］

在抗击"非典"搏斗中，周鹿中心卫生院涌现出许多可歌可泣的动人事迹，足以惊天地泣鬼神！

蒙院长，一个年仅三十岁出头的年轻人，火红青春铸医魂，在抗击"非典"的战斗中，心系百姓安危，身先士卒，夜以继日地忘我工作。他与其他干部职工一道，骑摩托车下各村屯进行宣传、调查和排查，常常弄得一身汗水一身泥。今年4月中旬，正值"非典"疫情蔓延的紧要关头，他远在老家的母亲不幸身患重病，需要他抽空回一趟老家为母亲就诊，但他却毫不犹豫地说："妈，让弟媳带您到就近医院住院吧，我这里太忙，也太需要我了，等有空我会回家看望您老人家的。"更为动人的事是发生于 4 月 26 日晚的事。当晚 10 时，蒙院长接到群众举报说有三个出现发热、咳嗽等疑似"非典"症状的从广东疫区务工返乡的民工的紧急情况，出于职业的敏感和对工作高度负责，他来不及组织人员，就果断地穿上厚重的防护服叫上周司机火速赶往现场将三人接回医院检查，等全部排除"非典"可能性后，又专车护送三人回家，向群众做好解释后，还给三人每人发一支体温计和消毒药品，要求三人在家自行隔离观察 15 天，有异常情况及时与医院联系。直到凌晨三点钟，蒙院长才带着宽慰的心情返回。可此时的他又要考虑第二天的防"非典"工作。无怪乎同事和群众称他为工作的"拼命三郎"。

　　[说句心里话，我也有情，我也有爱，我也爱母亲，但为了众人生命的安危，我宁愿舍小爱求大爱！夺命恶魔一天不除，我一天不放松！]

　　韦副院长，一位慈祥的中年母亲，不顾因病刚动手术不久，身体较虚弱状况，在"非典"疫情蔓延高峰期主动请缨出战，自愿到防"非典"第一线——医院隔离区内的隔离病室理疗疑似症状病人。5 月 11 日晚上，她的小孩患急病住院后哭着喊妈妈，而此时的她却正在耐心地对一位因发烧咳嗽自己误认为已感染"非典"而焦虑不安、情绪烦躁的高三女学生小李做心理健康教育和治疗，时至深夜 12 点，小李平静入睡后，她才想起自己的小孩病了。几天后小李被排除患"非典"怀疑并康复出院，在医院门口看到几天来一直精心理疗自己的医生竟是一位温柔、和蔼可亲、体带倦意中灿烂笑容中却透出一种刚毅神情的大姐时，激动得无以表达，禁不住"阿姐""阿姨"地连连道谢，握着韦副院长的手久久不肯离去。韦副院长多年的无私奉献，赢得了同事们和无数病友的爱戴！多年的从医生涯，让她练就了一身干练的本领，病魔在她手里无计可施！

［人世间有谁不爱自己的小孩？但为了众人的安危，她暂缓了对自己小孩的爱！］

办公室韦主任，是位出色的抗击"非典"的勇敢斗士。为了顺利展开"非典"防治宣传工作，他常常加班写总结、找资料、抄标语，在短短的时间里搜集了大量的"非典"防治知识资料。他每晚总是很晚才回家，心疼得妻子小罗时不时到他的办公室悄悄地为他一次又一次地倒茶。4月28日晚有群众打电话到办公室反映在服务区里发现一位从广东患病返乡的、病情与"非典"症状十分相似的病人。韦主任不顾个人安危主动前往接诊并将该疑似病人转送到定点医院进行隔离治疗，等到返回时东方已泛白，他又踏上了新一天的征程。

［我不是不想早点休息，我想尽快搞好宣传，使众多的人更快地了解夺命恶魔，使大家眼往一处看，劲儿往一处使，以团结求力量，以奉献上水平，众人发力，无坚不摧！我要以自己的实际行动为全医院医护人员做出表率，向夺命恶魔庄严宣战！］

黄医生、莫护士夫妇俩，均为医院医务工作者，5月20日，夫妇俩忙着抗击"非典"疫情，其年仅2岁的女儿因无人看护一个人在家弄翻保温瓶而被严重烫伤，经抢救后方脱险。但这一不幸却动摇不了夫妇俩斗"非典"疫情的决心和信心，反而工作比以前努力得多了，出色得多了。

［这是多么坚强的夺命恶魔斗士！这叫作克己奉公，不用解释，天地看到会感动，鬼神听说会哭泣。］

　　榜样的力量是无穷的。在他们的模范带头下，全院职工众志成城战"非典"，取得了阶段性胜利。至今，在医院服务范围内尚未出现"非典"疫情，各种传染病也得到了有效控制，没有医务人员被感染，医疗服务病人调查满意率达98%以上。成绩是暂时的，信念是永恒的。在"非典"疫情还严峻的情况下，他们将和全国人民一道为抗击"非典"继续努力。他们一定能够打败"非典"疫情这个夺命恶魔，夺取这场战斗的最后胜利！

　　在这场生死搏斗中，没有人知道他们吃了多少苦，流了多少汗，只懂得疫情没有扩散蔓延。

　　著名作家魏巍在《谁是最可爱的人》一文中这样写道："亲爱的朋友们，当你坐上早晨第一列电车走向工厂的时候，当你扛上犁耙走向田野的时候，当你喝完一杯豆浆，提着书包走向学校的时候，当你安安静静坐在办公桌前计划这一天工作的时候，当你向孩子嘴里塞着苹果的时候，当你和爱人悠闲散步的时候，你是否意识到你是在幸福之中呢？你也许很惊讶地看我：'这是很平常的呀！'可是，从朝鲜归来的人，会知道你正生活在幸福中。请你们意识到这是一种幸福吧，因为只有你意识到这一点，你才能更深刻了解我们的战士在朝鲜奋不顾身的原因……请再深深地爱我们的战士吧，他们确实是我们最可爱的人！"面对夺命病魔肆虐，面对死亡的威胁，我们的医护人员挺身而出，勇敢地挑战死亡，同夺命恶魔进行殊死战斗，这些白衣战士不也是我们最可爱的人吗？！

　　想到这里，我不禁吟起歌词：

　　为了生命的健康与快乐，为了人类的美丽和希望，你把多

少辛酸吞下肚肠？啊，白衣天使，我爱你那洁白洁白的衣裳，
我爱你那微笑微笑的模样……

引自周鹿医院之歌《你是我心中的太阳》

抗击"非典"疫情的战斗尚未结束。让我们与医护人员一
起，心连着心，手挽着手，众志成城，抗击"非典"疫情，让
夺命恶魔在我们面前低头认输，夹着尾巴逃跑吧！

2003 年 6 月 3 日于周鹿

一位可爱的小朋友

　　一个星期日上午，我手机欠费需交话费。我交完话费后，沿着没有人行道的道路往家返回。

　　由于患上脑溢血留下的后遗症，我拖着沉重的身躯一跛一拐地靠右走。路上车水马龙，有好几个十几二十岁的年轻人开摩托车速度飞快，一路飙车，那摩托车发出的轰鸣声远远就听到，像飞机一般，有一次，一个飙车者就从我的近旁飞过。我想，干吗要开得这么快呢？办急事也不怕耽误这点时间呀！据统计，1/2 以上的车祸是因为车速过快引起的呢！

　　我心里正在嘀咕的时候，迎面跑来了一个八九岁的小男孩，脸红扑扑的，笑靥上还有两个小酒窝，欢蹦乱跳，活泼可爱。见了我一跛一拐地走路，好奇，有好几次都以好奇的目光看着我。我心想："小朋友呀小朋友，伯伯刚从死人堆中爬起来，走路不灵便，没什么好奇的。"他跑过我身后不久，又折回来对我说："叔叔，你还是走那边的人行道吧，那会安全一些，路这边没有人行道，有危险，那些大哥哥开车太快了，轰轰巨响的，我都快吓死了。"说着，拉着我的手做扶人状说，"叔叔，我扶你过路那边的人行道吧。"我觉得有点好笑，心想：你还是一个小屁孩啊，可内心却很纯真。于是，我便佯装让他扶着，一脚深一脚浅地穿过了公路，与其说他扶我，还不如说我扶他，他才高到我大腿。到了路那边的人行道，我问他读了几年级，考试得几名，他告诉我，他正在读小学三年级，段考在班上排第2名。我就高兴地说："这很好，一定要好好学习，天天向上。""嗯！"他响亮地应了一声，又说，"叔叔，你慢点走，我要赶上我妈妈，我妈妈邀我逛街，她买衣服，我买文具。"说着，又活蹦乱跳地跑着去赶她的妈妈去了。我回头望了望，发现不远处果然有一个女子在等人，想必是他的母亲了。我望着他活泼可爱的样子，心里赞叹道：多么纯真可爱的小朋友啊！

看着这个可爱的小朋友，我想起了《三字经》中的话："人之初，性本善。"是啊，一个小孩子，内心世界是纯真的，洁白的，如同一张白纸，洁白无瑕。我心想：为什么人长大了，不少人的心就扭曲了，走上了违法犯罪的道路，成了祸害众人的人呢？所以对一个人的世界观、人生观、价值观的教育要从娃娃抓起啊！

我走着走着，心里就慢慢较起劲来，拳头也不知不觉地握紧了：一切违法犯罪分子、恐吓分子①、黑恶势力，如果你们的丑恶行径和破坏活动污染到孩子们那纯洁的心灵，作为一个政法工作者，我与你们斗争没完！

---

① 我们身边有这么一种人：仇视新事物和进步力量，看不惯甚至打击别人追求优秀和进步，唯恐你优秀和进步，总想方设法地用一些歪理来说服你甚至恐吓你，他们往往将事情的真实情况进行歪曲，无中生有并进行恶意造谣恐惑众人；他们往往跟政府作对，将政府为民办实事好事、发展经济、营造稳定和谐社会氛围诬为政府"胡搞"，并危言耸听，宣扬"政府胡搞是给大家带来灾难"，唯恐事情不够乱，唆使不明真相的人们进行抵制并从中作梗搞破坏，你若不从他愿，他就煽动众人离间你，在农村他还会妖言惑众，煽动邻里隔离你，不让你参加同宗扫墓，以达到不可告人的目的，人们往往敢怒不敢言，从而使他们日益嚣张，为所欲为，最终沦为黑恶势力。人们称之为恐吓分子。

第二辑

诗歌　散文诗

送你一片红叶，
让你在哭泣的时候染红你苍白的心灵。

送你一片红叶

一片红叶，
我不愿它成为一团熊熊燃烧的烈火，
灼伤你的心扉。

抚摸它的时候，
我看见你在风雨中孤单奋行的身影，
那是怎样的一团烈火，
灼烧我的心。

秋天来临想起你，
送你一片红叶，
让你在早来的春天取暖于早春的风，
还有，
让你在哭泣的时候染红你苍白的心灵。
不要误会，
我给予你的都是火红的祝福。

祝　福

——献给红水河水电建设者

前不久，我带领学生参观红水河大化水电站、百龙滩水电站。目睹电站的伟岸及建设者的辛劳与勇敢，心中抑制不住的激情使我拿起笔，讴歌这些采光者，这些时代骄子和无名英雄。

——题　记

天与地的调色板同山的笔架，
涂成你生命的底色，
与山花，
缀成一片诗的主题。

穿梭血汗沸腾的交响乐，
感知日月星辰曦晖，
领略狂风暴雨情怀，
只为脚下的红土地着迷。
埋头于波涛与岁月，
把爱藏进梦里，
高峡出平湖的日子，
你的微笑有如诗的亮丽。

啊，衷心祝福你——采光者，
你谱写了潇洒与浪漫的乐章，
你点亮了红土地的希望，
你点燃了我搏击的黎光。
你的潇洒与浪漫，
有如南国春色永远美丽。

1997 年 4 月 30 日

红水河索吊桥

我的脚插一头，
我的手抓另一头，
把天堑变通途。
我的背就任你踩，
我只有一个信念，
就是不让你走弯路。

烈日暴雨和天寒地冻，
都不能使我改变方向。
以我永不褪色的执着，
俘获红水河神女儿的芳心。
请你告诉她，
不管她走到哪里，
我都在这里等她。

为了我这个请求，
我时刻都为寻求美丽向往的你，
忠诚地摆渡。

追求阳光女孩

上帝用阳光捏造出天使般的你吸引我的眼球，
你成了我每天渴望欣赏的一道亮丽的风景线。
看不到你的风景，
我食无味睡无眠。
你每一次离去的身影，
如同黑白无常鬼捉走我的灵魂。

总爱在你的面前夸夸其谈，
天南地北古今中外无所不知；
总爱在你的世界里作秀一番，
事无大小多少繁简无所不能；
目的仅仅是为了打开你的心扉。

同别人一起欣赏你的风景时，
总爱贬低你的风景级别。
暗暗下决心，
不相信用体内所有的情感与热量编成的网，
网不住阳光的你。

红水河古渡口

冬天，你带着一丝丝凉意渡过我身旁，

一阵阵寒风冷冷地吹，我与你寒战不止；

秋天，你带着或多或少的收获渡过我身旁，

一声声笑声或叹息，我与你踌躇满志下定来年的决心；

夏天，你带着满腔热情渡过我身旁，

一股股激情涌动心间，我与你一同激情燃烧；

春天，你带着阳光的微笑和斑斓的遐思渡过我身旁，

一种种喜悦的心情溢满脸上，我与你一起放飞希望。

不管成功还是失败，

我都真诚地，

陪你度过每一个春夏秋冬。

连心桥

世上本没有桥，
为了少走弯路，
人们建起了桥。
你带着梦想从那头走来，
我带着梦想从这头走去。
太阳的光辉下，
我们的梦想五彩斑斓。
为了编织人生美丽的梦想，
让我们走进彼此心灵，
不需要设置任何障碍。

别友人

你走了，
成了山那边的游子。
我的日子像乱了套的珠子滚动，
原来，
我已经习惯了运行你的操作系统。

把你那依依惜别的身影和眷恋的眼神，
还有你留下的脚印和弦，
输入我心的硬盘。
想你的时候，
就键出打印一个你凝视。

在临别时刻，
赠一小小笔记本当作闪存盘伴你同行，
希望它闪存你的点点滴滴。
待到山花烂漫季节我们相逢时，
再键出浏览你的故事。

品读你的微笑

你的微笑，

是一汪汪温泉荡起的道道涟漪，

是一阵阵春风吹拂的飘逸柳絮，

是一股股山涧小溪涓涓细流叮咚轻吟，

把一切都变成恬和柔静。

品读你的微笑，

如一汪甘泉，

灌溉我干渴的心田，

使我湿润得酣畅淋漓；

如饮一坛美酒，

使我浮躁的心情宁静而致远。

写给远去广东打工的一位朋友

悄悄地，
作为挚友的你走了。
从此，
你的身影，
如同一根绳子，
牵扯我的心。

站在人生的十字路口，
你选择了打拼，
面对风雨交加的前路，
你选择了搏击。
朋友，
青春不言苦与累，
在岁月推移中，
挥镰收获。

再道一声朋友再见，
再说一声朋友珍重！

当我想你的时候

——一首写给女友的诗

当我想你的时候，
就独坐在冬天里阳光下的矮椅上，
把闪现在眼前的你，
仔细凝视。

当我想你的时候，
就掏出时刻放在贴身衣袋里你赠予的相片，
仔细端详，
用红唇轻轻濡过你微笑的面庞。

当我想你的时候，
就拿出珍藏在箱底里你赠的五颗红豆，
用手抚摸洗涤红豆上的尘污，
品读你的心灵，
寻找能使爱情地久天长的诗句。

思　念

——致女友

读您的来信或来电，
有如饮一坛甘汁。
跋于馨香的扉页，
如听一曲动人之歌。
这歌是热流穿透肺腑，
濡湿我心巷。
此刻，
眼前与脑里总有挥不去的身影，
那便是您。

啊，亲爱的，
在这不胜寒的季节里，
我多想聆听您奏响的每一支歌，
多想为你吟唱一首首心曲。
可您是否感知到，
每度春雷夏雨秋风冬雪里，
都缀满我串串超重的思念。

春天的礼物

经过寒冬的考验，
上帝的儿子微风和大地的女儿柳絮终于走进结婚殿堂。
上帝和大地相约送来了整个春天万紫千红的嫁妆，
新郎新娘高兴得翩然起舞风风光光。
在这个幸福的时刻，
我要在那书海中寻觅一首最亮丽的诗句作为礼物献上，
永远地记录新郎新娘纯洁的爱情和幸福的时光。

看海潮

——致一位教师友人

淡泊的心境，

是你宁静的风景。

改革开放的海潮滚滚，

你心情澎湃。

啊，

五千年寻梦，

十三亿龙的传人在奋发。

巨龙在腾飞，

你伸出双手，

热情讴歌与拥抱海潮。

心底深处，

为海潮奔涌向前，

你脚踏实地，

默默耕耘于那一片花朵芳菲地。

太阳树

大地还在昨夜的边缘沉睡，

一阵阵早风轻轻地把你吹生，

你从东边山顶悄悄发芽。

与路边的野花相约一起绽放，

与芳菲地里小草相约一同拔高，

你充满喜悦地往上长想尽早聆听小燕子的呢喃。

为了大地的温暖和春天的明媚，

你有一个信念：

投身浩瀚的宇宙，

尽快长成参天大树，

捧出火样的辉煌。

木棉花

你傲立南国，

没有兰花的芳香，

没有牡丹的婀娜，

却有大山的伟岸。

寂寞中宁静绽放，

以你的一片红心，

昭示春天已经来临，

在人们心中树立一个火红烂漫的春天；

点燃了我搏击的火焰。

啊，

英雄的木棉花，

你不卑不亢，不屈不挠，

在春风里默默地谱写春天的诗歌。

我赞美你，

我敬仰你，

愿你永葆大山的伟岸，

愿你为大自然，

永远飘香。

友谊颂歌

生活是多么美好，
友谊是多么温馨，
你我有着无尽的热源，
迸发出阳光和雨露，
滋润着你我的心田。
一切困难就变容易，
一切痛苦就变快乐，
一切寒冷就变暖和，
一切绝望就变希望。
我承受着无涯的友情，
生命中永远点燃激越的火焰。

洁白的围巾

是少女纯洁的心灵，
勾勒出的针针线线的组合。
是少女神奇的双手，
撷来天边那朵洁白轻柔白云沾染的结果。
是少女几个日日夜夜里泪与汗的结晶，
更是少女心中美妙的爱情之歌。
啊，有谁知道，
这一针针一线线里，
凝结着多少少女的情与爱。
戴上围巾暖流淌遍全身，
我要把这温馨的暖流，
抵御善于欺凌山里穷孩子的北风。
我要把这一暖流，
浇灌爱情的花朵，
来点缀她洁白的心田，
让年轻的生命永远充满青春的活力。

1993年2月1日

五颗红豆

是一个纯洁的少女，

用青春的光辉和纯洁的心灵缀合而成，

是那千言万语也无法表述的羞涩的语言，

是爱情之树上五颗红灿灿的种子。

我要把它们埋在心中的原野，

用青春的清流来浇灌，

培育出爱情之树，

与蓝天同在，

扎根于大地母亲的怀抱，

让爱情之树茁壮成长枝繁叶茂，

结出累累硕果。

献给种蔗姑娘的歌

十八姑娘花一样，
甘蔗地里种蔗又歌唱。
山的秀气水的柔情，
在她的心中轻轻荡漾。

脸上的汗水不停地淌，
手中的刮锄沙沙地响。
嗔笑的红唇靓丽的秀眼，
闪烁出一个英俊的面庞。

那是他去省城打工的前个晚上，
相约甘蔗成熟季节一起收获蜜糖。
他高大的臂膀像粗壮的蔗秆植在心中，
他留下的话语烙写在心间至密地方。

改革开放处处有希望，
比翼齐飞共同奔小康。
种来甘蔗酿造甜蜜的生活，
携手奔向新世纪的前方。

1997 年 12 月 5 日

生日祝愿

——写给一位19岁生日朋友的诗

上帝把你的年轮滚动到第十八个圈的终点，

仿佛一旋即过消失在记忆的海洋里，

旋走了无邪的梦幻。

朝阳光辉里，

上帝又赐你第十九个年轮圈子，

载来了稳健和希冀，

让你踏上了更实在的人生。

振起青春的羽翼，

让这一圈神圣的年轮，

压平你人生道路上的坑坑洼洼。

你说你有过烦恼，

你说你有过失落，

既然已经走进实在的人生，

又何须唤起这沉睡的记忆，

挥洒青春的汗水去拥抱如诗的明天。

在这幸福时刻，

我真想，

把天上那颗最亮的星星溶进你眼里，

使你明眸善睐。

把天边那朵最美丽的彩云镶嵌到你的脸上，

让你永远流光溢彩。

把百花园里那一朵最艳丽的玫瑰种在你的酒窝里，

让它绽开不谢。

再道一声，

朋友生日快乐！

1992年12月12日

教室里的灯光

清得透明，
白得发亮，
不管春天来得太早或太迟，
我的心都不会畸变，
更别说太阳的季节。
为了朵朵蓓蕾茁壮绽放，
为了母亲的期待与微笑，
我甘愿付出我的所有——
片片洁白的真情。

1993年4月3日

想起三妹

在英语系一次 English leisure party（英语休闲晚会）上，
我一句 come from Mosan（来自马山）蹩脚口语被你识破
非专业身份。
你却不动声色并不当众揭穿我，
而以可掬微笑教我许多英语口语，
尽管我如同一张白纸；
教我跳舞，
尽管我几度踩中你的脚。
你说你已有一个大哥就叫我 second brother（二哥），
你成了我的 third sister（三妹），
那时你戴的是小白兔面具我戴的是大灰狼面具，
从此一颗友情的种子在我心中那片原野发芽。

在青春做伴异乡求学与你为友的日子，
我的生活多了一首七彩的诗歌。
你用英文写满心思寄给我，
别人看了费解我却在羡慕的目光中读得很直白，
因为每一次我都用心灵默读你的心思。
一千零一夜的浏览，

友情之树日益在我心中那片原野茁壮成长。

如今风雨已二十载，
诸多往事被时间的风雨冲刷而淡化，
英语早就说不出口，
而我心的硬盘里依然储存着你的信息，
几个简单的 ABC 英文字母就能激活我大脑的操作系统把你
打印。
心中原野上那棵友情之树早已枝繁叶茂，
我在树旁挥镰收获。

2015 年秋

母亲的诗稿

母亲的诗稿，

是一根根火柴，

划出每一天黎明，

点燃每一夜灯火。

母亲的诗稿，

是一曲曲柔歌，

在砧板和肩膀上弹奏，

伴奏我儿时的生活。

母亲的诗稿，

是一滴滴汗水，

涌出黄土地犁痕，

推动我扬帆远航之舵。

母亲的诗稿，

是一串串叮咛，

似无形针线，

一针一线地在我远去的车窗前缝补，

缝出了车窗里我泪帘的轮廓。

母亲的诗稿总在我身上发表，
她的稿费仅仅是我的一朵微笑，
而我沿着诗的启示，
走向明天如诗的生活。

1997 年 7 月 30 日

故乡的故事

通往故乡的路，
是爷爷拐杖的延伸。
裸露的峰峦老成了奶奶的驼背，
裂如蛛网的黄土地，
网成父亲旱烟熏黄的皱脸，
涌泻的山洪洗破了母亲的衣襟，
哟，
故乡的故事如此亘古悲壮。

妹妹胀实的胸脯，
是对外面世界向往的膨胀，
是哥哥无奈思绪的肿胀，
托着眼镜走出故乡视线的我，
是奶奶的神话，
是母亲苍颊上盼望已久的微笑，
哟，
故乡的故事如此无奈迷离。

故乡年年岁岁的收获，

是苦难与羞涩的轮回，
是父亲旱烟袋里永不褪色的希望，
是母亲枯手中一把发黄的古玛菜，
填满了我满腹的愁肠。
哟，
故乡的故事如此羞涩难倾。

生我养我的故乡哟，
年轻的我，
饮下你的秋色，
何时何地都想，
为你编织一个光彩的故事！

1993 年 9 月 5 日

车过故乡胜利渡槽旁

喂，胜利渡槽老伙计，

我们又见面了！

曾记否？

我们曾经一起在故乡的怀里戏水、捕鱼、捉青蛙，

一同谱写了一曲曲快乐的童谣。

如今，

我成了漂泊的游子而你选择了留下默默守护着故乡的田野。

有个请求，

请求你年年岁岁为故乡披上金色的秋衣，

让乡亲们岁岁年年收获金色的希望。

请求你与我一同再谱一曲故乡壮丽诗篇，

还有，

请你告诉故乡，

她有一个时刻魂牵梦萦地挂念着她的游子！

魂系故乡

小时候，
故乡是我快乐的园地。
在小河里有我和小伙伴们戏水打闹的身影，
在田野里有父亲教我耙田和母亲教我插秧的足迹，
在沟沟渠渠里有我和小伙伴摸鱼捉青蛙的傻相，
在那弯曲的乡间小道上有我牧归拉着牛尾巴的呆样，
在故乡小学校低矮瓦房里有我和小伙伴们琅琅读书声，
故乡成了我一部永远美丽的童话。

长大后，
故乡是我难以摆脱的牵挂。
我牵挂故乡的小河是否依然清澈，
我牵挂故乡的山峦是否依然青翠欲滴，
我牵挂通往故乡的路是否依然坑坑洼洼，
我牵挂小伙伴们长大的模样和人生的收获，
我牵挂父母和乡亲们的安康和收成，
故乡成了一根时时牵扯我心房的绳子。

如今，
故乡是我爱恋的砝码，
随着时间的推移而不断增加。
尽管他乡山也青水也绿，
尽管在他乡身着西装革履，
尽管口食他乡美味，
却总不能改变我对她的思念，
故乡成了我一份永恒的爱恋。

海 恋

——北海考察感赋

是广袤无垠的世界，
却似母亲广阔的胸怀。
漫步在柔软的沙滩，
狂游于汹涌的海浪，
拥有的，
尽是母亲怀里缕缕温馨。

是海浪汹涌的声音，
却似一个民族的怒吼声。
一个民族累累的伤痕，
在记忆的深处犹新。
是海浪澎湃的声音，
却似一个民族的呼唤声。
无尽汹涌的波涛，
宛如那个风云多变的世界，
握紧航向盘，
才求得一个民族的永生。

巨人的手已经挥动，

十一亿同胞奋做弄潮儿。

是广袤无垠的世界，

却似我们无边的思绪。

大海——祖国母亲啊，

你拥有的，

是我们的爱恋！

昨天，今天，明天，

永远，永远……

1992年9月北海考察感赋

海 螺

——海边拾贝遐思

生长在大海里，

应知大海情。

能否告诉我——

大海的承重可否与我一样强？

大海的胸襟可否与我一样宽？

大海的魅力可否与我一样大？

大海的情感可否与我一样深？！

1992 年 9 月北海考察感赋

题靖西三叠岭瀑布①

青山绿野落几春，
风雨几度人世轮？
留得人间仙境在，
哗哗笑声永是春！

1992 年 9 月靖西县考察感赋

题宁明花山壁画②

悬崖峭壁入云端，
神秘图案从中穿。
花山壁画千古在，
中华文明悠悠传。

1992 年 9 月宁明县考察感赋

---

① 三叠岭瀑布: 位于广西靖西县湖润镇新灵村，西北距县城 30 公里，因地处三叠岭而得名，为靖西八景之一。引自 http://baike.so.com/doc/6435687-6649365.html.
② 宁明花山壁画: 在南宁市以南约 180 公里处的广西宁明县驮龙镇一座断岩山，临明江边断裂，临江峭壁布满了神奇的远古岩画，是国家重点文物保护单位。引自 http://baike.so.com/doc/6132175-6345335.html.

左江斜塔①之爱

从诞生的那一天起，

我的身躯就倾斜。

不为别的，

向人间奉献奇景是我的心愿。

数百年来的岁月，

尽管洪水冲击，风吹雨打和严寒酷暑，

我的心愿不老，风采依旧。

为何如此执着，

因为，我的心愿永恒，爱心永久；

还有，

我时刻都扎根于大地母亲的怀抱。

2000 年 4 月 13 日左江斜塔览胜感赋

---

①左江斜塔又名归龙塔，是世界八大斜塔之一，与意大利比萨斜塔并列，位于广西崇左市区东北郊2公里处，在清幽秀丽的左江江中鳌头峰小石头岛上，建于明代天启元年(1621)。分5层，塔底直径5米、高18.28米，塔身呈八面体，塔顶八面飞檐；每层各开一窗口，塔内有螺旋形阶梯通塔顶，整个塔身向外倾斜1米左右，俗称斜塔。据专家考证，是建塔工匠在建塔时考虑到江心风力和地基等因素而精心设计的。使人惊讶叫绝的是，不管从东南西北哪个方向观看，塔总是向人所在方向歪斜。凭这一奇特的魅力，就吸引着千千万万的游人，而且，使人百看不厌，流连忘返。归龙塔已有370余年的历史，又处河流急弯处，遭受了数不尽的洪水冲击，风吹雨打，但是仍以刚强挺拔的英姿巍然屹立于左江中。1994年被核定为自治区文物保护单位。

(引自：http://nanning.cncn.com/jingdian/chongzuoxieta/profile)

· 166 ·

马山弄拉屯①感赋

山顶朵朵白云飞，

山间片片欲滴翠薇，

山下游人鼎沸，

昔日穷村僻壤，

今日旧貌新颜换人间神仙也敬畏。

解放思想更新观念梦想飞，

万众一心齐奋进，

美好家园昔比今非，

今日大展宏图，

幸福生活与日月共辉！

2016年3月弄拉景区旅游感赋

①弄拉是广西马山县古零镇古零村的一个自然屯，属于典型的喀斯特岩溶石山区，是马山县石漠
化治理的一个示范点。20世纪60年代，弄拉人意识到破坏生态环境带来的严重后果，开始封山育
林、保护植被，同时栽竹种果、移植中草药。经过不懈努力，弄拉于80年代后逐渐形成了独特的
"山顶林、山腰竹、山脚果药、地上粮桑"的立体生态发展模式。2008年，在当地政府的支持帮
助下，弄拉人组建了广西第一个旅游专业合作社，发展生态旅游。弄拉景区现已累计投入资金8500
万元。村民们以山林入股，从2008年起便开始逐年领取合作社分发的补贴与分红。近年来，随着
建设的完善，景区开始慢慢盈利，村民所获得的分红也水涨船高，从三五千涨到了一万多元。弄
拉人成功治理石漠化地区形成的立体生态发展模式，被广泛称为"弄拉模式"。如今，弄拉景区
已成为广西南宁市环大明山旅游的重要组成景区，名声远扬。
引自：http://gx.people.com.cn/n/2015/0711/c179430-25542143.html

长梦·脚下路

我梦想——

如果时间会逆流，

我一定要追回童年。

停止对山上鸟巢频频的侵略，

洗净因捉鱼而染上的满身腥味，

捧起书本，

召回不该失去的时光。

我梦想——

如果是画家，

我一定要为生活画像，

勾勒出甘与苦、美与丑的模样。

我梦想——

如果智慧丰富，

我一定要让山里的孩子们放下赶牛鞭。

以我纯真灵魂去设计出最甜的微笑，

永恒地挂在他们的脸上。

我梦想——

如果有能力，

我一定要哺育出片片绿茵、丛丛鲜花，

涤净一切污秽，

为踏青者披上春的衣裳。

我梦想——

如果力气大，

我一定要挑起压得母亲驼背的粪土担，

把贫困挑走，

换回母亲微笑的曙光。

我梦想很多很多，

可每一次都消失在梦的海洋里。

我的梦好长好长，

脚下的路漫漫。

于是把脚印踏得更深，

寄上串串希望。

1992年11月11日

梦　雨

不知从哪一天起，
细雨成了我心中的梦，
我成了梦的忠诚仆佣，
每一晚都在细雨纷飞的朦胧世界中陶醉。
朦胧里，
主仆的界限消失，
我变成了那悠扬纷飞的细雨，
深情地把雨露，
洒落在祖国的花朵上。

1991年9月16日

山村学子

告别牛背，
把牛绳留给父亲，
远行了。

站在母亲叮咛洒满一地的故乡弯弯山道口，
无语，
父亲的旱烟与母亲的目光，
支撑起超重的承诺，
有如热流穿过肺腑，
沸腾心灵港湾。

面对外面精彩世界，
睁大眼睛，
以皱里透汗的钱，
买下一次次苦涩藏进心底。
琅琅读书声里，
闪亮丝丝的斑斓黎光，
冲破故乡亘古的故事，
描绘明天的辉煌！

1994 年 5 月

人生小站

——致百色市计算机短训班学友

你坐公共汽车从东边来，
他坐火车从西边来，
我步行来这里等你，
我们相聚在这个人生小站。
一起耕耘收获果实，
一起编织梦想。
六十天的并肩奋斗，
活泼开朗的你的性格，
淳朴忠厚的他的形象，
我都能倒背如流。
明天我们就要走出这个人生小站去肩挑日月，
你和他在山的那边种植梦想，
我在山的这边真诚祈祷，
那朵梦想会开出美丽圣洁的花蕾。

1992年12月2日

无言的孤寞

你终于走了，从我心底。
从此，
我品读了孤独与寂寞。

怀抱吉他，
却无法弹唱你留下的脚印和弦。
可你如诗的脚印，
是怎样的一首歌，
打痛我懒散的灵魂。

走出你的风景线，
心里却装着奢望。
无奈折一枝柳条，
默然扎于你远去的路，
祈祷拂柳微风能抚平你心中所有创伤。

你终于走了，从我心底。
从此，
我品读了孤独与寂寞。
怀抱吉他，
我弹唱一首无言孤寞的歌。

1993 年 6 月 14 日

虹

——致远方的朋友

暴风雨过后，
我会用阳光将五彩斑斓的梦想，
升级成为七彩缤纷的遐思。
不管别人的阻挠，
我会横跨朗朗长空，
从这一头延伸到远方的你的那一头，
那是我心灵的跨度，
红、橙、黄、绿、青、蓝、紫的本色，
就是我多重的祝语底色，
祝福你已经受过暴风雨的洗礼。

1993 年 9 月 17 日

回乡偶书

苍穹茫茫，

一阵阵笑声里，

蹿出一个蹒跚身影，

连提带拖地附上许多鼓鼓囊囊。

故乡是一根绳子牵引心房，

心窝窝随着乱了套的脚步蹦跳，

沉重的鼓囊，

装了七又装了八还嫌太少。

尽管疾步如飞，

还嫌太迟太慢。

心里只装满故乡的王国，

不知何时起，

心思早已投入母亲的怀抱。

1993 年 1 月 18 日大学放假回家的路上

心爱的书

在浩瀚的书海里寻寻觅觅，
终于淘到了你拥有了你。
我欣喜若狂，
青春岁月与你为伴，
我的世界里多了一份七彩的阳光。
你——
大山里迸流出叮咚的泉水，
湿润了我一颗枯竭的心，
激奋了心中原野里的河流。
你以甘甜的养分，
喂养我嗷嗷待哺的渴望。
啊，
叮咚的你叮咚的泉水，
永远在我的心河中叮咚，
叮咚，
叮
咚……

1993年2月8日

田州寻友不遇

连提带拖地附上沉重的行装，

在茫茫的人海中寻觅，

来往不息的车辆，

如同一把又一把梭，

刺痛我的心。

一张又一张陌生的脸孔，

使我感到无地自容。

蹒跚着寻找你的身影，

大街小巷里喧闹的声音，

使我头发蓬乱，

泪水与汗水整合着淹没我的眼睛，

刺骨的寒风挟着尘土打击我的脸。

然而，

你如同一片彩云，

在我头脑的天空轻飘闪烁，

总是难以飘离。

我如故徘徊寻觅，

终于一连串的失望汇集在十字路口，

我摇着头带着你的微笑悄悄地走了。

1993年2月13日于田阳县田州镇

撒　网

——致失落的朋友

为什么你的刘海如此蓬乱？
往昔的飘柔多好。
为什么你的脸色如此暗淡？
往昔的笑靥多好。
为什么你的眼神如此忧郁？
往昔的汪汪然多好。
为什么总有那么多为什么，
你使我迷惑——
太阳的光辉下，
春播才会秋实。
既然已经选定了奋行之路，
那就把心交给磐石。
把本来属于你的
飘柔的刘海，
汪汪然的眼神，
迷人的笑靥，
缀合成一叶渔舟，

放置于时间的河道,

平静地承受迎向的风风雨雨,

奋力撒网,

觅寻七彩的诗句。

我们春天的年华,

必定孕育出秋天斑斓的硕果。

1993年3月7日

山的期待

每座山都在期待着什么，
却不都有绿色的西装，
让你在多梦的季节，
看不出他的潇洒。

那些没有绿西装的山在期待着什么，
却不都有遐迩的名气，
让你在外溜达的时候，
闻不到他的心声。

那些没有绿西装没有遐迩名气的山在期待着什么，
却不都有都市的霓虹灯，
让你在无聊的时候，
赏不到醉人的琴声。

那些没有绿西装没有遐迩名气没有霓虹灯的山
在期待着什么，
东风吹来，
每一座山都睁着眼睛看，竖着耳朵听，

却不都能盼到什么。

正如山下那一座学校在期待着什么！

高壮如山的我也在期待着什么！！

1993年5月10日

走向山里①

拿着沉重的书本，

挟着昨日梦神，

我向山里走去。

明明知道，

每迈开一步，

都是拉长同你的距离。

我执着。

伸出我的手，

不能触及你的心，

只好依在棕榈树下，

同春风诉说你的故事，

把落英穿成串串祝福。

戴上眼镜，

① 七月份是我们大学生毕业，告别莘莘学子生涯，走出校园，择业就业时期。

怀揣妈妈的诗，

我向山里走去。

明明知道，

往后的日子，

竖起锐耳，

不能聆听你的话语。

只好站在山的一角，

默默地把你遥望。

踏着太阳的光辉，

我向山里走去，

不曾后悔，

坚信七彩的阳光会孕育出斑斓的希望。

1994 年 6 月 5 日于百色市

七月，山里行

七月，远行的日子，
溢出洒满深情的教室。
山的呼唤，
我无奈于你异样的感觉。
托着眼镜走向山里，
太阳月亮寂寥的崎岖古道尽头，
多梦季节你不来，
瓦房里呕心沥血地放歌，
我亦会寻求新的潇洒新的浪漫，
无名处女地里种植生命的另一种形式和凭证。
只是，
棕榈树下的思绪不老，
春雷夏雨秋风冬雪都缀满我超重的祝福。

七月，山里行，
注定大山的儿子，
不胜寒的季节，
抱着大山孙子的微笑取暖，
还有——
你的名字。

1994 年 6 月 10 日百色市

别了，我的大学

大学一年级，
告别童话走进诗歌，
世界是熔炉，
熔尽美丽。
日子洗出了小说里的故事，
脚印穿成了永不哭泣的歌，
总爱把诗歌写进枫叶寄给你，
让你走进我的世界。

大学二年级，
你春天的背景如风，
抖落我放飞的梦。
手捧家书学会沉默，
痴望皓月学会怀抱吉他歇斯底里，
抚摸崭新课本学会勾勾勒勒，
嚼着老师的话语是一支最真最纯的歌，
从此世界断裂成了昨天与今天。

大学三年级，

时间是流水，

冲淡往事苦酒，

宿舍、饭堂、教室、图书馆四点一线，

构成生活的乐章。

圆厚的眼镜是船，

跋涉书海，

生活原来是一条路一首歌。

奏完大学三重奏，

我已读懂路的内涵与外延，

面对雨季我已学会潇洒走一回，

面对明天我已学会承诺天空承诺海洋。

别了，我的大学，

学友，让我们挥手道别，

老师，请让我启航。

1994 年 6 月 24 日百色市

走进历史

走进历史，

跋过尧舜禹和夏商周，

涉出秦汉三国两晋和南北朝，

越过隋唐和宋元明清，

穿过鸦片战争烽火和辛亥革命的号角，

走上红军二万五千里征途，

来到天安门前倾听浓重的湖南方音，

热血沸腾豪情满怀。

东方巨龙超载着一首首激越歌曲飘荡：

四大发明酿成自豪的琼浆，

《孙子兵法》铸成蓝眼睛黑皮肤的《圣经》，

《资治通鉴》缀成巨人金戒指，

列强铁蹄下山河破碎血流成河。

五千年寻梦，

风雨兼程，

龙的传人终于站立成天安门前庄严的华表。

一切都老了，

却一切都老成了天边的启明星。

昭示——

昨天是今天和明天的一部分，

把握昨天，

这方龙土才能勃发！明天才会更好！

断裂昨天，

这方龙土就会滴血！今天会痛苦明天会暗淡！

走进历史，

甘饮自豪、痛苦、沉思、启发、奋起的五味琼浆。

走进历史，

每一个龙的传人。

我的中国梦

从爷爷的爷爷起就有着同一个梦想，
梦里每一个在黄河长江怀抱中生活的同胞，
都挺直腰杆挂着微笑幸福快乐地生活，
处处是阳光明媚春意盎然的景色。
这个梦想一直延续了一百多年。

如今我也有同一个梦想，
梦愈清晰愈强烈愈美丽，
它溶进我的大脑我的血液烙印在我心头，
为了追梦，
我甘愿付出体内所有的情感和热量以及我的所有，
还有，
我的孩子。

梦见法卡山①战斗

敌人扑上来了，
战友兄弟们打啊！
我端枪就打，毫不犹豫，
顷刻间，万炮齐发，杀声震天，地动山摇。
我的战友兄弟中弹倒下了，
我拿起他的机关枪，
嗒，嗒，嗒……
向敌人发射了一阵阵愤怒的子弹。

我们珍爱和平，不想打仗，
这是我神圣的家园，
你胆敢侵犯我的祖国母亲，
我就让你灭亡！
因为，我爱祖国，我爱母亲，
保家卫国是我永恒的使命和坚强的意志！

---

① 法卡山：位于中国广西壮族自治区凭祥市上石地区边缘，海拔 500 米。1980 年 1 月，越南当局派遣 337 师
52 团一部占领法卡山，利用有利地形向中国边境开枪开炮，中方忍无可忍决定对法卡山地区的越军采取行动，
恢复中国对法卡山的控制。引自 http://baike.so.com/doc/5993397-6206367.html。

一个孩子两个梦想

小时候，
常围着奶奶团团转，
帮她挠痒痒，
她总慈爱地搂我进怀里，
我成了她的梦想，
她给我讲许多童话故事。

青少年时代，
常围着父母团团转，
我成了他们的梦想。
他们教我耙田犁地春播秋收，
送我读书上大学，
教给我许多为人处世之道。

长大后，
常围着家乡的建设和祖国的发展团团转，
家乡美好明天和祖国繁荣昌盛成了我美丽梦想。
每度春雷夏雨秋风冬雪，
都为此挥洒青春奋力搏击，

许多领导和同事朋友教给我许多工作方法经验。

如今，
已为人夫为人父的我常围着小孩团团转，
他成了我的梦想，
他成长中的音容笑貌，一举一动，
都牵扯我的心窝窝。
我送他读书，教他为人处世，
让他能为了那美丽的梦想去战天斗地。
还有，
把爱永远传承！

2016 年 4 月 10 日

在那桃花盛开的地方

与春天相约，

阳春三月看桃花，

人面桃花相映红，

桃花朵朵，梦想串串。

这个春天我已许愿太多承诺很多，

在那桃花盛开的地方，

我又忍不住许愿：

我的梦想，你的梦想，大家的梦想，

在来年春天，

和桃花一起如期绽放出美丽圣洁的花蕾，

心中郑重地承诺：

为梦想的绽放奋行！

把爱献给你

我把爱献给高山大海，
让高山更伟岸，
让大海更澎湃。

我把爱献给雨露和阳光，
让雨露湿润小草更青翠，
让阳光普照春天更迷人。

我把爱献给脚下的红土地，
让红土地年年岁岁结出丰盛的硕果，
让淳朴的人们岁岁年年收获金色的希望。

我把爱献给时刻痴恋的爱人，
让爱情更长久，
让生活更幸福。

我把爱献给心中的你哟——
我的祖国，
让你永远繁荣昌盛！

   2003 年 11 月 24 日有感于"神州"五号飞船飞天而作

感怀诗二首

为人师表的日子，一天备课至深夜，静思遐想偶得诗二首：

一

热热闹闹教坛风，
默默耕耘觅功中。
笑言孤寞寻常事，
学子与我共成功。

二

岁月快如梭，
拼搏不言过。
青春红胜火，
教坛奏凯歌。

1997 年 5 月写于周鹿中学

感怀诗三首

受县政府委派主持国有部门办公用地与临街民户宅基地纠纷协商会议感怀：

一

心平气和摆事实，
公私分明好舒适。
偏公偏私都不好，
公平合理是合适。

二

正常问题正常反映，
过激行为危及稳定。
协商解决是为合理，
你情我愿心中安平。

三

你的我的不分高低，
争得你面红我耳赤。
何必动粗伤害和气，
用法律解决最适宜。

2005 年 1 月 6 日

感怀诗五首

中国黑山羊之乡——广西南宁 · 马山第四届黑山羊文化旅游美食节重头戏"姑娘江欢歌——马山民俗风情之夜"①感怀。

一

姑娘江畔不夜天，十万民众心相连。
共建平安创和谐，黑山羊乡如蜜甜。

二

火树银花姑娘江，众人织梦齐声唱。
团结奋进创佳绩，幸福生活万年长！

三

黑山羊乡锣鼓喧，十万宾朋热闹天。
爱国爱家歌盛世，再创辉煌小康甜！

---

① 2010 年 12 月 18 日——20 日，马山县举办"中国黑山羊之乡——广西南宁·马山第四届黑山羊文化旅游美食节"活动，前来观光旅游、投资兴业和看热闹的南宁市内外的各地游客达十万之众。区、市、县领导和十万民众在马山姑娘江边共同演唱了一首"火树银花不夜天，各民族团结舞蹁跹"的"和谐大歌"，令人兴趣盎然，流连忘返。

四

金花银花好飞扬，万人放歌姑娘江；
欣逢盛世办盛会，今朝马山有辉煌。

五

火树银花不夜天，万人唱歌美连连。
团结奋进不言苦，马山明天美又甜！

2010 年 12 月 18 日晚于马山县城姑娘江畔

※：2003 年 6 月，中国品牌保护中心评定委员会授予马山县"中国黑山羊之乡"称号。同年正式获得国家质检总局授予"马山县黑山羊原产地"标识。

深夜，雨打芭蕉

深夜，雨打芭蕉。

一匹疲惫的马，踏响墙外那条幽僻小道。马近了，从屋檐下踏进了心灵的门槛。马近了，渐渐地，拖着疲惫的蹄声。听，是什么声音？如此神秘？是马撞倒芭蕉树，还是芭蕉树撞倒了马？马惊起，撒下一串急促的啼声。哦，是芭蕉树撞倒了马。马惊走了。而树上的石子打在枕边，我一阵惊起，是一堆心的碎片。看，是什么！地上是什么？是一摊血！我的天，我惘然。哦，是母亲为了她的千里马而在滴血。

深夜，我听雨打芭蕉，一颗破碎的心在颤动。

春天的告别

　　缀上超重承诺伴着春风悄然来到你的身边，啾鸣婉转的鸟语和沁人心脾的花香接近你我心灵航道。而不测风云的天却使我生命的琴弦在春风中颤抖，泪水污染了我的心湖。那是你可掬的微笑、温馨的话语、无微不至的关怀又涤净了我的心湖，给予我生命的力量与希望。此刻，请不要说再见，让我们放飞青春思绪与希望，把泪水洗过的日子留给昨天。

　　有人说这是萍水相逢不值留恋，而我们却在这短暂的一阵相识相印。曾经心连着心踏破重重困难共同耕耘。曾记否，那您不遗余力把我拉上船舷，共同探索与遨游知识的海洋，感激与真情已种植在彼此心间。此刻，请不要说再见，我们坚信，有春天的耕耘，就会有夏天的繁茂，秋天的辉煌，冬天的温暖！我们等待，我们努力！

　　此刻，请不要说再见。同在蓝天下，同呼吸一团空气，共沐浴一片阳光，我们依然心心相印。沐浴春风，汇入茫茫人海，我定会留下无言又无尽的祝愿，相信你会感知，春天的青意，夏天的绿情，秋天的金感，冬天的素怀，那都是我留给您的串串真诚的祝福。

　　朋友，分别的此刻，请不要说再见……

　　祝愿朋友们有如春天般美丽、富有！

　　（1994年春天在田阳民族中学实习结束时，在联欢晚会上的朗诵词）

放飞的梦思

——致一位不知名的白衣天使

春天，载着痛苦，我把生命之舟悄然泊到你的身边，生命的琴弦却奏不出春天的乐章。但你春天的音符，给了我春天的温暖。

这是做梦吗？可爱的白衣天使抚慰一个孤寞寂寥的病魂！天方夜谭里的故事是会飞到这里吗？然而，梦境是真的。

那不是您可掬的微笑荡出了心中那股暖流，才使病魂无限温暖吗？

那不是您真挚的话语吗？为何病魂如此这般愉悦恬畅？分明是一曲曲最真最纯最甘最美的歌，而与那最清最澈最莹最丽的溪流声又多么的相似啊！

孤寞寂寥里的病魂因此而拥有一份温馨，一份欢畅，一份激励，一份展望，还有一份激荡奋进的船橹！这便是这梦的威力啊！

梦境无边，思绪总被放飞。不然心中为何如此澎湃，如此翻滚起伏？春光无限美，春天里的思绪总被放飞，不然心中为何如此翻滚起伏？年轻的朋友，春天已吹响我们青春的号角，何需叹息惆怅？春天因我们拥有青春而烂漫的生机！让我们在这播种的季节里耕耘。有春天的耕耘，就会有夏天的繁茂，秋天的辉煌，冬天的温暖！美丽的一天总会降临！我们坚信，我们等待，我们努力！

　　"青山依旧人难久，江水长流人难留。""世间有情也无情"，这梦中的一切从此展翅翱翔远走吧？唉，留不住天上情。梦中的白衣天使，你还会在那梦的海边等我吗？

寻梦·红太阳

——谨以此文纪念毛泽东诞辰 100 周年

没有红太阳，这方龙的土地也许会滴血依旧，寻梦依旧。

——题记

寻梦，

滴血的寻梦，

百年滴血的寻梦……

一支歌高奏长安大都市的繁华，颂扬明长城的伟岸后，便滴血于鸦片战争的硝烟中。英格兰和法兰西的枪炮，八国联军的铁蹄，沙皇的水果刀，天皇的屠刀连同一个残破王朝的烟枪缀成的曲调是阴霾，吞掉日月。这方龙的土地戕残了，凄惨歌声激出了黄河长江的怒吼。

而挺身而出的那把长剑，以三民主义的锋芒冲刺黑天却被黑暗消融。

滴血依旧，依旧滴血；寻梦依旧，依旧寻梦。

红太阳腾出了湖南韶山的地平线，从此，世界断裂成了昨天与今天。红太阳毅然穿过马列主义的缺口走上井冈山，擎起了一个苦难民族的黎光。红火的黎光穿越雪山、穿越草地，点亮了延安宝塔山下彻夜不熄的灯火。一番番血与火的洗礼后，红太阳终于染出了天安门的道道金光。

天安门城楼上那浓重的湖南方音豪迈而庄严地宣告：中——国——人——民——中——央——政——府——成——立——了！激荡了一个苦难民族的热血。红太阳火红的黎光以盘古开天辟地之势驱散了这方龙土上的阴霾，百年滴血的寻梦，龙的传人终于在天安门前挺起脊梁骨；红太阳的光辉染红了一个世纪的赞叹号。

一切都老了，老成了昨天的记忆。

而红太阳的黎光依旧辉煌。红太阳的黎光出了奋进的浪潮，风雨兼程，这方龙的土地一派勃发成劲风，刮出了蓝眼睛黑皮肤的惊叹号。龙的传人脚踏霞光上路，明天光辉灿烂！

红太阳的黎光染成了不褪色的主题！

　　　　光辉思想永放光芒！

　　　　　　　　——后记

走向七月①

——致高中毕业班全体同学

逝者如斯，七月光阴闪烁于你眼前。走向七月去感受七月阳光，有如一根鞭子抽打你疲惫的心灵。

面对黑色七月，我无奈于你异样的感觉。你不该把七月拉得那么遥远而徘徊和等待，以此无奈洗落日子。可想否？徘徊总不能前进，等待奇迹从来都是美丽的传说。走向七月，你不该如此畏惧。

搏击，走向七月的历程。要挥镰收获七月，不能停止搏击。失败总会有的，但搏击终会被成功画上句号。你不该惧怕失败而放弃搏击，你要去迎接惊涛骇浪的洗礼。扬帆破浪正是时，就让热劲激越如江水，就让信念坚定如礁石，荡起你的船橹勇于搏击。

伤痛，走向七月的历程。诚然，搏击总伴随着伤痛。只有伤痛才使人感知幸福的模样。无须气馁，就看那礁石，惊涛骇

---

① 2003 年以前每年高考时间定在 7 月份，此文旨在激励高三学生认真复习备战高考。从 2003 年开始，高考从 7 月份改到 6 月份。

主要原因是 7 月份天气炎热，而且经常处于三伏之中，对考生的备考、现场发挥、正常休息以及交通出行都有一定的负面影响，所以教育部考虑以人为本的原则，将高考时间提前一个月。引自 http//edu.qq.com/a/20160607/005435.htm.

浪削得伤痕累累却依然傲立。如此，你才能感知真实的自己，你也定会不断点燃七月的黎光。

美丽，走向七月的历程。惊涛骇浪在你傲视下懦弱，狂风暴雨在你猛冲下失彩，日子在你抛弃灰心、徘徊与等待的搏击里亮丽得斑斓而令人神往。在你追赶七月的日子里，我为你呐喊助威。

如此走过七月，你定会在和煦阳光下红透的枫叶丛中微笑。那时，满野红遍的枫林里都是你谱写的首首亮丽的诗句，亦是我赋予你的串串真诚的祝福。

1997 年 6 月 13 日于周鹿中学

远方的客人请你到这儿来

　　远方的客人请你到这儿来，这是祖国的南疆、桂中的宝地——马山县。南有巍峨的大明山，北有奔腾的红水河；上有高崇的白岫山，下有美丽的姑娘江。方圆四千里，山多地偏少。羊乃食百草，为东部特色；良田百千顷，为西部优势。五十五万人，分成九民族，合同为一家。这儿的山在等，这儿的水在待，这儿的人在盼。山等山有情，水待水有意，人盼人有爱。智者好山，仁者乐水。远方的客人请你到这儿来，我们去游山，我们去玩水，一起来构思，一同去奋斗。

　　远方的客人请你到这儿来，这是速达之乡。上林与忻城、大化与平果、武鸣与都安，四市六县接合部；国道穿境过，高速连首府，出海也便利，马山南宁一阵间。这是旅游之乡。有世界的金伦洞，有中国的黑山羊基地，有广西的生态弄拉，有马山的灵阳寺。"山有大明山，地有金伦洞，水有红水河，湖有红旗湖，林有南蛇岭，佛有灵阳寺，仙有灵泉岩"，只要你愿意，可走马观花，可探洞漂河，还可去占卜，抽签求幸福。有马山奇石，一挑一大箩，心静能致远，心欢可唱歌，以奇石会友，以奇石交心。远方的朋友请你到这儿来，共旅游观光，共观美奇石，共赏奇艺术，共爱大自然。

远方的朋友请你到这儿来，这是美食之乡。中国黑山羊，属马山特产，纯天然食品，养颜又滋补，供港澳特区，出口东南亚。"苦是苦，黑山羊肉补"，"累是累，吃了黑山羊肉就不累"，不妨试一试，此肉最留味。有里当土鸡，有周鹿野香牛，有金钗香腊肉，有古零旱藕粉，有古寨加方金银花，有白山上龙稻米，有林圩酸榨粉，有片联香花生油，有乔利甜豆腐，有百龙滩红水河鱿鱼。你可慢慢吃，还可"兜"着走。也可先拉歌，然后品Coffee咖啡，最后尝"茅台"。永州有米酒，人称土茅台，味道很甜醇，喝了八九成，醉也不上头。"喝酒不当真，感情就不深"，"酒过三四巡，又加深感情"，"酒过七八九，马山住长久"。远方的朋友请你到这儿来，我们品特产，我们喝三杯。

远方的朋友请你到这儿来，这是处女地，这是聚宝盆。地下煤铁锰和重晶矿，地上石灰石和黏土矿；山上尾叶桉，山下稻花香；地里有玉米又有木薯、黄豆和豌豆。水电富矿红水河，上有大化电，中有百龙电，下是乐滩电，工业用电最保障。劳务输出最盛行，外出打工超十万，个个是好汉，你若来投资，劳工很保障。新时代要求，改革和开放，双双要深入，科学发展是当急。市场是导向，结构调整是主线，民营是主角，招商引资为突破；特色农业是主攻，工业是主题，旅游业是新亮点，求财政增长，求企业增效，盼农民增收。万众一心，多业并举，多管齐下，大力推进现代化。天上也飘过，故乡的白云，把根留这里，便是二故乡。故乡情满地，捡起是黄金，珍藏是宝贝。远方的客人请你到这儿来，一起来开发，一起谱新篇，一同来致富，一同谋幸福。

　　远方的客人请你到这儿来，这是广西民间艺术之乡。自盘古开天地，便属南蛮部，秦属桂林汉隶交州，唐元又思恩，明清定雏形，1951年，成立马山县。历史真悠久，艺术源远长。壮族会鼓史千年，千人打鼓震天响，雷公电母也惊奇。有壮族扁担舞，有壮族师公戏，有舞龙舞狮，庆丰收来庆平安。有马山民歌，最赞三声部，闻名海内外，曾进京演出，访问过欧非，荣获多项奖，堪称世瑰宝。曲调多罗罗，东有蛮欢叹欢三顿欢，西有雪欢排欢高腔欢，悦耳又动听。听我唱几首，小心着痴迷："马山人民爱唱歌，千人唱来万人和／三天三夜唱不完呀／一首山歌谷万箩"；"袋子里有钱，不能花几天／脑子里有钱，能用千万年"；"最甜家乡龙眼果，最清家乡坳上泉／临行喝口家乡水，留香留甜到明年"（引自《马山山歌集》）……这里的姑娘温柔又漂亮，这里的小伙英俊又善良。帅哥美女情意深呀，唱起情歌表表心："哥赶圩归来，路边见朵花／含羞问句话，花落在谁家"（男）。"好久不打鱼，不知河深浅／好久不上山，不知路哪边／好久不唱歌，嗓子抖又颤／好久不赶街，忘记妹的面"（女）。"近水识鱼性，近山知鸟音／山歌来传情，哥妹心连心"（男）。"路过山旮旯，碰见朵梅花／喜鹊喳喳叫，摘花莫羞答"（女）。"相恨嫌时长，相爱嫌时短／不得说个够，咬舌死了算"（女）。（引自《马山山歌集》）……

摘花莫羞答呀，远方的客人请你到这儿来！请你吃黑山羊肉，邀你唱马山山歌，你敢唱来我敢对，这边唱来那边和。生命因爱而生，世界因爱而美，社会因爱和谐，生活因爱幸福。只要你有心，只要你有爱，我愿嫁你当新娘！

远方的客人请你到这儿来！

2008 年 10 月 26 日

第三辑

小　说

　　相遇的并不都是相识的，相识的并不都是相恋、相爱的，相恋、相爱的并不都是相守的，而相守的往往却不都能相识、相恋、相爱。也许这就是生活，有喜也有愁，有爱也有恨。但我想，生活的真谛或主旋律是爱。有了爱才能面对一切成功的或失败的经历，才能舒坦地面对明天。有时真的很感叹生命的短暂和珍贵，还来不及细数这些年来的艰辛与痛苦，弹指一挥间，小半生就过去了。往事如烟，曾经的爱与恨只能在自己心底封存，一切也就安然了。

偷　钱（小小说）

"钱被偷了，医药费、生活费怎么办？"从医院里出来，我心乱如麻。

"肯定是那家伙偷了我的钱！那天就是他一人待在宿舍里的，却强调要锁门……还是个团支部书记呢，那副架子原来是……还想入党？哼，没门！……"

我冒着火往回走。

南国金秋暖融融，秋游的好时光。星期天的校园空荡荡的，连宿舍也少人。我无力地爬上楼梯，累得两脚踩不出声音，直趋宿舍。

正要推门，不禁一震：有人翻箱倒柜！仔细一瞧，不错，是他，就是那家伙！

"老鼠出动啦！"我下意识地躲在窗边瞄视。

"哆、哆、哆……"是点钞声，十块、五块、两块、一块，还有饭菜票，整整一大沓。哟，偷了我的钱去享受，连一块也不放过，还要偷同学们的饭菜票！好，今天看我来收拾你！我踢开门，怒发冲冠。

"你回来啦？我正想拿这些钱去医院看望你呢。"

假慈悲！

我快步地走过去，抡拳要打。

"你生病住院要付医药费、生活费，开支很大，前几天钱又被偷，家里又困难，为了让你安心养病和学习，昨天我们团支部为你开展了募捐活动，同学们都纷纷捐钱捐饭菜票，系里和学校的领导和老师也都捐着哪！你病愈回来就好，快拿钱去付医药费吧。至于钱被偷的事儿，我已替你向学校保卫科报案……"

我瘫软在床上，泪水如断了线的珠子往下落……

约　会（小小说）

　　南国的初秋虽暖和，但雨后已呈凉意。她那引以为豪的雪白的连衣纱裙在风中摇曳，花朵一般。雨后的城郊小道上，为了不让白纱裙溅上污泥，她不得不选择较干净的路段走。因为是用餐时间，又是雨后，路上几乎无行人，可她依然用力蹬着自行车"小拜克"，撒下串串铃声。

　　"他真英俊。"她想，"听说是个大学生，家在市中心……"

　　"哼，我也不赖，我妈是政府职员，我爸是银行行长，我是银行职员，没比他差……"她继续想。"他很好，可惜有点呆气，那天捡到了钱包还自找苦吃地寻失主交还……不过，他太英俊，太潇洒了，是别人所不及的，如果有这样的夫君相伴，人生肯定完美无瑕，别人一定会羡慕不已……我跟他认识才几天，真有幸那天他应了我今晚的约……"她想着想着，不禁用力猛蹬车。

　　前面出现了一汪积水，她毫不犹豫地靠着较干净的路边地段"飞过"。突然她意识到自己触到了什么东西，停车一看，只见一个男人倒在路边的污水滩中：两手紧捂着肚子埋着蓬乱的头，一身污泥。她刚要跨上"小拜克"自行车离去，突然眼光触到自己的雪白连衣裙被那人溅上一块污泥，顿时勃然大怒。"你，带耳朵没有？你眼睛往哪儿长？你快给我抹，快抹！"

她指着那人嚷起来，愤怒得颈伸得好长，两脚直跺着地。

那人仍紧捂着肚子，埋着头呻吟着，似乎没听见。

"野杂种，还不快抹……"她更大声地嚷着，急得跺地咚咚响，脖子上的青筋突起。那人还是两手紧捂着肚子，埋着头，不过这次那人的手臂慢慢地移了移，轻轻划了划，似乎要表达什么。

"嚓"，是自行车倒地声，那人的手碰倒了她的自行车"小拜克"。

"好哇！不抹还想打人，给你点颜色瞧瞧！"她吼道。

"来人啊！救命啊！抓流氓啊！……"她拼命高喊，两只脚跺得更凶。

人们是最痛恨流氓的，一时间，路边蹿出了几个手执木棍的人。

"打死这个流氓，打死他……"她恨恨地嚷着。拳头加木棍一齐下。

"同志们，我……我不是……"那人断断续续地说，两手依然紧捂着肚子，身子蜷成一团。

"呸，还想赖口，刚才就是你拉倒我的车，想对我……打死他！"她暴怒地高喊。

木棍和拳头又如雨下。

"你……你们别……别打啊！李老师不是流……流氓！……呜呜……"是个十二三岁的女孩哭着挤进人群扑到那人身上，喘着粗气，泪流满面地喊道。

"李老师是好人哪……呜呜……呜呜。"女孩哭着说道，"我弟成绩太差，李……李老师天天来……来给他补课，今晚弟弟发高烧，昏迷不醒……呜呜……父母昨天又去出差……呜呜……李老师二话没说，即背弟弟冒雨奔赴医院……医院要交押金，李老师又冒雨回去取钱……呜呜……我是跑来给父母打电话的……呜呜。"女孩喘着粗气哭着说道。

"李老师还没吃饭哪……呜呜……李老师的胃病会复发的……呜呜……李老师病了……呜呜……"女孩不停地哭起来。

原来，那人姓李，是个青年教师，大学毕业任教才一年，今晚他打算补完课后再吃饭去赴约，没想到学生生病，早已把赴约之事忘得一干二净，于是他回家取钱，顾不上吃饭和等公交车，便急急冒雨奔医院。为了尽快扭转差生落后局面，提高全班学习成绩，经常加班加点和熬夜，劳累过度，患上了胃出血症。今天过于忙碌紧张，又经雨淋，途中旧病复发，疼痛难忍，倒在路上的污水滩里。

人们一个个地走开了，剩下了那人、她和小女孩。一阵剧痛过后，已清醒了好多，那人抬起了头。

"是他！"她猛然一震，仔细一看，没错，是他！一张英俊潇洒的脸庞！"可是我刚才"……她一脸震惊。

他看了看四周，又看一看她，似乎懂得了什么，猛地扭过脸去，爬了起来，拉着小女孩头也不回地蹒跚着向医院走去。

望着他和小女孩的背影，她垂下了头，望着地上污泥滩里的一副被打烂的眼镜和杂乱的脚印，她呆若木鸡。

长大的爱情（中篇小说）

一

"再过 15 分钟就下自修了，就可以和丽美通话了。"我心里想着，充满了一份盼望，一份期待，一份幸福。哦，我叫河子，大学毕业后被分配到团结镇团结中学当一名教师，丽美是我的女朋友，在校大学预科生，五年后才毕业。自从告别阿兰后，我就死心塌地地追求她，那时的她是我唯一的女朋友。每晚 21 点 30 分相互通话，互诉衷肠成了我与丽美雷打不动的约定，也是我一天生活最重要的时刻之一。饭可以少吃一餐，衣服可以少买一件，但与丽美通话这事是不可或缺的，它能使我的生活更充实，更有奔头，如果少了它，我的生活会枯燥无味的，会使我精神崩溃的，甚至我的生命也会失去一个支撑点。

说来也怪，听了丽美的声音，会改变我的状态：听到她高兴的笑声，我就很高兴，甚至比她更高兴，吃饭就觉得香甜，饭量也会多一碗；听到她烦恼的声音，我就很烦恼，甚至萎靡不振，像一只落水狗一样失魂落魄，借酒消愁，酒量会增加一瓶；听到她病了，哪怕一点点小感冒，我也会心病重重，整个人恹恹病态，好像大病了一场，继而担心不已，生怕疾病会使她难受，使她阳光灿烂的神态黯然失色，甚至担心疾病会夺去她的生命，会使她如同昙花一现一样匆匆绽放，又匆匆陨落，就像一个珍贵无比而且完美无瑕的玉器被撞击而破碎，无法复原一般，更像夜空失去一轮明月一样，使黑夜变得更黑暗，更怕人。

　　不过，丽美那阳光灿烂的笑声居多，因而多数情况下都会使我阳光灿烂，给我增添了一份青春风采，使我对生活遐思无边，无限憧憬；也使我对工作信心满满，充满无穷的力量，不会觉得疲劳。当时，青春的我，有一段时间因有教师请事假需代课，我一人担任了高一、高二、高三的科任教师，又兼上两个初中班的课程，一周 27 节课，还兼班主任工作，也不觉得累。一些同事会问："河老师，整天步履匆匆，忙得团团转，像一个机器人一样地运转，不觉得累啊？"甚至有些爱钻牛角尖的贫嘴学生也会问："班主任，你整天都充满阳光的神态，好像有使不完的劲儿，精力那么充沛，到底是吃了哪根葱呀？"我往往都轻松一笑，付之以快乐神情。他们哪里知道，在我心中有一个青春阳光的女神给我增添了一份精神，一份力量呢！

　　一日三餐是免不了想着丽美的。在吃饭的时候，我会在我的对面盛一碗饭放一副筷子和一个空凳子，仿佛是在和丽美一起用餐，反正一个人吃饭时想起丽美就会变成两个人，原本不太香甜的饭菜就变得可口了，饭量也就多了。就像大诗人李白一样有"举杯邀明月，对影成三人"的意境。若是逢年过节，杀鸡宰鹅什么的，就更迷了。我往往向对面的碗里自觉不自觉地夹着鸡肉、鹅肉，会自言自语地说："阿美，你多吃一点，你吃好了，人就会越长越漂亮，脸上的笑容就会更加流光溢彩，更加美丽动人了，不过，鸡腿、鹅腿、鸡翅膀、鹅翅膀就不要吃了，否则，我担心你会从我的世界里溜走飞走的，可多吃些胸肉、脖子肉。这样我就不怕你这只白天鹅飞走了。心中吟唱起那首流行歌曲《月亮代表我的心》：

你问我爱你有多深？我爱你有几分？
我的情也真，我的爱也真；
月亮代表我的心。
你问我爱你有多深？我爱你有几分？
我的情不移，我的爱不变，
月亮代表我的心。

轻轻的一个吻，已经打动我的心，
深深的一段情，叫我思念到如今；
你问我爱你有多深？我爱你有几分？
你去想一想，你去看一看，
月亮代表我的心。
……

（孙仪 词）

阿美呀阿美，你不知道这个世上有很多癞蛤蟆想吃天鹅肉啊！我这个癞蛤蟆也想吃天鹅肉哩！吃着想着，一盘鸡肉就剩下一堆骨头了。我这一吃饭的神情一个偶然的机会被一个同事看到了，于是我的"吃饭空想"故事便一传十、十传百地传开了，同事们都分析猜测我与什么鬼神在说话或被什么鬼神糊弄，因为在农村有一种普遍的风俗习惯，在祭奠祖先或神灵时，都供上煮熟的肉、鱼、鸡、鸭，并用碗盛熟饭供着，还奠上酒，有的还摆上几副筷子。就有这样一个有趣的风俗：当背着婴儿走远路返家后，婴儿夜晚会哭闹不止，人们就认为是什么神灵暗鬼在作祟，跟着小孩回来讨吃的，于是，就用簸箕装上几副空筷子，摆上肉品，或果品、糖饼等拿到门外不远处摆放，烧上几根香，好让这些神灵暗鬼吃后赶紧走，不要再骚扰婴儿。我想，人们这样做只是图心里安慰罢了。我吃饭的神情酷似受神灵暗鬼糊弄。人们只见到我着迷的神态，哪里知道，我心里装着一个神——一位青春阳光漂亮的姑娘，我仰慕的女神！

不仅在吃饭的时候想着丽美，在走路的时候也想，在工作之余也想，在睡觉的时候也想，就是在梦中，也梦见与丽美说话。一年 365 天，一天 24 小时，天天时时都想着她。她的形象仿佛已溶进我的血液里，在我想念她的时候会热血沸腾，振奋不已；仿佛烙印在我的心间，在我想起她的时候，心跳不止，遐思无边；仿佛变成了我的脑细胞，在我想她的时候，在我的脑海里闪现不止，让我欲罢不能，挥之不去。

太思念一个人，会让人染上相思病，如果思念不止，会使病情不断加重，进而精神失常，发疯、发癫、发狂的。我的心病日益显露出癫狂症状，终于忍不住，在一个周末的早上踏上了开往丽美就读的那座城市的列车。车到站时已至傍晚，我立即电约丽美出来一起用餐。记得有一位哲人说过，如果您想了解一个姑娘的心境并想得到她的好感，最好的方式就是请她一起吃饭。我相信，我的举动会打动她的芳心。记得那餐饭吃得有说有笑、有滋有味的。由于担心在校生谈恋爱影响学业，人们不提倡，为了避免丽美的老师和同学撞见时难堪，我们饭后来到离学校较远的公园里漫步。尽管在家时已思考设计见到丽美时如何如何地卿卿我我，但丽美真的在身边时，却被她镇得规规矩矩，斯斯文文。两人在漫无目的地走着，却又不舍得离开。当两人一起走到一处阴暗路段时，我就忍不住伸出手抓住了丽美的手，丽美也趁势依偎在我怀中，一股电流迅速传遍了全身，丽美也一样，我能感觉到她在颤抖。我说："阿美，我终于抓到你的手了，但愿我能永久抓到天使般的你。"丽美笑了笑，轻轻地嗔道："光抓住我的手有什么用，抓住我的心才有用，就像抓天鹅一样，光抓住它的一只腿它也会挣脱掉飞走的。"我忙说："我要想尽一切办法来抓住你的心！"她听了一阵咯咯笑，不言。时间过得真快，两人还有太多的话要说，已至晚上 9：30，大学学校有规定，女生外出不许超过晚上 10：00，于是在丽美催促下，我只好按时送她回学校。

这次"抓手"之旅，仿佛使我抓到了一份激情，一份美丽的希望，一份沉甸甸的幸福，丽美那娇羞的神态时时在我的大脑里放映着，想起她的话语，暗暗下决心：心爱的姑娘，我要抓住你的心，我要用我体内所有的情感和热量编织成一张巨大结实的网，网住青春阳光的你！

自"抓手"之旅返回后，我的生活充实得多了，工作也激情得多了，整个人表露出一种激奋的神情。难怪同事们见了我几乎都打趣地说："河子，你吃了什么蜜汁啦，整天眉开眼笑的？"我就说："哪里吃什么蜜汁，只是年轻爱笑罢了。"敷衍而过。但丽美的神情确像一坛蜜汁一样使我酣畅得甜蜜无比，快乐无边。似乎自己已抓到了一份原来远在天边现在已近在眼前的美丽希望，抓到了一份原来是可望而不可即而如今近在咫尺的幸福！这是我大学毕业参加工作一年多来从未有过的感觉。

由于已参加工作，工作上有所成，住也有所居，人也长得还算帅，却迟迟没见到身边有女朋友跟着，单位里一些阿姨同事就时不时地有意无意地想介绍个对象给我，我成了她们心目中的"剩男"，心里就有一种毛毛的感觉，浑身不自在。同时，我怕丽美听到后产生误会，就由衷地告诉阿姨们说，我心里已装有佳人了，我要一心一意地等着她，我不想让她误会我是一个朝三暮四或一脚踏双船的人。这样一来，我就清静了不少，情感之心也就专一了，内心里，除了丽美，已难以装着别人。虽然人是清静了不少，但心却陷入一片无穷无尽的思念的海洋中，每每在夜深人静的时候心里就吟起台湾著名的男子组合乐队——小虎队演唱的那首淳朴励志的歌曲《爱》来：

噢——
把你的心我的心串一串，
串一株幸运草串一个同心圆，
让所有期待未来的呼唤，
趁青春做个伴，
别让年轻越长大越孤单。
把我的幸运草种在你的梦田，
让地球随我们的同心圆，
永远她不停转。
向天空大声地呼唤说声我爱你，
向那流浪的白云说声我想你，
让那天空听得见，
让那白云看得见，
谁也擦不掉我们许下的诺言。
想带你一起看大海说声我爱你，
给你最亮的星星说声我想你，
听听大海的誓言，看看执着的蓝天，

让我们自由自在地恋爱。

……

（陈大力　李子恒　词）

乐队那青春阳光的外形和活力四射的舞蹈，使我激奋不已，爱意无穷。似乎这乐曲是专为我而写，为丽美而唱的，写出了我的心里话，唱出了我的情感。

随着时间的推移，我对丽美的思念不断加重，同时，随着丽美毕业的时间临近，我既兴奋又着急。兴奋的是在不久的将来，如果顺利，自己就能和心爱的人在一起幸福地生活了，着急的是怕别人会抢走丽美，自己空欢喜一场。心里千万次地想：亲爱的阿美，让我们手拉手尽快步入结婚的殿堂吧！多等一刻我就着急一刻，我怕夜长梦多，怕天有不测，你被别人抢走！

心动不如行动！我要赶在别人前面拿下丽美的芳心！于是就在丽美实习结束离毕业尚有一个月之际，我便约她到南宁南湖公园玩，主要是同她谈心交流，向她表白爱意。丽美也很乐意，向学校请了事假来赴约。我们坐在南湖畔，无话不谈，丽美高兴得像一只出笼的小鸟，那神态更流光溢彩，更阳光灿烂，更楚楚动人。我伸开双臂揽着丽美，让我的心和她的心贴得更近，使两颗心一起跳动。两人在水中的倒影风起波惊时，你中有我，我中有你。丽美说，她毕业后还要参加竞聘上岗考试，还要联系工作单位，可能还需两年左右的时间，她要专心准备迎接上岗考试，要尽快落实工作，不让父母担心，如果我能等到那时，不出意外的话，她就把心交给我保管，与我共筑爱巢，共度此生。我当即向她表白：这么多年都等过来了，再等它两年又何妨！只要我们的心里彼此装着对方，等得再久，我也心甘情愿！两情若是久长时，又岂在朝朝暮暮！丽美低声细语地说："河，让我们永远相爱吧，直至海枯石烂。"

"你心中还装着你的老相好——阿兰吗？"丽美又问道，我一惊，先前自己与阿兰交往的事儿，不知丽美如何得知，是以前的事了。我赶紧告诉她，阿兰是一位知书达理的姑娘，很纯朴善良又善解人意，我承认我曾经很爱她，但在当时我也还没认识你呀，我和她交往是很纯洁的，是真挚友情的交往，再说，这都是过去的事了，后来她全家搬去省城，她变成了高飞的天鹅，我再有能耐也抓不到她呀，放心吧，我现在除了祝福她之外心里只装有你。丽美用手指压了压我的心窝窝，说："跟我交往不许再装别人！"我急忙应诺："那是！那是！"

> 心爱的姑娘，
> 现在我心里只装有你，
> 就像天空只容一个太阳，
> 大海只显一片蔚蓝！

末了，丽美望着暖和的阳光下金光闪闪的平静湖面兴高采烈地喊了起来："我们何不到湖里划船，那该多好啊！"于是我们便租了一艘游船在湖中划了起来，看到丽美那高兴的神情，笑容那样灿烂迷人，我高兴极了。船到湖心，我不禁拥抱住丽美从头至脚地狂吻起来，这情形只有天地和太阳看得见，那船儿在水中震起一波又一波涟漪。末了，丽美嗔怪道："你这人怎么这样猴急和冲动，你看，我的嘴唇都快被你咬出血了。还有，你简直比大色狼还要色，隔着衣服就乱亲人家，衣服上沾满口水，很羞人。"我做了个鬼脸，说："我不是故意的，总觉得那样做还不解爱。"丽美听后，用手撩起少许湖水洒落到我身上，嗔着说："看你还贫嘴！"我耸了耸肩，侧身躲水，丽美便咯咯地笑了起来，脸上的笑容花朵一般。

从南湖返回，我像吃了定心丸，工作更卖力了，生活更有盼头了。丽美毕业以后，时过两年，顺利地通过了上岗考试，分配到乡下一个单位工作。时过一年，我又以"我的另一半"的名头帮她联系调回到了团结镇一个单位，她顺利地在团结镇上班工作了。在丽美调回团结镇上班后的第二周，我便向她提出结婚之事，结婚登记的日子由她定夺。她选择了"六一国际儿童节"去登记，寓意着我们的爱情永远年轻，永远充满希望。于是，"六一儿童节"那天我们领到了盼望已久的结婚证。想起我们恋爱的路，长达八年，感慨万千，却又充满甜蜜，充满幸福！

二

丽美的出现，青春阳光的她立即引来同事们的啧啧称赞。说她貌美如仙女，说她的微笑像春天一样艳丽，美女配帅哥，如同珍珠配玛瑙，天生一对，地造一双，我们两人很有夫妻相。说得我心里美滋滋的，丽美也乐开了花。

不过，有的同事也说："河老师追得这样漂亮的妞真不简单，怪不得河老师整天魂不守舍的，吃饭也想得出神。"有些人不无醋意地说："这个妞这样年轻漂亮，老河至少比她大五六岁，真是老牛吃嫩草啊！"更有甚者，说："老河，摘得这样漂亮的鲜花要好好善待呀，不要让一朵鲜花插在牛粪上。"我一听，心里总有点毛毛感，想，这还用你提醒，我要把天上最亮的星星摘下来镶嵌在她的大眼睛里，让她更闪烁迷人，我要把百花园里最艳丽的玫瑰花种在她的脸上，让她笑口常开，时时流光溢彩！我可不想做牛粪，我的心里装着天空装着大海！

与丽美在一起，形影不离。每天她去上班，我就提前20分钟用摩托车载她去她的单位，然后再返回上班；她要回娘家，我就认真打扮与她回去，做着一个姑爷的角色，担当护花使者；若她要写什么材料，我就挖空心思为她写，免得她发愁叹息；甚至她逛街，自己也跟在她身后，为她支付费用，为她提袋拎包。无怪乎朋友们都调侃着说："河老师，这样黏着丽美，怕她走丢或是怕被人拐走呀？！"我就说："相恨嫌时长，相爱嫌时短，我这样做是爱她不够哩！"这时候丽美往往嗔着说我，油嘴滑舌的，像只泥鳅。

说来也怪，与丽美这样的形影不离，我就感到很充实，感到生活很甜蜜，很幸福！我不求什么高官厚禄，大富大贵，只求能与心爱的人在一起！我甘愿为她付出一切。我内心充满了爱的憧憬，充满着美好生活的甜蜜感，不禁哼起了著名歌手庞龙演唱的歌曲《两只蝴蝶》：

> 亲爱的，你慢慢飞，小心前面带刺的玫瑰；
> 亲爱的，你张张嘴，风中花香会让你沉醉；
> 亲爱的，你跟我飞，穿过丛林去看小溪水；
> 亲爱的，来跳个舞，爱的春天不会有天黑。
> 我和你缠缠绵绵翩翩飞，飞越这红尘永相随；
> 追逐你一生，爱恋我千回，不辜负我的柔情你的美。
> 我和你缠缠绵绵翩翩飞，飞越这红尘永相随；
> 等到秋风起，秋叶落成堆，能陪你一起枯萎也无悔。
> ……

> （牛朝阳 词）

　　然而，好景不长，春光短暂。与丽美恩爱大约半年，两人就不断闹出别扭，磕磕碰碰。与丽美闹别扭始于一件衣服的颜色争执上。一次，她要买一件衣服，她要买蓝色的，我却建议她买粉红色的，说蓝色看起来偏老，更配男人，她配粉红色才符合她的年龄，才使她更显年轻。她说她喜欢蓝色，固执地要买，我只好由她了。过后，她就责怪我管她太严太多，连买一件衣服也受限制。

　　后来别扭的事越来越多了。她嫌我口臭，说我呼出的气难闻，她受不了，于是我们便同床不共枕了，她睡床头，我睡床尾。还有一事让我很难适从。我这个人爱锻炼，早晨起床跑步锻炼，冲完澡后就精神抖擞地去上班，下午下班后又跑步锻炼，晚饭冲完澡后就保持活力地指导学生上晚自修。晚自修至晚上9：30下课，稍作休息，晚10点作为班主任还要到学生宿舍区督促学生就寝，返回后，备课改作业至晚上11点上床入睡。但丽美却执意让我再洗澡一次　方能上床，说我已活动已出汗，恶心。刚开始还能顺她意冲洗，但时间久了，备课改作业累了，就懒得洗了，认为一天洗三次身多余，且越来越不适从。可丽美却执意要我这样做，否则不许同床入睡，于是，书房便日益成了我的单人卧室，丽美自己睡卧室。随着课程步入高三，自己加班加点到深夜的日子越来越多，书房就成了我的专人卧室。尽管与丽美在家中闹别扭，但在外，还是秀着夫妻恩爱。倒是丽美在外跟别人说："河子这人看起来挺帅的，但生活却很窝囊，睡觉前也不洗身，真讨厌。"让我有点难堪和丢人。

　　最让我难以适从的是生育问题了，丽美怕生育，而我盼生育，因为老父老母急着抱孙，还有同龄人的小孩已上幼儿园甚至上小学了。一天，我去外地出差归来，人还未坐稳，丽美告诉我，她把已孕育了三个月的小孩流掉了。我一惊，猛地从沙发上弹起来，大声说："你这个人怎么这样，那么大的事也不跟我提前讲一讲，让我空欢喜一场！"丽美见我呵斥她，也大声反驳道："哼，我才二十余岁，才不想生小孩呢！如果生个女儿下来遭你家人白眼，又冷落我，不值得！你们农村老家重男轻女思想太重了，真令人反感！""那我们打算什么时候育小孩呀？你老是这样害怕，也不能解决问题呀！"我说道。"反正我不想那么早生。只生一个小孩，有大把时间！"我一听，生气地责怪道："还是趁早生育好，父母健在，能帮我们带小孩，我们可以省心。""才不呢，如果生个女儿下来，他们才不乐意带，还整天唉声叹气的，我才不省心呢！"丽美反驳道。"我父母才不是那样的人呢，你是以小人之心度君子之腹！"我说。"狗屁，胡说！"丽美生气地反驳说。"生男生女夫妻双方都有责任，你跟我生活又不跟我父母生活，我不介意，你怕什么呢？又不是没有生育能力，怕就怕没有生育能力，那才叫惨，如果人人都不生育，那家庭会失去快乐，使社会失去发展！"我开导她说。"狗屁，说得比唱得还好听，你有那么高尚吗？！我原先就听你说过，如果一个小孩生下来给一个家庭带来痛苦的话，还不如不生！"丽美反驳说。我一听，才记得以前好像曾经无意地跟她聊过此类话题，只是我当时不成熟的想法而已，没想到她记得一清二楚，真是说者无意，听者有心啊。今天丽美这样做，自己也脱不了干系。于是低声下气地说："算了，生育之事过后再说，你刚做完手术，生气对身体不好，先把身体调养好再说。"丽美这才安静了下来，才平息了一场风波。

　　经过这场风波之后，丽美变了，虽然身体经过一段时间的调养很快又青春漂亮了，但却不那么单纯了，脾气变得越来越暴躁，爱唠叨和任性。若不顺心如意就发脾气，有时还摔物泄愤。有时还好端端的却突然生气，少不了骂别人几句，弄得别人莫名其妙。夫妻平时在一起闲聊时，还唠叨"我从学校毕业出来就跟你了，没过几天快乐单身日子，真吃亏！""你在你家排行老大，既赡养父母，又送弟妹读书，跟你过日子负担真重，我没幸福感。"等诸如此类的话题，使人哭笑不得，伤怀不已。还有，总是拿我与阿兰交往的旧事来激我。阿兰是个纯洁、善良、温柔和善解人意的好姑娘，在我心中的地位至上，不容别人玷污，当我要求丽美平时待人接物要和气温柔一些时，她就反驳说："我就是我，你见你的那个老相好阿兰温柔贤淑怎么不要她做老婆而要我呢！"令我反感不已。事已至此，真不知道她内心在想什么。原来我认定她是"贤妻良母"型的期望值也就跌入了低谷。心想：心爱的姑娘，既然我们结合在一起携手共度人生，你的事就是我的事，我的事就是你的事，一起承担生活中的酸、甜、苦、辣，一起营造美好的人生！但不知怎的，你变得让我越来越不认识了。

　　心烦的事情一件接一件地发生。一天，团结镇的圩日，老岳母来赶圩，来到团结中学访女婿，那天我忙得不可开交，又急着出差，无奈，只能给钱让老人家在街上自己解决用餐。至晚上出差回来却被丽美一顿数落："我妈一年到头都没赶几次圩，更很少到我们这里，这次她老人家好不容易来一次，你却不接待，去忙公事，你真伟大！你这样对待我老人，今后我也这样对待你老人。"任凭我怎么解释，她都听不入耳。从那以后，丽美对我父母如同陌生人，爱搭不理。弄得老人有点难以适从，邻里的叔伯妯娌也颇有微词，也令我难堪不已。我心里不住地呼唤：心爱的丽美呀，我们要善待老人呀，不管是你父母，还是我父母，都要善待，先有老人后有我们，为了我们成长成才，他们已做出了巨大的无私付出啊，我们都是寸草心，难报三春晖啊！

丽美的变化我是感受得出的，这可以从她对我的称呼看得出来。刚开始叫"爱河""河"，接着叫"河牛"或"子牛"，然后叫"河子""河某"，过一段时间后便喊成"子鬼""老鬼"，最后由于吵架的次数多了，我就成了"死鬼""死狗"，不过，喊我什么，我并不很在意，因为我相信人正不怕影子歪。

丽美的变化使我很无奈，心中有一种莫名的愁绪。为了消愁，我开始酗酒，在心烦时尤其是在与丽美吵架后，常常一个人喝闷酒，而且一醉方休，酒醉后，就一个人在书房睡。几乎每个周末都找朋友喝酒至深夜。酒醉后，在家里经常呕吐，弄得狼狈不堪，丽美往往大发雷霆，吼道："死狗，喝多一点，喝死你才活该！"酒醉的次数多了，丽美就给我下了军令状：如果我不戒酒，酒醉三次就与我离婚，我只得控制酒量，不能让自己醉酒，但还是少不了喝酒。好像只有喝酒才能得到安慰，才能抚平我浮躁的心，才能拴住我漂泊动荡的心灵。丽美终于不能忍受，让我写保证书，要滴酒不沾。在外与别人聊天时还叹息道："我家的那个死狗，真窝囊，不但不讲究个人卫生，又酗酒，还负担赡养老人和送弟妹读书，我真看不到幸福的希望！"有的人会附和："唉，没什么，家家都有一本难念的经！"也有的人说："那不是活得很受罪吗？你还这么年轻，又没有小孩拖累，不如离婚算了，何必苦苦地吊在一棵树上等死！"随着时间的推移，丽美的心情越来越复杂，发牢骚也越来越多，看我的眼光也越来越不顺了。我只能默默地忍受这一切，心里不停地祈祷：阿美呀，你不要听信别人的流言蜚语啊！心中吟唱起那首流行歌曲《其实你不懂我的心》：

> 你说我像云捉摸不定，
> 其实你不懂我的心；
> 你说我像梦忽远又忽近，
> 其实你不懂我的心；
> 你说我像谜总看不清，
> 其实我永不在乎掩藏真心。
> 怕自己不能负担对你的深情，
> 所以不敢靠你太近，
> 你说要远行暗地里伤心，
> 不让你看到哭泣的眼睛。
> ……
>
> （陈桂珠　词）

但有一次我却难以忍受。有一年清明节回农村老家参加同宗扫墓，兴头一来与同宗兄弟喝酒喝醉了，躺在床铺动弹不得，丽美听闻后，从团结镇怒气冲冲地赶过来，不问青红皂白，就给我几巴掌，一顿臭骂："死鬼、死狗，叫你不要喝酒，你偏要喝，喝死算了！"那愤怒的神态很是怕人，就连我的家人和邻里兄弟也吐舌头吃惊。我很难受，心想：丽美呀丽美，你已在团结镇管我，又在农村老家管我，是不是管严了一点？在我们这里，一个女人打男人是视为不光彩、没面子的事啊！在团结镇你可以在家关起门来踢我两脚，但在农村老家就不同了，会使我没面子，人家会说我得了"气管炎"（妻管严），我心里会很难受的。

日子在诸多无奈和莫名痛苦中推移着。丽美虽然变化了，但我想，丽美是和自己谈了八年恋爱的人，自己曾爱得死去活来的人，随着生活的变迁，是会变成贤妻良母的，因为"生活即教育，社会即学校"，只是她还很年轻，生活的历练少，难谙于世故人情是在所难免的，以后会好的。这样一想，心里便舒心得多了。

> 哦，亲爱的，
> 我们不要冷言冷语吵吵闹闹了，
> 向前想，向前看，
> 生活就会充满幸福的阳光。

但事情并非像我所想的那样顺心如愿。2003年的一天，我刚结束在省城长达三个月的学历培训和一个月之久的电脑培训班兴冲冲地返家，还在省城买回一件牛仔裙给丽美，心想，丽美穿上它必定更漂亮了，她必是乐开了花。不料，进家门刚坐下，丽美告诉我她又把已孕育了的小孩流掉了。我一听，仿佛晴天霹雳，朝她吼道："你真是草菅人命，有第一次又有第二次，你是绝后主义者啊？！"还觉得不够解气，又愤怒地说，"我不是离家四个月了吗，怀孕从哪里来！我怀疑不是我的！"丽美一听，也吼道："死狗，不许这样污蔑我！我受够了，不想跟你过了！"话音刚落，就把正在吃饭的筷子向地上狠狠一摔，夺门而去了。我心想，也许自己早在去培训之前就将种子种下了呢？这样一想，立即意识到我的话大大地伤害了丽美，也顾不上吃饭便冲出门跑下楼去追回丽美。

丽美已跑到她的单位宿舍，关起门抽泣着，任凭我千呼万唤拍门拍得手疼，又千万次地道歉和哀求也无济于事。我不顾刚学习归来滴水未进在她的门前苦苦哀求，时不时地拍门叫她开门，她就是不开，时至深夜。她不厌烦了，就冷冷地扔出一句话："你走不走，要不然我就报警了！"果真，不一会儿，镇派出所民警赶到了。由于大家都同在一个镇上工作经常碰面，相见后很是难堪，啰唆了几句，我也不好意思赖着不走了。

在返回途中，我思来想去，竟弄不清楚自己因何在一夜之间变成了违法分子，变成了江洋大盗。心想：也许自己的话深深伤害了丽美，她正在气头上，过后就好了。这样想，心里就有些安慰了。

但是，第二天却来了一场狂风暴雨。丽美召集她农村老家一二十个青年到我处强行搬走能扛得动搬得走的家具和她的所有个人用品，包括结婚时老岳母赠予做婚嫁礼的一床棉被，还有我家人买来送给她的一件尚晾挂在阳台上的衣服，她说她穿过多次的，要带走，怕我用来搞迷信活动整她，掠走她的魂魄。我不禁愕然：阿美呀，我不介意这些家具，财物乃是身外之物，生不带来死不带去，没有还可以买，但感情是买不来的，有钱也买不到啊！

第三天，镇民政办通知我说丽美以感情不和为由要求离婚，让我前往签字。在民政办里我拿着像钢钎一样的笔犹豫了。丽美却说："你可以不签，半年后在法院上见。"我见她主意已决，我们的婚姻已寿终正寝，于是无奈地在离婚协议书上签上"河子"二字，并压了手印。因离婚证工本只剩一本，民政办的同志就先给了丽美。丽美拿到离婚证后像逃避瘟疫一样走了，我却呆若木鸡，不肯走人。民政办的同志安慰道：河老师，你的心情我们是理解的，这个时候的心情是会让一个人痛苦得不想活了，就像你的名字河子一样！我苦笑着也无奈地离开了。

时过十天，听说丽美要改嫁邻县县城的一个人了，我很心急，邀了一位好友买上好酒菜去丽美老家，央求老岳父、老岳母说通丽美的思想，放弃改嫁的念头与我复婚，老岳父、老岳母等人都耷拉着脸，沉默不语，只跟我的好友讲话。末了，老岳父才表态性地讲了一句话："小孩大了，我们老人也干涉不了她的事，还是由她决定吧。"宴席不欢而散，我无果而归，垂头丧气。

又过了十天，有好友告诉我，那个邻县县城的男人当晚8：00来接丽美走，第二天完婚。我一听，更急了，当晚7：00就来到丽美单位宿舍门前，试图再作最后一次挽回。但又有朋友告诉我，丽美已于二十分钟前拿着行李包在镇郊公路旁等候那个男人了。我二话没说，立即往镇郊的公路沿路飞奔。镇郊公路在晚上人烟稀少，在路旁一辆轿车旁，丽美正往后车厢放行李包准备上车走人。我不顾一切地冲过去，抓着丽美的左手，语无伦次地说："阿美，我爱你，你不要走了，跟我回家。"那个男人见状，也拉着丽美的右手，敦促她快上车，两个男人像拔河一样拉着丽美不放。这时丽美一边挣脱一边狠狠地向我甩下一连串的话："我承认以前我很爱你，但现在我已不爱你了，拥有我的时候不懂得珍惜，现在失去了才想起我的好，才懂得珍惜，来不及了！""一个三十几岁的小老头还嫌我，跟我离婚，离婚后我看你要哪个！""我们已经离婚了，我嫁给哪个，你干涉得了吗？！""如果你爱我的话就放手，以后别来找我，骚扰我的生活！"我一怔，既然她已把话说到这个份上，我还能说什么呢？人世间有一种爱叫作放手！于是，我便松手了。丽美与那个男人上了车走了。我呆呆地目视车辆渐行渐远，好像自己最珍贵的东西被人家抢走一样，一颗心似乎被掏空了。那远去的车子像一根绳子一样牵扯我的心窝，一阵阵剧痛。心中有一种歇斯底里呼喊的感觉，吟起了著名歌手任贤齐演唱的歌曲《心太软》：

你总是心太软，心太软，独自一个人流泪到天亮，
你无怨无悔地爱着那个人，我知道你根本没那么坚强。
你总是心太软，心太软，把所有问题都自己扛，
相爱总是简单，相处太难，不是你的就别再勉强。
夜深了你还不想睡，你还在想着他吗？
你这样痴情到底累不累，明知他不会回来安慰，
只不过想好好爱一个人，可惜他无法给你满分，
多余的牺牲，他不懂心疼，你应该不会只想做个好人。
噢，算了吧，就这样忘了吧，
该放就放，再想也没有用，
傻傻等待，他也不会回来，
你总该为自己想想未来。
……

（小虫　词）

那车子终于消失在朦胧的夜色中，我呆呆地站在路旁，灵魂好像被无常鬼捉走了，正在那奈河桥旁喝着孟婆汤，就要走上奈河桥了。我无力返回，路边有一处新隆起的土堆，便背靠

着土堆躺着，伤心地吟起著名歌手毛宁和杨钰莹演唱的歌曲《心雨》来：

> 我的思念不再是决堤的海，
> 为什么总在那些飘雨的日子，
> 深深地把你想起。
> 我的心是六月的情，
> 沥沥下着细雨，
> 想你，想你，想你，想你，最后一次想你，
> 因为明天你将成为别人的新娘，
> 让我最后一次想你。
> ……
>
> （刘振美 词）

吟着吟着便不知不觉地睡着了，梦见自己拉着丽美的手歇斯底里地喊着"我爱你，我爱你，你不要走，不要走……"继而又号啕大哭，像小时候被大人数落受委屈一样痛哭不止。

第二天天大亮，太阳已暖烘烘地照着我，我醒了，赫然发现自己躺在一座新坟旁，与鬼共睡了一夜。但自己也许是心被掏空，一点意识都没有。我这人很怕鬼，小时候听大人讲了鬼故事，夜晚黑灯时，连自家的内屋都不敢进。可现在却一点都不感到怕。我看了坟墓一眼，想起了人们说的一句话："婚姻是爱情的坟墓。"这话不无道理。又看了看坟墓，这墓才隆起十天左右，又想：坟墓里的人儿呀，其实，我与你差不了多少，你的命身死了，我的灵魂也死了，但不同的是你的灵魂已上了天堂，我的灵魂却被打下十八层地狱！

三

已记不清如何从镇郊路旁墓地返回单位的，印象中不足一公里的镇郊公路足足花了一个上午才走完。风儿挟着尘土污染我的脸，使我满脸蒙上了一层厚厚的污垢，刺痛我的眼睛，使我流泪不止；那匆匆地过车扬起的灰尘蒙灰了我蓬乱的头发，蒙黄了我的衣服，甚至使眼镜也被蒙上了一层尘土，使我看不清眼前的景物，一片灰蒙蒙的世界。我如同一个逃离阴间的小鬼在阳间游荡，又像一个已经死去被黄土埋至脖子后挣扎着醒了过来，重回人间的人。幸好，那天是星期天，不碍事。从墓地回到学校，我冲了一个热水澡，才回过神来，才感觉从阴间回到了人间。

冲完热水澡，冲走了满身的尘土，冲走了身上附着的邪气鬼魅，却冲不掉心中的伤感情绪。我意识到，我原先希望丽美重新回到我身边的梦想已被别人打破，就像一面镜子被人摔碎，已无法复原一样。丽美的身影就像一阵狂风扫落叶，将我这片落叶吹得颠颠倒倒，飘飘零零，捉摸不定。我也意识到，从此我只能一个人面对生活了，就像在花丛中飞舞的两只雌雄蝴蝶，失去了雌蝶，雄蝶孤飞无双，胡乱扑腾；也像一只鸳鸯失去了同伴，出不成双入不成对。想到自己的情感风帆从今以后将飘浮不定，增加变数，更多的情感的高峰等待我去攀登，更长的爱情道路等待我去丈量，心中惆怅不已，感慨万千。

我又成了一个单身汉，却怎么也快乐不起来，心中多了一份伤感，多了一种凝重。平时与单身的朋友在一起，看到他们快乐的样子，自己总觉得自己已不是一个完整的单身汉，就像一块香馍馍被咬去了一口，令再吃的人乏味；也像一个刑满释放的人担心自己有了人生污点怕人指指点点，因而难以找回快乐的感觉。整个人失魂落魄，像一具行尸走肉。

年轻的单身朋友为我分析原因：太年轻漂亮的老婆有点靠不住，老公一出差或分离较长一段时间会让人担心，这类人遇到比老公更好的男人或更丰盈的彼岸，往往都会义无反顾地投身彼岸，使自己竹篮打水一场空，这是因为"人往高处走，水往低处流啊"！这是一个客观规律。继而又安慰我说："河兄弟，天涯何处无芳草，东方不亮西方亮，可以再去追另一个。"同单位的阿姨同事见我一副无精打采、失魂落魄的样子，都关切地说："河老师，想得开一点，世界大着呢，等阿姨有空，再帮你物色一个更好的！"我只好苦笑着点了点头。更有甚者，因临近高三毕业，有一些"花头鸭"调皮学生装作行家模样，故作关心地跟我开玩笑："班主任，新婚小日子磨合期就像炖鸡一样，刚开始用旺火炖，后改用文火炖，你这样风风火火，火太旺，反而把鸡炖烂啰！"我又气又好笑，应道："去去去，不要添乱，在班上不违反纪律就阿弥陀佛了，班主任倒不了！"把他们支开。一次，老校长在校园树下碰见我，也关切地对我说："年轻人啊，在处理得失问题上要拿得起，放得下，要向前看。"我明白他的意思。

日子在孤闷无奈地推移着。心里总有一种安慰：丽美去跟别人过不好，是会回来的，我们八年的恋爱感情不会白流的。但，半年过去了，也等不来她的半个电话。反而从朋友的口头得知，她嫁的男人有一栋五层楼房，每次回家"搞卫生拖地板，从一楼到五楼，真累"。心里就有一种酸溜溜之感，心想：哼，一栋五层楼有什么了不起，今后，我也会有的。继而又想：阿美跟别人一定是很幸福了，她脸上那微笑一定更加流光溢彩，更加美丽动人了吧，我在心里默默地祝福你！

一些死党朋友向我献计：兄弟，赶紧再来一场轰轰烈烈的恋爱吧！再追一个靓妞给她看看，证明没有她地球照样转，日子照样过得滋润！这叫作以毒攻毒！我不置可否，笑了笑，不言语。心想：阿美呀阿美，你已投入别人的怀抱享受着幸福，我的日子还要过下去的，以前的海誓山盟，现在大海已经枯竭了，石头已经腐烂了！

在一次出差路途班车上，我偶然地遇见了一个年轻姑娘叫作小燕子，也是个大学在校生，还有四年才毕业。那时的小燕子，约二十岁，圆脸圆臀，短发，体态丰盈，面容和蔼可亲，迷人，使人一见到她就有一种不得不爱她的感觉。她主动地跟我搭讪，拉了一下家常后，她探路似的问道："帅哥，你已有另一半了吧？看你这个人的形象和言行挺让人着迷的。"我便说："半年前有过，现在又没有了，曾经在情感之路上碰壁跌倒，头破血流。"她听了就咯咯笑了起来，说："碰壁跌倒没什么大不了的事，再爬起来就是了。"我们谈得很投缘，有说有笑的，令车上的乘客羡慕不已。下车分别时，相互留了对方的手机号码，还说多多联系。由于事情多，没把这事儿放心上，倒是她，在我出差回来的第二天便发了一条短信过来："帅哥，出差返回了吧？现在过得还好吧？"我于是回复道：昨天已返回，日子过得还算好，只是晚上睡觉会做梦，梦见与你说话。过了一会儿她没回复反而打电话过来，说我嘴贫，会糊弄人。于是我们便天南地北，古今中外，漫无目的地聊了起来，聊了很久，我才意识到，电话是她打过来的，话费一定很多，一个学生消费不起，便叮嘱她挂电话，说，今后，我主动打电话给你吧，不然你会破产的，她笑了起来，说，那好，我每天都盼你的电话。末了，我还说她的声音像磁铁一样有磁性，把我的心都吸引粘住了，何不寄一张个人单照给我，让磁铁粘着我去上课、备课、改作业也好呀！她就咯咯笑了，才依依不舍地挂了电话。

　　第三天我便收到了小燕子的信和相片，一张看起来比本人还好看还漂亮的相片，一封热乎乎的信。我把相片放在枕头底下，以便在入睡前好好端详，想着她入睡。端详相片，看着她迷人的微笑的脸庞和丰盈的身体，我情不自禁地亲吻着她，一遍又一遍，自头至踵，不留余地。没多久，相片被我糟蹋得走样了，急忙拿去过塑，但不久，过塑过的相片也不禁我糟蹋而走样，只好又打电话给她说实情，让她补寄过来。她一听，就笑得起狂，说我画饼充饥，望梅止渴。没几天就收到她的相片了，这次是一式两份还过了塑膜。我高兴地跳了起来。我发觉她真像一块磁铁一样吸引着我的眼睛，粘住了我的心。还感觉到她射出的丘比特爱情之箭，已使我中箭，跌入了爱河之中。于是我想念丽美的故事，又在她身上重复起来，而且，有过之而无不及。心里呼唤着：心爱的姑娘，我从早到晚都想着你，又从晚到早念着你，想你想得我口干舌燥，念你念得我差点梦游。每晚我都端详你的相片入睡，一边端详你的相片一边备课改作业，甚至将相片放在最贴身的衣袋里，让它陪伴我去上班。这样就仿佛小燕子附体，给我爱的力量，增添工作的精力。在最想念她的时候，我会情不自禁地吟唱起那首唱遍中国大江南北的流行歌曲《真的好想你》：

真的好想你，我在夜里呼唤黎明，

追月的彩云哟也知道我的心，默默地为我送温馨。

真的好想你，我在夜里呼唤黎明，

天上的星星哟也了解我的心，我心中只有你。

千山万水怎么能隔阻我对你的爱，

月亮下面轻轻地飘着我的一片情。

真的好想你，你是我灿烂的黎明，

寒冷的冬天哟也早已过去，愿春色铺满你的心。

你的笑容就像一首歌，滋润着我的爱，

你的身影就像一条河，滋润着我的情。

真的好想你，你是我生命的黎明，

寒冷的冬天哟也早已过去，但愿我留在你的心。

……

（杨湘粤、李汉颖词曲）

　　吟着吟着，小燕子的身影便闪现在我的眼前，她的音容笑貌就在大脑里不断地放映着，她的形象就塞满我的心间，甚至在我闭上眼睛的时候也能看到她。

　　就在认识她的那年暑假，她放假回家路过团结镇，特意到团结中学看望我，还给我带来了一串风铃。风铃是她自制的，用精致的绳子穿上一个个小空瓶而成，微风吹拂时会摆动，发出了清脆悦耳的声音，好听极了。她把风铃系在我的床头上，就帮我整理零乱的床铺，赫然发现了枕头底下的她的相片，看到相片被亲得有些走样，她不禁脸红了起来，下意识地向四周望了望，没人，就伸脸过来紧贴着我，说："笨牛，让你尝尝亲真人与亲相片味道有什么不同。"我一激动，立即揽她进怀里，便疯狂地亲起来，眼睛、脸颊、嘴唇、耳根、脖子，还有头发……亲得她白嫩的脸上、脖子上青一块紫一块的。原始的冲动使我很想得寸进尺，但念头一闪，想：她毕竟还是在校生啊，如果那样做会毁了她的学业，甚至毁了她的前途，于是赶紧刹车。末了，我有些内疚地说："燕，我刚才把你亲得红一块紫一块，真让人笑话，你不怕别人指指点点吧，都怪我不小心。"她却说："没关系，别人问，我就说是吃药过敏的，敷衍一下就行了，过几天就好了，不碍事。""可行家会看得出破绽呢！"我说。她就微笑而不言，用手轻轻扭了我的耳朵，不痛不痒的。然后，我为她准备了一顿丰盛的午餐。饭后便送她乘车返家了。那餐午饭吃得很甜蜜，少不了你喂我，我喂你，一餐饭吃了两个多钟头。

　　新学期期中一个夏日周末，我由于想念小燕子难以自控，就一人踏上开往小燕子就读的那个城市的列车，约她到市人民公园漫步。她一身洁白的连衣裙，随风摇曳，花枝招展，走到僻静的阴暗处，一股原始的冲动，使我如同一座就要喷发的火山一样，终于火山爆发，岩浆喷洒在她洁白的连衣裙上，我紧紧地将她揽在怀里久久不愿松手。她用手轻柔抚摸着我的头发，轻声细语地说："河，我能理解你的冲动，但要抑制一些，为了我的学业和我们美好的未来，你再等四年，如果没什么意外，我们是会在一起生活的，我发誓，我爱着你，一直到天荒地老，海枯石烂。"我点了点头，把她揽得更紧了。第二天是星期天，我和小燕子手拉着手逛商场，那种感觉太爽了，太美妙了，让人想着就很幸福，真希望时间会停留，时光会凝固。小燕子买了一件格子衬衣给我，说我穿上后一定会更加帅气！我平时不怎么讲究穿着，既然心爱的小燕子见好就成！不知不觉地一大早便过去了，到了我应该返家的时候了，我只得拿了小燕子买的衬衣，很不情愿地踏上归途的车，临行前还依依不舍地拉着小燕子的手，直至车子即将开动之时。

返校后，正常的为人师表的日子有规律地推移着。不过，我穿着小燕子买给我的衬衣工作，心中多了一份踏实，一份甜蜜，一份幸福，觉得身体多了一份精力，生活多了一份精彩，世界多了一份美好！

　　　　心爱的小燕子，
　　　　穿上你买的衣服，
　　　　我认真地工作快乐地生活，
　　　　我的心中装着你，
　　　　与你一同去拼搏，
　　　　一同去战天斗地。
　　　　……

想着小燕子，心里暖乎乎的，有说不出的高兴。于是在心中不断吟唱起歌手陈雅森演唱的流行歌曲《我的快乐就是想你》：

　　　　夏天走了菊花开了，
　　　　秋风送来点点的忧虑，
　　　　阵阵秋雨敲打着玻璃，
　　　　片片的落叶片片愁绪。
　　　　坐在窗前翻看日记，
　　　　字里行间写满都是你，
　　　　昨日的浪漫难忘的记忆，

一点一滴烙印在心里。

我的快乐就是想你，
生命为你跳动为了你呼吸，
昨日的幸福曾经的甜蜜，
孤独寂寞角落思念你哭泣。

我的快乐就是想你，
生命为你跳动等待再相聚，
你是我的宝贝不让你委屈，
你是我的最爱无人能代替。
……

（牛国长　词）

　　每天晚上，久久凝视小燕子的相片，用双唇轻轻濡过她微笑的脸庞，轻轻地呼唤着她，与她一起入眠！我用一颗想念她不尽的心轻轻地唱着著名歌手江智民演唱的流行歌曲《枕着你的名字入眠》让她听……

我把我的心交给了你，我就是你最重的行囊，
从此无论多少的风风雨雨，你都要把我好好珍藏。
你把你的梦交给了我，你就是我牵挂的远方，
从此无论月落还是晨启，我日夜盼望你归航。
我会枕着你的名字入眠，把最亮的星写在天边，
迷茫的远方有多迷茫，让我照亮你的方向。
我会枕着你的名字入眠，把最亮的你写在心间，

寂寞的远方有多凄凉，让我安抚你的沧桑。

你把你的梦交给了我，你就是我牵挂的远方，

从此无论月落还是晨启，我日夜盼望你归航。

……

（阿唯 词）

吟罢，脑子里又不禁想起一首小诗：

今夜，我又想你了！

夜很安静，

我无法安静，

可能就是我想你的心了，

我也不知道，

我为什么这样想你，

千言万语，只说一句：

认识你，真好！

（引自 http://baike.so.com/doc/5392218-5628995.html2）

我暗恋小燕子之事被一个死党朋友知道了，便一传十、十传百地在众多同事中传开了。大家都群起炮轰："老河，你的目光怎么老是盯着小姑娘不放呀？老牛吃嫩草太多会拉肚子的！""河兄，不要再做白日梦了，象牙塔里的姑娘固然好，但太单纯了，出了社会就都变心了，况且她们选择的余地比我们多得多，丽美就是例子，不要好了伤疤忘了疼。""好兄弟，你应该猛醒了，世上哪有这样好的事？你今年已 32 岁了，她才 20 岁，她大学毕业时才 24 岁，你就 36 岁了，即使她很爱你又

怎样?她的父母会让她嫁给一个奔四的人吗?再说了,我们这个社会也看不惯,到时悔恨交加,空欢喜一场,何必呢?""爱情总是美好的,但人是要吃人间烟火的,还是现实一点吧!"我脸一阵红一阵白。

至夜,安静无人之时,拿出小燕子的相片凝视。小燕子实在太漂亮太年轻了,也许太单纯了,自己已是三十又有二的人了,跟她结合现实吗?想起丽美的离去和同事们的忠告,尽管是大热天,我还是哆嗦发抖不止。拿着相片犹豫很久,终于下了决心,吻别小燕子!久久地亲着小燕子的相片,一遍又一遍。心一横:小燕子,我不能爱你!我们分手吧!这样做,是对你父母,对这个社会有个交代,对你我人生负责!虽然,没有我,你的前程依然一片光明,我没有你,人生一片暗淡!但爱一个人就应该为她着想,让她幸福!让她像一颗明珠一样日夜闪耀光芒!让她那朵灿烂迷人的微笑永远挂在她的脸上。

我相信我的这一决定会让她一时痛苦,会骂我是"负心汉",但我已顾不得那么多了,将来她享受幸福时,会理解我的决定。回想起自己的爱情之路,一波三折。在大学时代曾先后与两位漂亮的姑娘小吴和小黄谈了恋爱,曾经爱得如胶似漆,天昏地暗,还有一个美丽的姑娘在我大学毕业离开学校的前夜才向我表白芳心,使我无限眷恋和感动,但最后我还是跟她们一一分手了,我不想让她们随我到处漂泊游荡,使脸上那朵迷人的微笑过早过快地凋谢。我想,她们肯定骂我是"负心汉",玩弄了她们的感情;还有曾经有过海誓山盟的丽美,八年的情感,我很舍不得,但还是选择了放手,纵然在她心目中我是一个酒鬼恶徒!还有她——小燕子,爱她爱得丢魂入髓,但是为了她更好的明天,我还是选择了分别,我担心,现在不分别,四年以后对她伤害更大，而我也难以承受。别了小燕子，你就大骂我一顿，骂我蛇蝎心肠，骂我狗血喷头吧！唱一首著名歌手臧天朔演唱的歌曲《朋友》，表我心：

朋友啊朋友，

你可曾想起了我？

如果你正享受幸福，请你忘记我。

朋友啊朋友，

你可曾记起了我？

如果你正承受不幸，

请你告诉我。

朋友啊朋友，

你可曾记起了我？

如果你有新的彼岸，

请你离开我。

……

（黄集伟　词）

不管如何，你始终是我心灵的天空里飘移的一朵绚丽迷人的云彩，我为你祝福。"悄悄地我走了，正如我悄悄地来，我挥一挥衣袖，不带走一片云彩。"（引自徐志摩《再别康桥》）

提笔写一封断交信寄给小燕子，可笔头有如钢钎一样沉重，信笺废了一张又一张。开头称呼语写"亲爱的"不妥废掉，写"心爱的"也废掉，"至爱小燕子"也觉不妥，废掉，只写"燕"一字还觉不妥，也废了，最后鼓起勇气写道：

小燕子：

　　我不能爱你。你不要来找我了。祝愿你今生幸福！

　　　　　　　　　　　　　　　　　河子

　　　　　　　　　　　　　　2003 年 11 月 6 日

　　信只有一行字，是我平生写得最简短、最无奈的一封信了。写毕塞进信封倒贴邮票（寓意绝情）扔进邮筒，算是完成了一件天大的事了。原本想通过小燕子的好友阿春传达分别之意，可想了想：小燕子那么聪明伶俐，是会知道我的用意的，何必又麻烦他人，又何必再遭一次"负心汉"的臭骂和唾弃呢？！

　　日子在徘徊、惶恐与无奈中推移着。一连几个月，天天收到小燕子的信，可我不敢拆开看，我想，那一定是小燕子骂我是负心汉，肯定是骂得狗血喷头，骂我蛇蝎心肠；晚晚接到小燕子打来的电话，我不敢接，我怕听到小燕子抽泣的声音，怕听到她的诉说。我诚惶诚恐，心中总认为自己做了亏心事，内疚不安；认为自己犯了不可饶恕的错误，会遭天打雷劈；更像自己犯了大罪，将受到最严厉的惩罚。回想自己的爱情成长历程，有不少姑娘向我抛出芳心，我却一次次地拒绝，一次次地伤害她们，内心就有一种说不出的痛苦，表述不出的内疚。心里千万次地恳求：心爱的姑娘呀，你们就把我当作负心汉臭骂一顿吧，骂个十天八夜也不为过，我真诚地乞求你们的宽恕！乞求你们给我原谅。

　　随着与姑娘交往失意的次数增多和年龄的增长，我逐渐堕落为一只狼，一只饥饿的大灰狼。"兔子不吃窝边草"，但狼是不同的，是会吃掉窝边的羊的，更何况饥不择食。既然恋爱讲现实，我就以狼的眼光打量着身边同单位的姑娘，物色心仪之人，寻找自己的"猎物"。不久，我心中的雷达便锁定了一个可人，她叫陆婷，比我小四岁，也是短发，圆脸圆臀，体态丰盈，青春阳光，与小燕子大体相仿，只是年龄大而已，圆圆的脸上还有两个小酒窝，微笑起来就像花朵一般，很是迷人。不过她人偏矮，一副娇小玲珑模样。"情人眼里出西施"，喜欢一个人，她的缺点也会变成优点。她在我心目中很完美。每天活动节的时候，如果有她打篮球的身影，我就会自觉不自觉地来到球场边，为她并不很精彩的球艺拍手喝彩，尽管自己不是很喜欢打篮球(喜欢打羽毛球)。看她打球的过程中，我往往用手机拍照捕捉她可爱的动作和迷人的美丽曲线，回到房间后就将拍下的相片存入电脑里，在电脑前久久地端详凝视，看着她阳光的笑容和迷人的美丽曲线出神，心里呼唤着：姑娘，我已越来越喜欢你了，已越来越爱上你了，我的魂魄日益被你掳走了。

　　于是每天下班上街买菜时，我就有意识地等着她，见她出门后就尾随她去买菜，一来可以欣赏她的美丽曲线，二来想知道她爱吃什么菜，以便以后有机会请她吃饭时做菜用上。反正，我总爱在她身旁转悠，乐意为她办事献殷勤。一次，她买了一个组合布衣柜，不知如何安装，让我帮忙，我凭着平时对家具家电维修的兴趣和经验，较快较好地将布衣柜安装好了，她很高兴，对我越来越有好感。

　　一个周末的早上，接到阿婷的电话，约我与她去南宁市区她的亲戚处玩，反正她的亲戚不在家，她有那儿的钥匙。我高兴得跳了起来，当即爽快地答应与她同去。在南宁市区她亲戚处，我们过起了小家家生活，一起去买菜，一同煮午饭，她洗菜，我炒菜。尽管我厨艺不怎么好，但那餐午饭，我们吃得很甜，津津有味的。饭后，她主动把我揽进她的怀里，说："河，我终于抱住你了，你不知道早在丽美那个时期，我就已对你有好感和爱慕，甚至暗恋，你让我痴迷！"我枕着她的胸，充满爱意地说："阿婷，我也很爱你，让我们结合吧，一起手拉手编织美好的生活！""嗯！那样的人生多好多幸福呀！"阿婷说道。接着，她用双唇轻轻濡过我的双唇、脸颊、耳际，用手轻轻拂过我的头发，眼里充满了憧憬。一股电流般的暖流传遍了我的全身，抚平了我内心的累累伤痕。"只是我有点身不由己，我妈妈在我很小的时候就离世了，是我姑妈（同单位的一位同事阿姨）一把屎一把尿地把我拉扯大，又送我读书，送我上大学，又帮我联系工作单位，为我成人成才做出了巨大的无私付出，我早已把她当成我的妈妈了。我的终身大事还是由她来定夺为好。"阿婷又向我娓娓道来。"那好，我多努力表现，博阿姑欢心就是了。"我信心满满地说。"那就看你的了。"阿婷说。

从南宁返校后，我与阿婷更黏了，一起去街上买菜，一同打羽毛球，两人有说不完的话，彼此不愿相互离得太远。

一天，我独自上街买菜归来即将路过校园一拐角路段时，突然听到有人在议论关于我的事情，我屏气细听，原来是几位阿姨同事们在议论，阿婷的姑妈也在。"小河老师工作是没挑的，人也长得帅，又有一套三房两厅的住房，只是我担心'那方面'有问题，跟丽美结婚也有两年了吧，小孩也没有，这年头怪着呢，不孕不育的现象很多，人光长得帅有什么用。"一位阿姨说道。"听说他又有点花心，前段时间与一个在校大学女生来往密切。"一位阿姨又说道。"我听丽美说他的父母和他重男轻女思想很重，怕阿婷受不了。"一位阿姨说道。"我听丽美说他是个酒鬼，爱酗酒，又不讲个人卫生，在家排行老大，既赡养父母，又送弟妹读书，负担很重，若阿婷跟着他怕负担重。"一位阿姨说道。"俗话说'一个巴掌拍不响'，一个离过婚的人总会有这样那样的问题，我们不怕一万，只怕万一，如果河老师真有大问题，那后悔就来不及了，要多提醒陆婷多留心一点！"一位阿姨又说道。我听着她们窃窃私语，心里起了疙瘩，心想：这个社会重男轻女思想是我的过错吗？离过婚的人就有问题？这是什么逻辑？阿姨们呀，我的伤口刚刚结痂，请不要胡乱揭呀！那样我会添新伤的。我低头默默地走过她们旁边，她们见了我，都散开了。

没过几天，在一次晚自习我辅导学生学习即将下课时，阿婷的姑妈喊我到校园一处树脚下与我谈心。她说："河老师，大家都看到你跟我家的阿婷打得火热，我很高兴，我们老人是支持你们年轻人自由恋爱的。"我忙说："谢谢，谢谢。"她又说："不过呀，婚姻是一个人一生中的大事，不要意气用事，要慎重一些，要对对方好一点，多为对方着想。"我连忙应道："是，是，是。我是爱阿婷的，一定对她好！"她又说："阿婷的母亲过世得早，是我一手把她带大，视为己生出，她一生幸福是我的愿望。"我就说："阿姨的心情我理解，阿姨真好！"她最后说："你们可自由恋爱，可自由交往，彼此深入了解对方，如果发觉对方不合适自己，两人的恋爱失意了也不要悲叹，毕竟一个人的性格特点与别人不同，不能强求，俗话说'强扭的瓜不甜'，希望你们好好相处，相互理解。"我就说："对，对，对！阿姨真好！阿姨真好！"

得到阿婷姑妈的支持，我当时很高兴，心里暖乎乎的。想到只要她点头，我与阿婷的结合就会成功，我心里美滋滋的。

回到房间倒一杯开水慢慢抿着，细细品味阿婷姑妈的话，刚开始心里甜滋滋的，但细细一想：她为什么要找自己谈话呢？她所说的"要为对方着想，为对方好"，"不能强求，强扭的瓜不甜"又是什么意思呢？这不是委婉拒绝吗？！我越想越觉得不对劲儿，越想越担心，尽管是大热天，我还是发抖不止，手中的开水杯"啪"的一声跌落在地上摔碎了，我的心也碎了。

第二天，我与死党朋友一说，朋友们都说我去追求阿婷不现实，都说："兄弟，知趣一些，婚姻讲究门当户对，你是一个离过婚的人，人家是个黄花闺女，即使她爱你想嫁给你，可她的家人和亲戚是会反对的！"我沉默了，心情异常沉重。

接下来的日子，阿婷的态度发生了180°转变，对待我不像以往那么热情了，也不同我一起上街买菜和打羽毛球了，总有意躲着我，偶尔碰面也只是淡淡地打一声招呼敷衍而过，我也不好意思再去黏着她了，只能远远地用目光锁定她的身影，凝视着她那随风飘逸的漂亮裙子，想象着她的神态。心里呼唤着：心爱的姑娘，前些日子我们还好好的，有说不完的话，彼此吸引着对方，可如今却成了陌生人，爱搭不理，好像隔了千山万水一般。你可知道有一种爱叫作守望吗？！心中涌出一种歇斯底里般的呼喊：

心爱的姑娘我爱着你，
我掏出我的心窝窝让你看得清清楚楚明明白白，
它除了思念你的情感之外无其他杂质，
是世俗的偏见让它变成易碎的玻璃，
哪怕聊聊几句话，

我的心也会摔得粉碎，

摔得一败涂地。

……

继而心中又吟唱起流行歌曲《明明白白我的心》：

明明白白我的心，渴望一份真感情。

曾经为爱伤透了心，为什么甜蜜的梦容易醒？

我有一双温柔的眼睛，你有善解人意的心灵，

如果你愿意请让我靠近，我想你会明白我的心。

星光灿烂风儿轻，最是寂寞女儿心，

告别旧日恋情把那创伤抚平，不再流泪到天明。

我明明白白你的心，渴望一份真感情，

我曾经为爱伤透了心，为什么甜蜜的梦容易醒？

明明白白我的心，渴望一份真感情！

……

（李宗盛　词）

无奈之下，我又唱起流行歌曲《无言的结局》：

曾经是对你说过这是个无言的结局，随着那岁月淡淡而去，我曾经说过如果有一天我将会离开你，脸上不

会有泪滴，但我要如何如何能停止再次想你，我怎么能够怎么能够埋藏一切回忆。

啊，让我再看看你，让我再说爱你，别将你背影离去。

分手时候说分手，请不要说难忘记，就让那回忆淡淡地随风去，也许我会忘记也许会更想你，也许已没有也许。

……

但我要如何如何能停止再次想你，我怎么能够怎么能够埋藏一切回忆。

……

(李茂山个人经典专辑)

和阿婷的无言结局，我心灰意冷。想起人们的议论，我发抖不止。可我随着年龄的增加，成家的愿望越来越强烈。一天在五楼自家阳台晒着太阳，好让阳光温暖我的心，烘干我湿漉漉的心灵，也好让自己充电，补充能量。在百无聊赖之时，不经意瞄见了对面楼三楼阳台的李寡妇正在晾晒衣服。李寡妇名叫李虹，是同单位的一位同事，仅比我大一岁多，我习惯称她为"虹姐"。四年前虹姐的丈夫患重病去世，撇下了虹姐和几个月大的男婴。说起虹姐，没有不羡慕和点赞的。她高挑匀称的身材，圆脸圆臀，披肩秀发，体态丰盈，虽已育有小孩，身材却一点也不走样。更令人着迷的是她和善的面容和善解人意的神情，她那白皙透红的脸上虽然挂着幽怨心结，但仍透出慈祥的神态，让人一看到她就会感到踏实、舒心、安慰和宁静。她浑身上下都透出一种和善美、慈祥美、成熟美，稳重而大方。

我用目光锁定了虹姐的一举一动，心中不禁升腾起无限的爱怜。目睹她晾挂的精致衣物尤其是那标致的内衣裤，使我联想起她的胴体，就不由自主地激起一种无名的骚动，让我想入非非。心想：既然婚姻要讲门当户对，我若能和虹姐组成家庭，也应是门当户对，与她结合在一起，那该有多好啊！虹姐既有成熟美、慈祥美，又有过生活的磨难，经历过一番人情变故，与之在一起，将会是人生之幸，家庭之福！想着想着，我竟飘飘然起来，仿佛已投入了虹姐那温馨无比的怀抱。

心爱的虹姐，我要去追求你，与你重新组建一个健全温暖的家，我要用我的所有和体内能量来呵护你，和你一起把小孩抚养成才，赡养老人尽孝道，共享天伦之乐！

我似乎找到了一份感情归宿，天天中午在阳台晒着太阳，凝视着虹姐家的阳台，盼望能见到她在阳台晾晒衣服，期望看到她那可爱的神情，就像守株待兔一般。虹姐，你知道吗？我多么想和你组成一个家，一起携手共筑爱巢，一同编织美好人生啊！此时此刻，我不禁吟唱起著名女歌手潘美辰演唱的歌曲《我想有个家》：

　　我想有个家，一个不需要华丽的地方，在我疲倦的时候，我会想到它。

　　我想有个家，一个不需要多大的地方，在我受惊吓的时候，我才不会害怕。

　　谁不会想要家，可是就有人没有它，脸上流着眼泪，只能自己轻轻擦。

　　我好羡慕他，受伤后可以回家，而我只能孤单地，孤单地寻找我的家。

虽然我不曾有温暖的家，但是我一样渐渐地长大，只要心中充满爱，就会被关怀，无法埋怨谁，一切只能靠自己。

虽然你有家什么也不缺，为何看不见你露出笑脸，永远都说没有爱，整天不回家？

相同的年纪，不同的心灵，让我拥有一个家。

……

（潘美辰　词）

想念虹姐太多，使我越来越不安于寂寞。一天下午下班后我佯装去锻炼，跑到镇中心幼儿园大门前截住了来接小孩回家的虹姐。我抱着她的小孩，她推着自行车一起往回走，胜似一家三口。我向她表白："虹姐，我思你想你念你爱你，我每天都望穿秋水一般寻找你的身影，用眼光传递着我的爱！""我知道！我知道！从你那火热的目光中我能读懂你的心灵密码，感受到你火一样的爱！"虹姐说道。"你那色眯眯的眼光就像一团熊熊燃烧的烈火，包围着我，甚至把我火化掉。"虹姐娇羞地说道。"哟，我有那么色吗？我不是戴着眼镜的吗？"我风趣地回应道。"你摘了眼镜那还得了，那简直扒了我的衣服，剥了我的皮。"虹姐嗔笑着应道。我赶忙解释说："我是真心的，你那温柔漂亮的身影落落大方，一举一动的神情那么可爱，还有晾晒的那标致撩人的内衣裤，把我的魂魄都掳走了。"我由衷地说。虹姐笑而不言。我趁机表白道："虹姐，我已深深地爱上你，我要勇敢地追求你，直到能和你结合在一起！我已有过一次失败的婚姻，你也有过不幸的经历，我们的结合会有很多共同话题共同的感受，会激发出爱的火花。""让我们一起好好地赡养你家公家婆两位老人尽一份孝道，一起快乐地抚养你的小孩，使他成人成才，尽一份爱心。我会用我的一颗爱心去填补你的情感空洞，去撑起你已崩塌的情感天空！"我接着表白。"还有，我们将好好呵护我们的爱情结晶，共享天伦之乐，共筑甜蜜爱巢，共度美好人生！"我又补充道。"那该多好啊！我会尽我所能，用我的心灵去抚平你心中所有创伤，和你携手编织美好生活画卷，绘就美丽人生蓝图！"虹姐真诚地说，并用充满爱意的眼神看了看我。我浮躁的心田如同得到一股股甘泉灌溉，使我酣畅淋漓。末了，虹姐不无忧伤地说："河，眼下我们还不能轰轰烈烈地公开我们的感情，还要保持距离，我的家公家婆只有我小孩他爸一个孩子，自从孩子他爸离世后他们对我很疼爱，把我当做女儿一样宠着，把我的小孩视为掌上明珠，疼爱有加，很难接纳外人闯入，只得慢慢来，毕竟，我原来有过一段温馨的家庭生活。""那好，只要你心中装有我，我心中装有你就行，我会努力表现，让他们接受我。"我说道。"我们可先通过网络或手机通话交流，不要老是在阳台色眯眯地盯着我，别人见了笑话。"虹姐提醒说。我点了点头。于是我们彼此交换了QQ号和手机号。在分别时刻，虹姐又温柔地说："想我的时候，别忘了Q我。"我连连点头应诺。

当天的晚饭，我吃得很香甜，平时只吃两碗饭今晚却吃了三碗，想起虹姐的话，全身暖烘烘的，心里甜滋滋的。晚饭后，我就抓紧备好第二天的课。晚上辅导学生自修下课并督促学生就寝后回到房间，虽然房间里空无一人，但我感到偌大的房间里有一个人在电脑里等我，那就是心爱的虹姐。我迫不及待地打开电脑打开QQ，将虹姐的QQ添加为好友。虹姐早已在线了。我就发了一个微笑的表情过去，她也发了一个微笑的表情过来。我接着键入："虹姐，告诉你一个故事，今晚不知为什么，我吃得很甜，吃了三碗饭，比平时多吃了一碗，不知是否正常？"
虹姐发过来一个笑脸，键道："喷饭，能吃是好事，可能是你
的脑子使坏吧！我才吃一碗饭，我怕肥，我需减肥。"我键道：
"减什么肥呀！现代人有点啰唆，历史上没有哪个朝代流行减
肥的。据说，在唐朝时，人们还以肥为美呢！"我开玩笑地辩
解，补充发一个嘲笑的表情过去。虹姐就发了一个惊讶的表情
过来，说："你是个老古董，是现代社会的怪胎，是人类的活
化石，我们要随大流呀！世界潮流浩浩荡荡，顺之者昌，逆之
者亡！"我立刻发一个惊讶的表情过去，说："我可不想看到
你减肥瘦到皮包骨，一副恹恹病态，像林黛玉一样病态美，承
受不了生活的重担！"虹姐又发过来一个笑脸，说："如果不
减肥，人会长肥，像个粽粑一样，丑死了，先前所买的衣服都
穿不上了。"我发了一个调皮表情过去，说："那叫丰满，若
你长成那样，买衣服的钱我包了。"想了想，又键道，"不管
虹姐长成啥样子，穿什么衣服，我都喜欢。"发过去。虹姐发
了一个调皮脸过来说："别贫嘴，如果我肥得像一头猪一样你
躲都来不及。"我就发一个笑脸过去，说："虹姐，我爱你都
来不及，怎么会躲呢，说真的，我一闭上眼睛就会看见你，满
脑子都是你。"虹姐发过来一个微笑表情，说："我也是，我
也是，每天你在阳台盯着我，我在房间窗口久久瞄着你！"

　　我们聊得很投缘，话题很多，从古聊至今，从天聊到地，
从冷聊到暖，从恨聊到爱，直至深夜。末了，虹姐催促道："赶
紧下线关电脑睡觉，明天要上班的。"我却意犹未尽，说："虹
姐，你开视频，我要拍下你一张照片储存，在孤独寂寞时打开
电脑就可看见你。"于是我在虹姐打开视频后连续拍了好多张

她的照片，并将照片储在一串长长的路径之后，只有我才找到的磁盘空间里，我怕被那些死党朋友看了笑话我。

最后，我还是依依不舍，我发了一个无奈表情过去，我恳求道："虹姐，我每天都盯着你那标致的内衣裤痴迷，它是你的贴身物，见了它犹如见到你，不如送一件给我做纪念，我要把你贴紧我的心窝窝，与你的灵魂同床共枕。"虹姐立即发了一个惊讶表情过来，说："河，那是神经病，恋物癖，变态狂，不好，街上有一大堆，你若喜欢就去买呀。""我为你神经兮兮，为你痴迷，为你变态发狂，我心甘情愿。街上有卖，但姐没穿过，没有姐的体香，不附姐的灵魂咯！"我键道。"胡说八道，衣物上只有臭汗，没有灵魂。"虹姐键道。"姐出的汗是香汗。人们不是戏说'弱不禁风的小姐出的是香汗，笨拙如牛的工人出的是臭汗'吗？另外，它是附有姐的灵魂的。你知道吗？在农村，人们过油锅驱邪赶鬼时，用人的衣物在熊熊燃烧的油锅上来回烘烤，就把鬼赶走了，问仙婆占卜什么的，也是用一个人的衣服，这说明，人的灵魂附在衣服上呢。"我辩说。"胡说，你这么油嘴滑舌的，一定骗了不少姑娘的芳心吧？你对我是真心还是假意！？"虹姐不无生气地键道。我赶忙表态："我对虹姐是真心的，若有一丝假意愿遭五雷轰顶！"虹姐发了一个笑脸表情过来，说："这才是人话。看在你真心爱我的份上，我给你一件，是今天刚换未来得及洗的，你不嫌臭就拿去吧，我用塑料袋包好丢下楼，你到楼下捡，下不为例。还有，要妥善保存，若让别人看到，丑死你！"

我像老鼠一样溜出房间，四处张望，迅速捡起并迅速返回房间，如获至宝。我深爱着虹姐，而且日益强烈，经常在梦中与虹姐相会，相厮守。虹姐，我多么地爱你啊，我不能控制自己对你的爱！唱一首著名流行歌曲《特别的爱给特别的你》给你听，表表我的心：

没有承诺，
却被你抓得更紧；
没有了你，
我的世界雨下个不停。
······

特别的爱给特别的你，
我的寂寞逃不过你的眼睛，
······

特别的爱给特别的你，
······

我还听见你的声音，
轻轻萦绕着我的心，
我还不能接受分离，
······

特别的爱给特别的你！
······

（陈家丽、伍思凯词曲）

一天周末晚上，虹姐的家公家婆不在，虹姐将小孩哄入睡后，跟我聊天至深夜凌晨，彼此都不愿下线，爱意很浓烈。下线关电脑后，我躺在床上意犹未尽，又拿起手机卿卿我我。虹姐说："我睡不着，一闭眼睛，脑子里全是你，你那憨态让我丢魂。""我也是，我也是，恨不得飞到你身边陪你入睡入梦。"

我说道。"我还要呵护好我们的爱情结晶，营造美好生活！"我补充道。"河，你真好，你给了我第二次春天的温暖。"虹姐低声细语地说。"虹，让我用一颗火热的心来温暖你受伤的心，让我来支撑起你崩塌的情感天空。"我充满爱怜地说。"问世间情为何物，直教人生死相许，只要你真心待我和爱我，我就把我的一切献给你，甘愿为你做一切，只求长相守，不求同年同月同日同时生，但求同年同月同日同时死。"虹姐温柔地说。"虹姐，我把手机贴紧心窝窝，你能听到它'突，突，突'地跳得加快吗？我要从头至踵地疯狂亲你，不留一分一毫。"我忍不住说道。"那好，我情愿，我渴求！"虹姐的声音。电话那头有些语无伦次，语言越来越低，呻吟声不断，似乎要冲破手机。不知从何时起，我全身能量已积累得越来越多并逐渐膨胀，就像一座火山一样蓄势待发，终于能量聚集到顶点，火山爆发，岩浆喷到蚊帐顶又落下，把我的灵魂消融了，把我的骨头也侵蚀了。虹姐的手机通话也戛然而止，似乎电话那头也被喷发的岩浆融化了。等一切归于平静后，虹姐说："河，让我依偎在你身旁入睡吧，一直到明天天亮，一直到老。""我也依偎在你的身旁入梦乡，一直到天荒地老。"我说道。说完我才依依不舍地关手机熄灯入眠。睡梦中，梦见我和虹姐带着小孩在一片明媚的春光中愉快地踏青。

此后，每逢虹姐的家公家婆不在之晚，我们就电话聊天，互倾衷肠，共话相思之苦，同谈相爱之意，缠缠绵绵，一直至火山爆发，之后又在梦中手牵手在春光中漫步，共渡爱河。日子在爱的湿润中充满甜蜜和希望。假如生活中没有爱，那是多么苦涩和绝望啊！然而，我与虹姐的爱只能藏在彼此心中，只能通过网络和电话传情，因为我们怕人们唾骂指责，怕社会不容许我们交往，怕一旦公之于众会引起一场地震，把我们掩埋。两幢居住楼的距离才二十米远，彼此能看清对方，却如同隔万里之遥，被千山万水阻隔着。我和虹姐的灵魂在千山万水中飘零，我们的爱在万水千山中漂游着。虹姐，我爱你，纵然千山万水阻隔。我充满憧憬，在心中吟唱起著名流行歌曲《万水千山总是情》……

　　时间过得飞快，转眼便到了八月十五中秋节，一个大团圆的日子。为了给虹姐一个惊喜，也为了好好表现自己，争取让虹姐的家公家婆接纳我，我就买了一大盒月饼、一袋苹果和一条大鲤鱼登门拜访虹姐一家，与她全家一起过节赏月，共享团圆之乐！我敲门，虹姐的家婆开门，我提着礼物进门，说明来意，人尚未坐下，便被虹姐的家公推出门，虹姐的家婆将月饼盒、整袋苹果，还有那条大鲤鱼扔出了门口，大声吼着："我们家不欢迎你，不需要你，你走开！"然后"砰"的一声猛然关门。月饼一个个地从盒中飞出，连同一个个苹果沿着楼梯滚落到楼下，散落一地，那鲤鱼在地上挣扎着，跳来跳去。我无奈地捡着，屈辱至极，一些阿姨同事见状，也过来帮我捡。我羞得无地自容，恨不得挖一个地洞钻进去，找一个没人的地方躲起来。我迅速逃跑，遁入自己的房间。我把月饼和苹果往地上一放，将鱼往桶里一扔就呆呆地坐着，不吃不喝。一会儿，虹姐发一条短信过来："河子，我不是说过我的家公家婆难以接纳别人吗？你太冲动了，事先也不跟我商量。"我更委屈了。心中千万遍地呐喊："我犯了什么错，犯了什么法？对我如此不留情面，让我当众出丑意何为？犹如晴天霹雳，把我击碎。"心中不住地呼喊着，至夜，虹姐又发来一条短信："河子，今晚我想了很多很多，我觉得我们的结合不现实，我不想失去这个家，不想伤害原已大受打击的老人的心，不想成为人们茶余饭后谈私的对象，不想被人们的唾液淹死，你不要等我了，让我们分手吧！愿你尽快找到心仪的另一半。"我欲哭无泪，感叹老天爷的无情。

无奈之下，一时兴起，将电脑中所有虹姐的信息全部删除，好让自己的爱情文章另起一行。但，电脑硬盘里虹姐的信息删除了，可在我心中的硬盘，却依然储存着她的信息，无法删除，无法覆盖，也无法格式化。

第二天，我吃"闭门羹"的消息在众多同事中传开了，人们议论纷纷，像炸开了锅。"河老师又打起李寡妇的主意了，真想不到啊！""好端端的一个后生仔，去惹一个上有大下有小的女人，真是自找苦吃！""谈恋爱不想后果，人家已有一个四岁的男孩，再过十几年，男孩长大会看后爸不顺眼，要个老婆才幸福十几年很不值。""寡妇门前是非多，这次河老师捅了马蜂窝。""神经病，脑子进水，不懂得什么人该追求，什么人不要追求。""这个家伙真胆大妄为，目空一切，把自己凌驾于社会道德之上。""真是个疯子，谈恋爱不看对象，为人处世不顾别人的感受和社会的容忍。"……更为可怕的是虹姐的家公家婆到校长室去告我的状，说我作风不正，道德败坏，生活不检点，破坏了他们的家庭。我成了千夫所指的对象，人们的眼光像一把把利刃一样插进我的心窝，像一支支利箭刺穿我的心。我走路不敢回头看，生怕一回头看见众人对我指指点点。空气似乎被凝固了一样，使我呼吸困难。为了活命，我决心逃离团结中学，逃离团结镇。

恰逢临近暑假。放假后，我瞒着同事，一个人前往县城，竞聘一个县直大机关单位办公室秘书一职，并见习一个半月，见习期完，在等待通知的日子里，我又报名学习驾驶机动车知识，将整个假期安排得满满的，一来逃避人们的指责，二来找事情做做，充实自己，忘记痛苦。

新学期开学没几天，一天上午，校长通知我说，县某大机关借调我去担任办公室秘书一职，第二天准时上班，并转交了借调令。我心想：借调就借调，先"进桌吃饭"，走一步看一步，我决定去赴任。当天下午，我交接完班，独自一人漫步校园一圈，看到绿茵足球场，我柔肠百转，心里呼唤着：别了，足球场，感谢你十年来的相伴，愿你永葆生机盎然；看到大树，不禁走近它用手抚摸树干，由衷地说："老朋友，我走了，感谢与你十年来的相处，感谢你与我度过许多不眠之夜，度过美好的青春时光；看到一幢幢拔地而起的高楼，我在心里也轻轻地说，好兄弟，再见了，这十年来我们一起成长，一起度过很多不眠之夜，感谢你的陪伴……"我依依作别了校园返回房间。晚饭后上好最后一节自修辅导课，我回房间收拾了几件衣服，时间已至晚上 10：00，正想推车出门时，总觉得还有重要的事情要做，要告别，这才想起丽美、阿婷和虹姐来，毕竟她们是自己曾经爱得如痴如醉、死去活来的人，如今要离开了，总该道别一声啊！于是我打开电脑点击ＱＱ，阿婷没有在线上，只好发离线文件，键入一行字发了过去："婷，我走了，到一个陌生的地方寻找希望，向你道个别，千言万语浓缩成一句话，祝你一切顺心如意，天天开心！"虹姐已在线上，我键道："虹姐，我就要离开这里去县城上班了，虽然是个未知数，但我已决意去了，临行前向你道别，感谢你给过我浓浓的爱，陪伴我度过一段愉快的时光，我不在的日子里，你要坚强一些，勇于克服生活中的困难，把老人小孩都照顾好，祝你一切安好！"

虹姐发过来一行文字："河，真舍不得你，你曾是我的精神支柱，为我撑起了情感的天空，使我克服了诸多困难，但我却不能如你愿，还让你委屈伤心，我很内疚，愿你在新的单位，找到自己的快乐和幸福！祝你尽快找到中意的女友，祝你工作顺利，永远走运！"我心一热，键道："虹姐，你真好！我的心中硬盘永远保存着你的信息，我会带着你的祝愿去认真工作，去寻找爱情，去编织梦想！"发送后才依依不舍地关闭ＱＱ。真想同丽美道别一声啊，毕竟自己与她有了八年的感情，还是自己的前妻，但因没有她的ＱＱ号和别的联系方式，只能作罢了。

　　我关了电脑，如卸重担一般拿了一支笔和几件衣物便推车出门。此时，已是晚上10：30，整个校园已静悄悄，我东张西望，生怕碰见学校领导和同事，如同一只老鼠出洞一般悄悄溜出了校园。心想：自己在团结中学工作十年，业已有所成，住已有所居，自己却选择了逃避，是多么不光彩的事啊！心中唱起了著名歌手周华健演唱的歌曲《其实不想走》：

　　　　……

　　　　其实不想走，

　　　　其实我想留，

　　　　留下来陪你，

　　　　每个春夏秋冬。

　　　　……

　　　　（刘志宏　词）

四

乡下的夜晚很寂静，镇郊旷野上已空无一人。通往县城的近路必经之地是一个刑场，道路就从刑场边穿过。这个刑场是用来枪决罪大恶极的犯罪分子的。记得我读初中的时候，有一次去看一个犯人时，他临刑前还回头朝我们笑，执刑人员开了三枪人才死。此时的刑场阴森森的，夜风吹动松林发出的声音，令人恐惧。我有些犹豫。但想到自己是去赴任的，明天要准时上班，给新领导新同事留个好印象，须今晚到达县城，于是心一横：即使是刀山火海，我也顾不得那么多了，我要冲过去！于是握紧摩托车车头，谨慎慢行，如同走一段危险的道路。行至刑场中间路段，心中害怕而头皮发麻，总感到那个犯人变成鬼来跟着我。我干脆停下来，挂空挡推油门，摩托车发出"轰轰……"的巨响，我自言自语地说："你走不走，不然我就放'炮'了。"继而又乞求道，"我是一个落魄的人，与你无冤无仇，不要害我捉弄我！"之后我才挂上一挡慢慢前行，途中因担心鬼跟随，还时不时挂空挡，推油门放"炮"赶鬼，直至离刑场较远后我才放心。当晚夜里 12 点多，我终于赶到了县城，进驻事先租好的住所，和衣入睡。

第二天我准时上班，激情工作。经过一段时间的适应，我工作起来得心应手。这也得益于自己在大学时代爱好文学写作，平时注意吸收写作养分，有一定的文字功底，机关办公室工作做得比较顺手到位，不禁暗自为自己当年的"歪打正着"而庆幸。

到了新的单位，新的环境，一切都是新鲜的，好奇的。由于青春的萌动，我又追求了几个心仪的姑娘：艳艳、琰琰、玢玢、妃妃等，但都碰了一鼻子灰，一败涂地。我在心中感叹道："爱情啊，你还想捉弄我到什么时候！"我心灰意冷，在心中不住地呐喊着，吟起了著名歌手赵传演唱的歌曲《我是一只小小鸟》：

有时候我觉得自己像一只小小鸟，想要飞，却怎么样也飞不高，

也许有一天我栖上了枝头，却成为猎人的目标；

我飞上了青天，才发现自己从此无依无靠，

每次到了夜深人静的时候我总是睡不着，

我怀疑是不是只有我的明天没有变得更好，

未来会怎样，究竟有谁会知道？

幸福是否只是一种传说，我永远都找不到。

我是一只小小小小鸟，想要飞呀飞，却飞也飞不高，

我寻寻觅觅，寻寻觅觅一个温暖的怀抱，

这样的要求算不算太高？

所有知道我的名字的人啊，你们好不好？

世界是如此的小，我们注定无处可逃，

当我尝尽人情冷暖，当你决定为了你的理想燃烧，

生活的压力与生命的尊严哪一个重要？

我是一只小小小小鸟，

想要飞呀飞，却飞也飞不高，

我寻寻觅觅，寻寻觅觅一个温暖的怀抱，

这样的要求算不算太高？

……

（李宗盛　词）

不过，其间，有一次寒夜我送一个可爱的姑娘回家返程时，姑娘送了一件她的外套给我穿在路上御寒用，使我倍感温馨，也算得到了一丝慰藉。

办公室的工作比较忙碌，我借着工作也使自己忙碌起来，以忘却那些伤心的情事。正值办公室有着繁杂的文字处理工作、大事小事汇报请示工作、会议纪要的行文发行工作、文件归档工作以及细到办公室内务卫生清理工作等做不完的事。这些事就像不断疯长的桑叶，而我如一只蚕虫不停地咀嚼着，好让自己尽快茧化，好把伤痛包扎起来，甚至把自己也包扎起来，让别人无法伤害到我，我也不去伤害别人。

一天，为了将迎接市里半年检的材料按条目归档装好档案盒，我前往超市选购一批空档案盒。当我抱着没头高的几十个空档案盒走向收银台付账时，被迎面赶来的一个人撞个满怀，档案盒洒落一地，我正要说："你怎么走路不看，眼睛长在脑袋后呀！"埋怨的情绪正起时，抬头瞄见，撞我的是一位漂亮姑娘：二十五六岁，圆脸圆臀，扎着马尾，个头适中，体态丰盈，面目和善，青春阳光，是我心仪的那种姑娘。我话到喉咙就咽了下去，改口幽默地说："美女，你真胆大不怕死，乱撞一通，如果我是一面墙壁呢，你也敢撞过来啵？"她就笑了起来，笑容流光溢彩，一边帮我捡起散落的档案盒，一边解释道："由于赶时间，不留神就撞到你了，真对不起。我买一样东西后赶乘返回班车。"我说："不要紧，不要紧，我这个人经得起撞击，如果你觉得撞击还不过瘾，今后可到县直机关大院找那个叫河子即又活又死的那个单身汉'钻石王老五'撞，我随时欢迎美女来撞！"我开玩笑地说。她一听，就笑了起来，说："哟，一个人发闷气的时候我还真想找一个人撞呢！我叫萍萍，在平安镇幸福村那所最偏僻的小学校当孩子头，丑小鸭丑花瓶萍一个，也欢迎你去我们那儿视察，接接地气，不要整天都'高高在上'呀！"我笑了笑，应道："一定，一定！"由于要赶时间，帮我捡完档案盒后她就转身去找她所买的东西去了，我结完账，拿着档案盒返回单位，途中心想："这个姑娘真好，既友好和善，又富有理想！"突然想起没有问她的联系电话，心中不禁有些遗憾。但又想，人海茫茫，人生旅途中邂逅的人那么多，不要也罢。 后来工作忙，事情多，就把她忘得一干二净了。

　　时隔半年，由于工作需要，我又转借调至上一级办公室在县领导身边从事秘书工作，不久，由借调转为了正调。白天与县领导下乡下单位，常常累得一身汗水一身泥；晚上又要加班写报告、写总结、写发言稿、写日志等，工作更忙碌了，渐渐淡忘了以往伤心的情事。但我这个大龄青年单身汉成了县直机关大院的"钻石王老五"，引起了不少人的关注。有一次领导还幽默地说："我们河秘书一表人才，论相貌有相貌，论才华有才华，怎么姑娘们一个个都患上近视眼病看不清楚呢？！"给我敲了边鼓，我只好苦笑不止。心里才想起在超市撞我的那个姑娘来，她那嫣然一笑的神情很是可爱，如果能有这样一位姑娘做女朋友，那该多好呀！想起往事情景，她就像一只蝴蝶一样在我的心中花园翩然飞舞。我不禁吟起著名歌手毛阿敏演的唱歌曲《思念》：

　　　　你从哪里来，我的朋友，好像一只蝴蝶飞进我的窗口，
　　　　不知能作几日停留，我们已经分别得太久太久。

你从哪里来，我的朋友，你好像一只蝴蝶飞进我的窗口，为何你一去，别无消息，只把思念积压在我的心头。

你从哪里来，我的朋友，好像一只蝴蝶飞进我的窗口，不知能作几日停留，我们已经分别得太久太久。

你从哪里来，我的朋友，你好像一只蝴蝶飞进我的窗口，难道你又要，匆匆离去，又把聚会当成一次分手。

……

（乔羽 词）

心想：现在，大中专在校女生大都"名花有主"了，更何况已毕业参加工作多年的她了，也许她早就为人妻为人母了，自己在做白日梦！于是无奈地摇了摇头。

一天，接到报告说平安镇幸福村有两个屯的群众闹山界纠纷，双方互不相让，即将械斗，调处维稳工作刻不容缓。受单位委派，我和县山界林权纠纷调处小组立即赶赴纠纷现场调处。我们县调处组采取先勘察纠纷现场后分头进驻两屯调处的方式。我们调处组来到纠纷现场——凤凰山勘察。不料在勘察之中，受到了一些恐惑分子阻止，一些挑头的恐惑分子带头起哄，谎称县调处工作队"胡扯"，"打压群众，不让群众为维护自己利益做斗争"，煽动群众"团结起来同政府工作队做斗争"。尽管我们展开政策法律宣传攻势，说得口干舌燥，恐惑分子就是不听。在恐惑分子的煽动下，不明真相的群众越围越多，甚至整个屯男女老少都来了，不少人手里还拿着镰刀、锄头、扁担、木棍，甚至石头。恐惑分子有恃无恐，站出来带头起哄，并将我们县调处工作组团团围住，叫嚣："我们的利益与别人有纠纷，我们为维护自己的利益做斗争，有什么错，关你们什么鸟事，你们为何阻止我们做斗争？少管闲事！""别以为你们当了官就高于一切，就小看我们平民百姓！""当官不为民做主，不如回家卖红薯！"在恐惑分子的煽动下，村民群众情绪激动，气氛日益紧张。一些恐惑分子拿着镰刀指着我们工作队员的鼻子叫嚷："癫仔，吃饱饭没事干胡来是咧？我们打群架关你们屁事，你们再阻止我们为维护自己的利益做斗争，就砍了你们！"恐惑分子嚣张至极，他们为了防止我们县工作队"逃跑"，还砍下山上的树来堵下山的路。在这种情形下，我们工作组不吱声了，以免激化矛盾。一个多小时的对峙无果，我佯装内急躲到山沟里拿出手机向县里汇报情况，电话刚打完，不幸被一个恐惑分子看见了，不由分说，拿着镰刀跑过来，抢下我的手机向一块大石头摔去，将手机摔得粉碎，又指着我的鼻子吼道："你厉害是咧？割掉你的卵，砍下你的头！"说着就要动手，幸好有一个年纪稍大的恐惑分子过来阻止说："算了，放他一马吧，通风报信也好，让政府懂得我们的厉害，不随便惹我们，对我们刮目相看，由我们以自己的方式来解决纠纷，我们就达到目的了。"这个恐惑分子才住手，还觉得不解气，扯下我的眼镜用脚踩烂方休。对峙局面继续着。

过了一个多时辰，县里的大队人马赶到，嚣张的恐惑分子像老鼠见猫一样作鸟兽散。县里立即成立三个工作组开展稳控工作，两个调处工作队分赴纠纷两屯开展政策法律宣传和调处纠纷，一个案件侦破组专门处置恐惑分子寻衅滋事，阻挠和破坏调处工作一案。

　　我们县工作组终于得到解围,大部分人员回镇政府休息了。我口干舌燥,饥渴难耐,与几个队友下到山下一所小学校寻一杯开水喝。

　　正值中午放学时间的校园空荡荡的,我们敲了一位教师的门。一位年轻的女教师开了门,她先是一怔,我也怔了怔,然后几乎同时惊呼起来:"你是河——""你是萍——"我立刻记起了之前在超市里撞我的女子就是她,想起了她当时说的"在平安镇幸福村最偏僻的小学校当孩子头"的话。

　　她给我们每人倒了一杯开水,跟我攀谈起来。她说:"一开门见你时仿佛在哪里碰见过,想不到是你。不过,印象中你是戴眼镜的。""这次不是你撞我而是我撞你了。"我风趣地说。"原本是戴眼镜的,可刚才在山上被恐惑分子踩烂了,手机也被恐惑分子摔烂了。"我补充说。我观察了她的房间,是个单身宿舍,于是又风趣故作惊讶地说,"美女,你把你的白马王子藏到哪里去了呀?"她笑了笑,也风趣地说:"我把他藏进梦里了,我们这个偏僻的鬼地方只有梦里才有白马王子。"接着又说,"哦,你们是来调处凤凰山那两屯群众山界纠纷的呀,你们不知道,这两个屯是我们这一带有名的'土匪屯',屯里有许多恐惑分子,他们容不得社会文明发展进步,挟村民群众专与政府作对,政府一有什么政策要落实下去,他们就从中作梗,甚至搞破坏,唯恐世界不乱,乱起哄搞坏事,以达到不可告人的个人目的。"她说道。"刚才在山上我们已领略了他们的胡作非为。"我附和道。"这些恐惑分子真可恶,你说高他就说低,你说好他就说坏,你往左他就往右,在屯里欺凌老实群众,若不听他妖言惑众的'理论',他就会煽动邻里亲戚隔离你家,不让你家参与同宗扫墓,群众往往敢怒不敢言。"

她又愤愤地说道。"真是社会和谐安宁的破坏分子，真是一帮无耻狂徒。"我也流露讨厌的神情说道。"是啊，真是老百姓平安生活的破坏者，一帮坏分子。前段时间正值全国人口普查工作，我们普查工作组进屯开展工作时就受他们阻挠和从中作梗。你知道吗？他们竟把我们人口普查工作组诬为'计划生育妇女阉割队'，恐惑群众上山躲避。我们说破嗓子解释都没用。最后幸好有一位教师认识一个恐惑分子，通过和他沟通才得以进屯开展工作，可是已影响到全镇的人口普查工作进度，使全镇人口普查工作成了全县人口普查工作的短板，真令人气愤！"她又愤愤地说道。

我告诉她，现阶段，我们的社会正处于一个转型期，进入不协调因素的活跃和社会矛盾的多发期，进入社会结构深刻变动，社会矛盾容易激化的高风险期。随着我们国家经济转轨，社会转型，使国家尤其在农村出现诸多矛盾，而且方式日益多样化、暴力化、群体化。在这种大的形势下，恐惑分子趁机抬头，兴风作浪，我们必须高度警惕，从严、从重、从快地打击这些恐惑分子，营造和谐社会。

她听得很认真，末了，说："你懂得真多，对形势分析很透彻。"我解释道："我也是听专家讲的呢。"我又告诉她，今天恐惑分子围攻干扰县工作队调处工作一案，县里已采取果断措施，成立专案组进行处置，等待他们的将是法律的严惩。（过后，专案组侦破了案件，依法逮捕了二十几个恐惑分子，这是后话。）

"好啊，恐惑分子，你们也有今天的下场！"她愉悦地用拳头向凳子擂了擂，说道。"恐惑分子是人民的公敌，人民决不会放过他们的，他们是秋后的蚂蚱，蹦不了几天！"我也用拳头向凳子擂了擂，愤怒地说道。

聊了十几分钟，镇政府机关食堂工作餐准备好了，通知我们回去用餐。我们起身告辞，临别时我对她说："有空上县城到我处玩玩，我请你吃黑山羊肉。苦是苦，黑山羊肉补，累是累，吃了黑山羊肉就不累。"我风趣地说。"一定，一定，你的手机号码是多少？"她主动地问道。我与她便交换了联系方式。末了，她又说："你的手机被恐惑分子摔烂了，还打得通吗？"我就告诉她，返回后我购新手机，仍用原来的号码，没事。之后，我们便返回镇政府了。我心中不禁有一种感怀，吟起了电视剧歌曲《拥抱》：

> 时间是懂事的孩子，
> 盼望你的拥抱，
> 在沉默的时候让我看到，
> 你一次一次温柔的笑。
> 岁月是成熟的叶子，
> 在这一刻将我围绕，
> 在盛开的时候让我看到，
> 这一切来得刚刚好。
> 你还记得吗那时的年纪？
> 我还没忘记当时的月亮，
> 只有你知道，只有我知道，
> 所幸我还有你的拥抱。
> ……
>
> （王卓 词）

第二天，我撞见漂亮姑娘的消息在单位中传开了。"听说那妞可漂亮了，看我们的老河眼神含情脉脉的。""老河这次下乡真惊喜，惊是受恐惑分子围攻，有惊无险，喜的是撞中一位心仪的靓妞。""你们不懂，听说老河对她很着迷，看姑娘的眼睛都直了。"一位同单位漂亮的女同事小刘还酸溜溜地说："我不相信，何方神圣能把我们河哥弄得如此神魂颠倒，乐不思蜀！"

同事们的议论传到了我所联系的领导耳朵里，在我汇报工作完毕后，他郑重地问我是否有其事，是否真的爱上她了，是否是自己追求的目标。我只好如实交代：这是真的，我已爱上她并试图追求她呢。领导正色道："你也老大不小了，该有个女友了，既然想追求人家，就把她当作一项攻坚战来完成，这样吧，县委刚刚安排一个'三同'（与老百姓同吃、同住、同劳动活动），明天我们就选平安镇幸福村她老家进行，你要好好表现表现。"我受宠若惊，点了点头。

第二天中午我们驱车前往阿萍老家参与她家开展夏收水稻工作。那天，尽管太阳猛烈，天气炎热，但我们依然干得很卖力。晚餐时，领导还事先嘱咐司机到镇上买回了一只烧鸭。用餐期间，领导除了同阿萍的父母及家人拉家常了解民情外，还把我夸得像花似的。过后，我问司机得知是领导掏钱买的烧鸭，我不禁感慨。

在我们告辞返回时，有不少村民都好奇地出来瞄着我们，并对我指指点点，窃窃私语："就是那个人想来追求阿萍！""这个人帅是帅，但有点老相。""人还长得不错，但有点黑。""老是老了一点，黑是黑了一点，但能在领导身边工作的人，还会错到哪里去？""怕就怕这一点了，现在国家反腐力度大着呢，我担心他是不是贪官，若是那就惨啦，一结婚生下小孩没几年，就被擒'进去'了，这是多么可怕的事情啊！毕竟'常在河边站哪有不湿脚'的？"倒是阿萍的父母和家人待我们很热情很敬重，尤其对我赞赏有加，就连阿萍的脸上也透出一丝喜悦神情。

在回程的路上，领导对我说："河秘书，我也只能这样帮你了，成功率仅为 50%，加上你的表现 5%，成功率为 55%。剩下 45% 只能靠你自己了，谁都帮不了你。老百姓对我们的担心超出了我们的想象。"我连连点头，表示谢意。我从背后端详这位领导，心想：领导在百忙中还为自己的事操心，自己没有理由不把本职工作做好、做细、做实。想着想着，心里暖乎乎的。

当周星期五下午刚下班，阿萍打电话给我，说明天星期六要上县城回访我，说什么"礼尚往来，不回访非礼也"！我满口应允，并说买黑山羊肉等她来煮，她咯咯笑着挂了电话。第二天八点才过一刻，阿萍来电说已在路上了。上午九时许，接到领导的电话，说要出远差，去外地考察城市美化亮化工程情况，借他乡之石攻玉，尽快让我们县城美化亮化起来，需在年前完成，时间紧，任务重，不宜耽搁。而且周末去考察，效果更佳。争取考察回来后尽快形成总结汇报材料报县委、县政府。我二话没说立即拿了一台数码相机与领导外出考察。想到阿萍还在路上，约一个小时才到，出门前，给阿萍打了一个电话："阿萍，刚刚接到一个紧急的外出考察任务，需明天才返回，我租住在幸福小区 H 栋一单元五楼 502 号房，钥匙在门卫室里，你自己拿去开门，还有米桶在灶台下面，你开煤气自己弄吃的吧，我忙去了。"心想，这次自己与她第一次约会就缺席，会不会让她误认为我故意躲着她呢？又想：这次外出考察事关全城甚至全县的大事，耽搁不得，自己的私事算什么呢？于是，也不多想，安心考察去了。

第二天考察返回，同门卫拿钥匙时，门卫老罗连连称赞："你的女朋友真漂亮，又温柔善解人意，落落大方。"我笑着点了点头，心里却感到很好笑：自己跟她八字还没有一撇呢！上了楼梯开门进家，发现室内已被整理得有条不紊，地板也被拖得干干净净，自己的那堆脏衣服已洗好晾挂在阳台上。忽然看见书桌上有一支笔压着一张字条，上写：

河：

　　我不等你返回了，明天要上课，需今天赶班车返回，有几点交代：

　　1.这个月的水费我已交了，电费因周末没人上班，未交，你回来后再交吧。

　　2.米桶里的米已经吃完了，我去农贸市场买了一些，够你一个月的用量了，煤气也已换好。

　　3.你那一大堆脏衣服我已洗好，待晾干后收妥，衣服宜一换一洗，这样既不觉辛苦，又卫生。

　　4.你"白+黑"（白天+黑夜）、"五+二"（星期一至星期五五天工作日+星期六、星期天两天休息日）工作模式要注意身体，注意休息，别累坏了。

萍字
即日

看到这儿，我脸红了。想到自己的"窝"那样零乱，水电费也忘记交，脏衣服也不洗。因工作忙经常在街上吃粉，竟然忘了换煤气和买米，还好意思让姑娘自己弄吃的，真是糟糕透顶！但心里更多的是感激，暖乎乎的。我看着字条，下定决心：心爱的姑娘，我要玩命地追求你，不择手段，你不要怪我！要怪，就怪你像一只绵羊一样冒冒失失地闯入一个三十二岁单身大男人的住所，一只大灰狼的狼窝；要怪，就怪你太漂亮迷人，把我的魂魄都勾走了；要怪，就怪你温柔体贴、善解人意，抚平了我心中的创伤；怪你热爱生活，辛勤纯朴，让我闻到了家的味道。

第二天星期一下午刚下班，我在街上吃了一碗粉，便骑着摩托车去平安镇幸福村找阿萍，我实在太想她了。通往平安镇幸福村的道路正在修建，不仅难走且灰尘很多，车辆一过，扬尘满天飞，后车看不清前车和路况，我只得时不时打着转向灯提示后车，走走停停，一身尘泥，至幸福村时整个人已变成一个泥人，头发被蒙上一层厚厚的尘泥，鼻孔里也吸入灰尘。我只好在幸福村小溪旁清理满身的灰尘。这时阿萍打电话来询问我几时到达幸福村，我就谎称尚有十几分钟才到。心想：心爱的姑娘啊，你哪里知道，爱你的那个人早已到达，但他已变成了一个泥人！

清理完身上的尘泥，又洗了一把脸，洗了眼镜之后，才觉得自己像个人，才向阿萍所在的那所小学校走去。我的初次到访，令阿萍有些害羞，向同事介绍说："这是我的表哥。"我暗暗发笑："哪有这样的表哥，夜访表妹住所，像跟屁虫一样黏呢？！"

那晚我们谈得很开心，有说有笑的，直至夜里 11：30 仍觉得有讲不完的话题，聊不完的内容，彼此都不愿分开，最后时至午夜 12：00，在阿萍处煮面条吃夜宵方返回。深夜的乡下道路极少有车来往，在过一段前不着村后不着屯的僻静路段时，我怕鬼的心结又犯了，心里发抖，全身有些寒战，头皮有些发麻，当摩托车驶至最僻静处时我很害怕，于是高唱歌曲，一路放歌前行，心里就不那么怕了。我想，鬼怕恶人，只要高声唱歌，鬼就误以为我是恶人，而不敢胡来，果然这一唱，心里便有了一些稳妥感。（我这一独创的壮胆赶鬼法让后来已成为我妻子的阿萍知道了，笑道："你悄悄通过时也许鬼不知道，但你一高声唱歌，不是把鬼引来了吗？！"我笑而不答。）

第二晚我又去幸福村找阿萍聊天。鉴于前一晚的教训，我穿上雨衣雨裤，戴上口罩，只露眼睛，全副武装，猛一看，很像一个怪物。到了幸福村时，阿萍着实吓一跳，大晴天的穿着雨衣有点神经病，但当我脱下雨衣雨裤抖落一层厚厚的尘泥时，她才明白了一切，关切地说："河，你以后不要下来了，我周末上县城找你吧！我这儿乘车也比较方便，出了校门，在路口处稍等就有一趟班车发往县城。"我点了点头，心里热乎乎的。

从那以后一到周末，在县城的酸粉酸摊、夜市夜宵摊，就经常有我与阿萍的身影，就连午夜的姑娘江边也有我们漫步的身影，在江边小憩时水中的倒影，在风起波惊时，你中有我，我中有你。

不久，我们便在县城购置地产建房，成立了一个小家，融入了县城的万家灯火之中，第二年，我的女儿就呱呱落地了。时间过得很快，转眼间，我女儿就四岁了。

一次去幼儿园接女儿沿江边往回走时，碰到了小燕子的好友阿春，阿春告诉我说小燕子已经结婚并生了一个可爱的女儿，和丈夫开了一家商店，生意红火，一家人其乐融融。我很欣慰，心中唱起了电视剧歌曲《祝你平安》……

一次，在陪同女儿在儿童游乐园玩耍时手机突然响了起来，是虹姐的电话，我赶忙到旁边接电话。虹姐说："河子，我很想念你。你是个好男人，我却错过了，真后悔。你知道吗？自从你离开后，我又处了几个对象，每个都处了好几年，最后都分手了，他们都没有你那种价值观、世界观、人生观，都难以接纳我的小孩和小孩的爷爷奶奶，都说，女孩可以接受，男孩不能接受，认为女孩大了就出嫁了，一了百了，而男孩不同，长大后又要帮他成家立业，又往往受到他的冷落。小孩都不能接纳，更何况接纳小孩的爷爷、奶奶。如今上了四十岁，又步入中年，小孩已上了六年级，明年就上初中了，两位老人也六十大几了，我再处男友的机会很少了，这辈子就这样过了。真感叹生命的短暂，还未来得及细数这些年来的辛苦，半生就快过去了。我知道你已为人夫为人父，但，河，我在孤独难耐时总想找你诉苦，你不介意吧？"我说："虹姐，我也很想你，无缘与你结合，我也很遗憾，爱情这东西讲缘分，没缘没分时，相爱的俩人也无奈。回想与你相恋的日子，心中仍很温馨，在我心中硬盘依然储存着你的信息。'人到中年万事忧'，你一个人支撑着一个家多不容易呀，要坚强一些，我在这边为你喝彩加油鼓劲！夫妻不成朋友在，你若有什么困难需要我帮助，尽管说，我会尽力而为，心中有什么苦可向我倾诉，我们可好事同享受坏事同分担，我能挺得住。""河，你真好，你是我的精神支柱，真诚感谢你。"虹姐说罢才依依不舍地挂了电话。

我心想：若自己的言行能使虹姐找回自信，能让虹姐一家幸福地生活着，也不枉费自己曾经对她的爱，也对自己曾许下的诺言有所负责，对虹姐曾经给我的爱有所回报。想着想着，长长叹一口气，拉着女儿的手往回走。

时过两个月，一天，接到阿婷的电话，阿婷在电话中叹息说："河，真想你。今生没能和你在一起，是我的遗憾，我肠子都悔青了，你的为人处世之道和乐观向上的精神使我很向往。自从与你无言结局后，我姑妈帮我介绍了一个对象，并与之结了婚，但我与他没有什么感情基础，对他没有什么感觉，他属于那种享受型的人，生活没目标，不像你，总是那样乐观向上，真羡慕。"我就说："阿婷，我们永远是真挚的朋友。我很感谢你曾经给我的爱和温柔，这份爱将永久藏在我心中。每个人都不同，但人有一得，只要以爱来抚平对方的心灵创伤，用爱来关切对方，是会被感化会变好起来的，就像我们父母一辈，不是结了婚，才谈恋爱的吗？最终不是变好吗？！愿你快乐！祝你幸福！"阿婷叹了一声，略显无奈地挂了电话。我想只要心中充满爱，心爱爱人，关爱他人，热爱社会，一切就会变好起来的。不是有一首歌这么唱吗：

  ……

  只要心中充满爱，

  就会被关怀，

  无法埋怨谁，

  一切只能靠自己。

  ……

  （潘美辰词）

　　时过四年，我女儿八岁生日前一天早上，我和妻子阿萍牵着小孩的手一同前往蛋糕店定制生日蛋糕。走在姑娘江畔，女儿高兴得活蹦乱跳，问道："爸爸，我们要定什么味的蛋糕呀？"我就高兴地回答："我们要定一个最甜最好吃的大蛋糕。"女儿一听更高兴了。走着走着，突然手机响了起来，我一看，是丽美的手机号，赶忙让妻子和女儿先走，自己到姑娘江边一僻静处接电话。

　　电话那头，阿美抽泣着说："河牛，我依然思你想你念你爱你！还经常梦见你！在我生活当中受到打击时就更想念你，更爱你！你还记得我们在南宁南湖公园游玩的情景吗？"我说："怎么记不得呢？爱得那样刻骨铭心，谁会忘记呢？八年的感情让我很舍不得，忘不了！阿美，你知道吗？你离开我以后，我曾经在想不通的时候痛哭过好几次，有一次在床铺上用棉被蒙头痛哭，把枕头都弄湿了。""对不起，对不起，我没想到我会如此让你伤心，你在我心目中永远是那样坚强和乐观向上的。""河，你知道？我改嫁的这个男人很糟糕，吃、喝、嫖、赌、毒样样有，自从我有了他的小孩后，他就不理我，不管家了，整天得过且过，不思进取。十年了，还住在老人建的一栋五层楼房，和大哥一家住在一起，大哥家住 3 层，我家住 2 层，刚开始，还很温馨，其乐融融，但日子一久就烦了，我家与大哥家矛盾不断，大嫂与我冷言冷语，甚至互为仇人，我难受极了，仿佛置身于水深火热之中。"丽美叹息说道。

　　"最好有自家的房子，想怎样摆家具就怎样摆，生活自己做主，节假日想睡到什么时候就睡到什么时候，别人干涉不了。就像我，自建一栋五层楼，夫妻自己住一间，父母房、小孩房、客房都有安排，还在楼顶种菜、种花，图一份情趣，别人管不着。"我告诉她道。"我不是没想过自己建房，但单凭我一个人的努力很难办到，况且我的男人赌博吸毒，都将家中的储蓄花得精光了，怎么建？我曾多次劝说他戒毒，可没讲几句，就遭到他暴打，并骂我是'二手货'，拳打脚踢的，若大家都来劝讲他，他不但不听，反而趁着毒瘾，又想撞墙又要跳楼的，吓死人了，很无奈。不像你那样，任我撒娇、撒野和任性，还那样宠着我。我真想逃离这个家！河，你在那边离婚，我在这边离婚，我们再复婚吧！我带着我的小孩，你带上你的小孩，一家四口幸福地生活吧！"丽美一边抽泣一边央求道。

"这怎么成呢？在与我妻子结婚前尤其是未生下小孩之前，我还可考虑，但现在不能这样做了，毕竟除了爱情之外还有友情、亲情和责任啊！我们都已不再年轻，要学会担当啊！要负担起抚养小孩、赡养老人、营造美好家庭生活的责任！如果我们那样做，就会破坏两个家庭，伤害八个老人四个大人两个小孩。尤其小孩是无辜的，失掉父爱或母爱都会对他们打击太大，是他们一生的残缺啊！我们不能再任性了，要爱恋爱人，关爱老人小孩，营造温馨幸福的家庭生活！阿美，人心都是肉长的，只要用爱去对待对方，打动和感化他，是会变好的。我听说强制戒毒效果不错，快则几个月，多则2至3年，你不妨劝说你那个他把毒戒掉，俗话说'浪子回头金不换'，我想，你们一定会越来越好的，也会越来越幸福的，愿你尽早找回快乐，尽早找回幸福，我在这边为你祝福！"我真诚地说。"河，你真好，我就试一试吧！"丽美说道。

"我那么伤你，你恨我吗？我们还能成朋友吗？"丽美又问道。"夫妻不成朋友在啊，19世纪法国浪漫主义作家雨果说，世界上最宽阔的是海洋，比海洋更宽阔的是天空，比天空更宽阔的是人的胸怀，我们要有比天空更宽阔的胸怀。毕竟我们在一起时相爱的时光比相恨的时光多得多，时间一久，就只剩下爱了，它会让友情更长久、更珍贵。""河牛，我也有这种感觉，与你结婚那么短暂，可能我们登记结婚领证的日子选得不对，不应该选在'六一'儿童节，那是把婚姻当儿戏啊。"丽美又说道。"这都过去了十年，就让它成为一份美好的回忆吧。"我说。"河牛，你真好，你真好！"丽美略显无奈地挂了电话。

我想起了一位哲人的话："谁优谁劣经验考，患难之中玉石分，岁寒方知松柏健！"心中吟唱起流行歌曲《迟来的爱》：

一段情要埋藏多少年？
一封信要迟来多少天？
两颗心要承受多少痛苦的煎熬，
才能够彼此完全明了？
你应该会明白我的爱，
虽然我从未向你坦白。
多年以来默默对你深切地关怀，
为什么你还不能明白？
不愿放弃你的爱，
这是我长久的期待，
不能保留你的爱，
那是对她无言的伤害。
……

（王清荣 词）

我快步赶上妻子和女儿，女儿问道："爸爸，说什么那么久呀？"我说："爸爸跟一个朋友谈很多事呢。"女儿毫不犹豫地拉着我和妻子的手奋力向前迈步。我心想：我要把一个男人所有的情爱献给爱人，让她永感温馨；把一个父亲所有的父爱献给小孩，让她健康茁壮成长，脑里永远充满五彩斑斓的希望，教给她我的所能，让她有一技之长，让她像父亲一样充满爱心，爱恋爱人，热爱家庭，热爱社会，热爱祖国，热爱人民，志存高远！

　　回想起自己爱情成长的历程，感慨万千！心想：生活中固然有酸、甜、苦、辣，有喜、有愁、有爱、有恨，然而生活的真谛是爱。有了爱就可包容一切，就会让亲情更温馨，让友情更真挚，让人生更美好！阿兰、阿美、小燕子、阿婷、虹姐，以及艳艳、琰琰、玢玢、妃妃，还有大学时代爱恋的小吴、小黄和我离开大学校园前夜向我表明芳心的美丽姑娘，还有小学五年级时自己暗恋的那位覃姓女同学、初中时代暗恋的黄姓女生、高中时期暗恋的李姓女同学，以及给我爱和暗恋我的姑娘，我热爱你们，在我心中你们永远是我的真挚朋友，在你们追寻幸福人生的道路上，我甘愿为你们喝彩鼓劲！我愿我体内的情感和热量为你们日夜狂流！我唱起著名女歌手毛阿敏演唱的歌曲《永远是朋友》表我心：

　　　　千里难寻是朋友，朋友多了路好走。
　　　　以诚相见，心诚则灵，让我们从此是朋友。

　　　　千金难买是朋友，朋友多了春长留。
　　　　以心相许，心灵相通，让我们永远是朋友。

结识新朋友，不忘老朋友，
多少新朋友变成老朋友。
天高地也厚，山高水长流，
愿我们到处都有好朋友。

······

（任卫新　词）

　　早上八九点钟的太阳把我的影子拉得好长好高，都长到与大树齐长，高到与高山同高，突然觉得自己的爱情已经长大了，长成了参天大树，长成了巍峨的高山。

2016 年春

后　记

编写这书是我生病后之事。"韦华南又复活了"，一些文友在报刊上又看到我的文章时惊呼起来。这是可以理解的，毕竟自己有过"断气十天，昏迷二十天"的已"死过一次"的脑出血病史，在人们当中广为流传。亲爱的朋友，当你看到我写的这本书时，请不要对我这个"鬼人"写文章而吃惊。

在大学时代，老师和同学们总爱拿我的名字调侃，称我为"华南虎"，更有甚者，在大学毕业留言时，有一个同学这样写道："华南，你这只华南虎，尽早占山为王，大发虎威。"然而我却成不了老虎，却像一只猫，一只病猫，辜负了老师和同学们的期望。但，不管是"虎"也好，"猫"也罢，都不能改变我热爱劳动人民的情怀，也不能改变我的一颗永远欣赏你的友善之心。我写这本书借以抒发内心热爱劳动人民的心情，表达热爱朋友的友善心情，弘扬社会真、善、美的正能量，借以释放体内过剩的能量，梦想去点亮一盏盏失落的心灯，照亮一片片失明的角落。

通观整本书，到处见到我裸露的情感，不管我怎样装饰，都难以掩盖，与我的老师、文友的要求"做文要曲，做人要直"的目标相差甚远。这可能与我的天性有关吧，因为"江山易改，本性难移"。年轻的时候，身边总免不了围着一些阳光女孩，我的一个死党朋友当时就曾骂我是个"天生的情种"。现在想起他的话，是不无道理的。然而当时的我，在与姑娘初次见面时就以一句"姑娘，我爱你，纵然一杯白开水是我的所有"的话进行表白，吓跑了好几个心仪的姑娘，留下了终身遗恨。亲爱的朋友，当你看到我的这本书时，请不要被我裸露的情感所吓跑，就把它当作一份消遣，一份茶余饭后的谈资吧。

我写这本书得到了众多领导、同事和友人的关怀和帮助，尤其是我的领导和同事，他们"日出而作，日落而息"，实现了一个个奋斗目标，完成了一个个工作任务。他们是劳动人民的一部分，从他们身上我找到了许多创作的灵感。办公室的汪凤敏同志，一个漂亮的妇道人家，多次把我潦草的钢笔字变成整齐的电脑排版文字而毫无怨言，心地和言行如其人；南宁市作家协会副主席，区、市签约作家韦世云同志热情地帮我审稿，给我提了许多宝贵的意见并欣然撰写书本序言；中央民族大学教授、原副校长黄凤显同志还为书籍的出版热心引荐。我在此，对他们辛勤的劳动表示敬仰，对他们的关怀和帮助深深表示谢意。

由于水平有限，文中必定有诸多不妥之处，请朋友们不要笑话我"班门弄斧""画蛇添足"或"黔驴技穷"，因为我是真诚的，我的感情也是真诚的。敬请亲爱的朋友们大刀阔斧地帮我雅正，我将不胜感激。

作者
2016 年春于马山县城